英国少女探偵の事件簿①

お嬢さま学校にはふさわしくない死体

ロビン・スティーヴンス　吉野山早苗 訳

Murder Most Unladylike

by Robin Stevens

コージーブックス

挿画／龍神貴之

もうひとつの家族になってくれた
学生時代のすべての友人へ
そして、誰も殺すことはなかった
ミス・シルクとミセス・サンダーソンへ

2階
First Floor

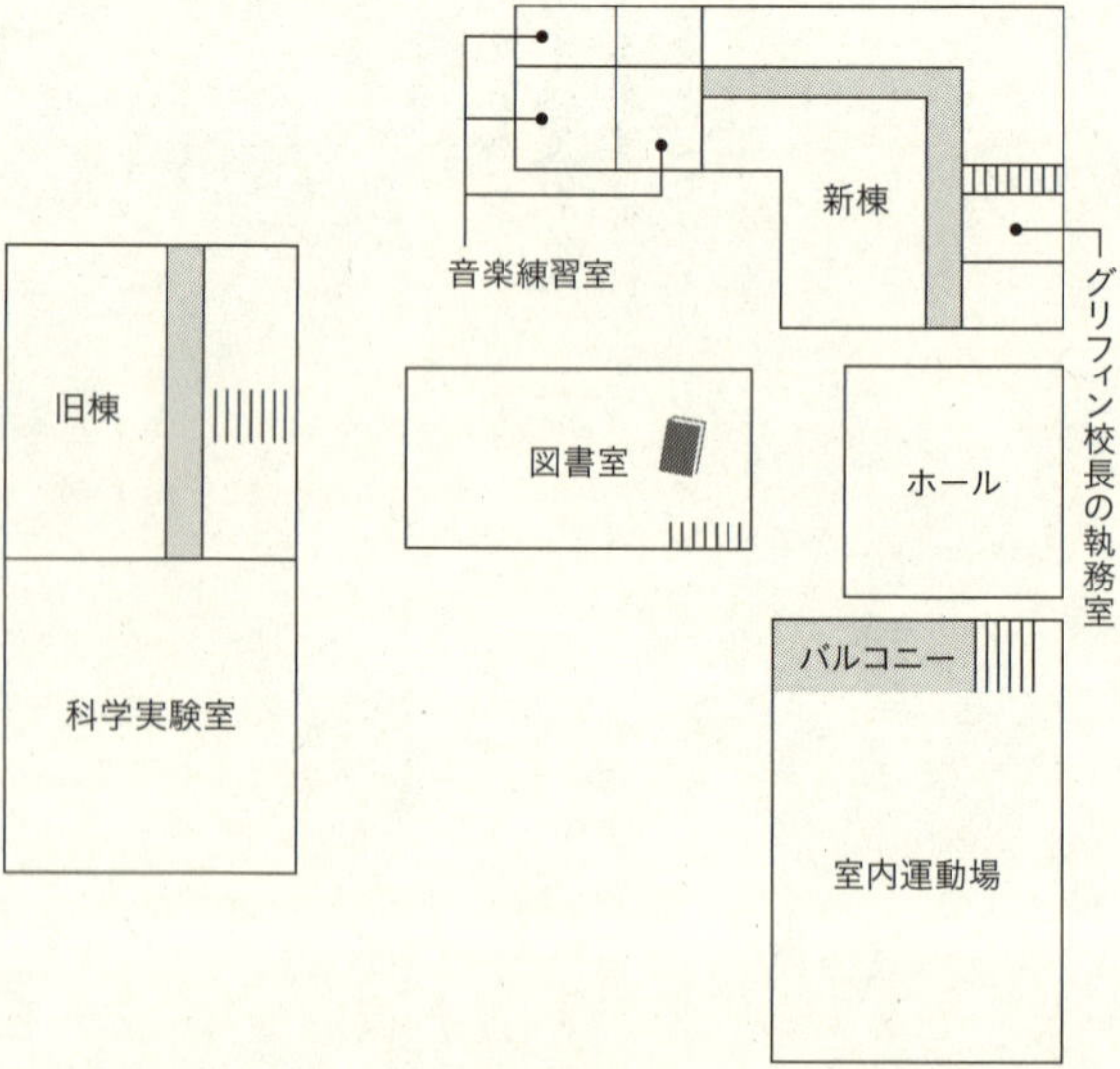

ディープディーン女子寄宿学校の見取り図

Map of Deepdean School

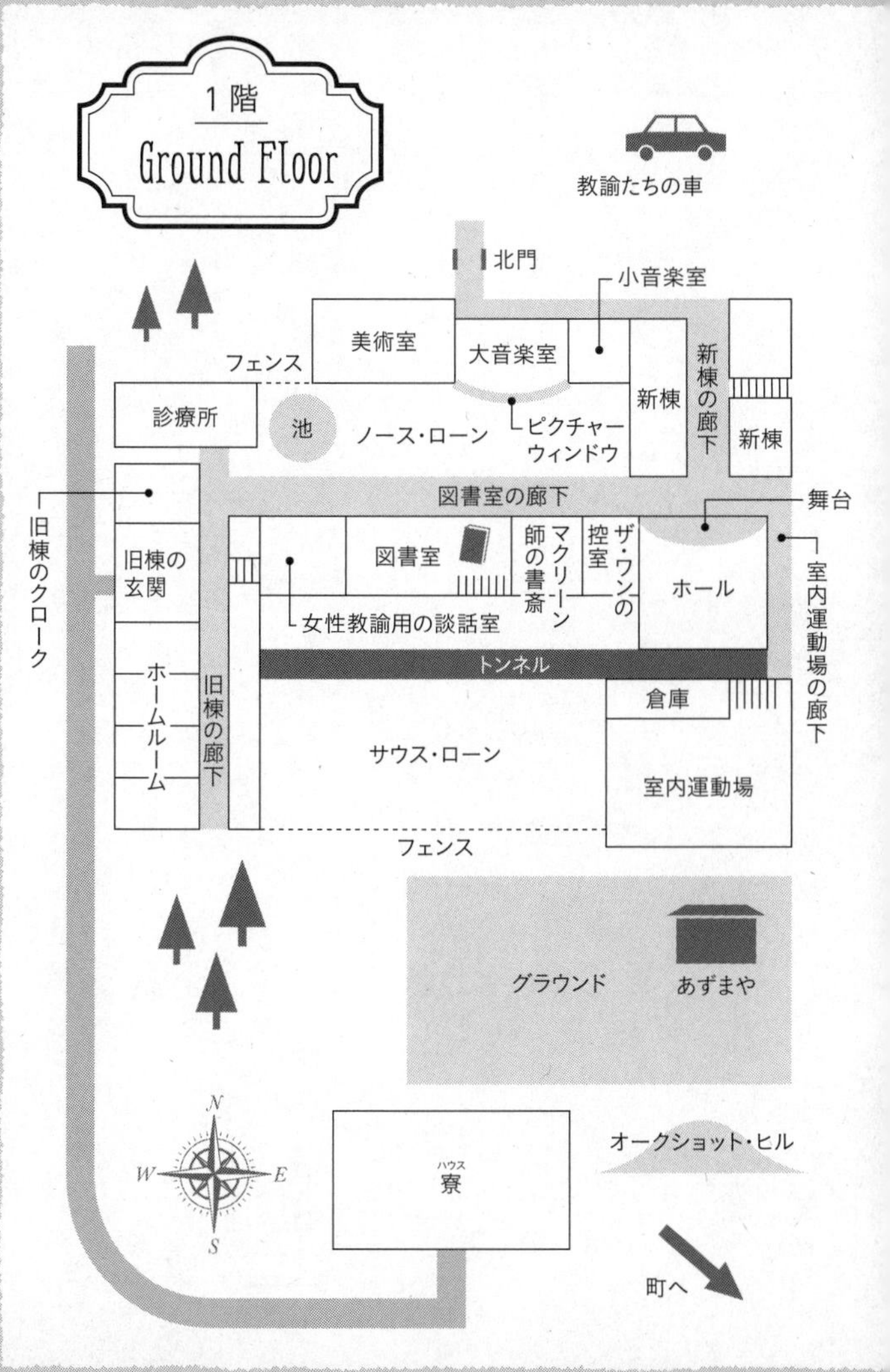
1階
Ground Floor
教諭たちの車
北門
小音楽室
美術室
大音楽室
フェンス
新棟の廊下
新棟
新棟
診療所
池
ノース・ローン
ピクチャーウィンドウ
図書室の廊下
舞台
旧棟のクローク
旧棟の玄関
図書室
マクリーン師の書斎
控室
ザ・ワンの
ホール
室内運動場の廊下
女性教諭用の談話室
トンネル
ホームルーム
旧棟の廊下
倉庫
サウス・ローン
室内運動場
フェンス
グラウンド
あずまや
N
W
E
S
寮《ハウス》
オークショット・ヒル
町へ

これは〈ウェルズ＆ウォン探偵倶楽部〉が捜査した
〝ベル先生殺人事件〟の全貌を記した事件簿である。

同倶楽部　秘書ヘイゼル・ウォン（十三歳）
一九三四年十月三十日より

お嬢さま学校にはふさわしくない死体

主要登場人物

【先生】

グリフィン……………………校長
ラペット先生…………………歴史とラテン語の先生
ベル先生………………………科学の先生
パーカー先生…………………数学の先生
マクリーン師…………………神学の先生。牧師
リード先生……………………通称〝ザ・ワン〟。音楽と美術の先生
テニソン先生…………………英語の先生
ホプキンズ先生………………体育の先生
ルノード先生…………………通称〝マドモワゼル〟。フランス語の先生
ミン先生………………………通称〝ミニー〟。校医
ジョーンズさん………………用務員

【生徒】

◆三年生

デイジー・ウェルズ…………探偵倶楽部の会長。貴族
ヘイゼル・ウォン……………探偵倶楽部の秘書。香港出身
キティ・フリーボディ………デイジーたちと寮で同室
レベッカ・マーティノー……通称〝ビーニー〟。デイジーたちと寮で同室
ラヴィニア・テンプル………デイジーたちと寮で同室

クレメンタイン・ドラクロワ
ソフィ・クローク＝フィンチリー……………………………………音楽の天才

◆一年生
ベッツィ・ノース……………………………………………………デイジーの取り巻き

◆二年生
ビニー・フリーボディ………………………………………………キティの妹
ザ・マリーズ…………………………………………………………三つ子の通称

◆五年生
アリス・マーガトロイド
ベリンダ・ヴァンス

◆ビッグ・ガール（最上級生）
ヴァージニア・オヴァートン………………………………………通称〝VO〟。監督生

◆生徒会長
ヘンリエッタ・トリリング…………………………………………通称〝キング・ヘンリー〟

第1部

死体発見

1

これは〈ウェルズ&ウォン探偵倶楽部〉がはじめて捜査した殺人事件の記録だ。デイジーが新しい事件簿を買ってくれてよかった。この前まで使っていた事件簿は、〝ラヴィニアの消えたネクタイ事件〟を解決したときにいっぱいになってしまったから。その事件の真相は言うまでもなく、ラクロスの試合中にラヴィニアにお腹をパンチされたクレメンタインが仕返しに盗んだのだった。とはいえ、ラヴィニアがパンチしたのだって、親が離婚しているとクレメンタインに言いふらされことへの仕返しだった。でも、今回の新たな事件を解決するのは、もっとたいへんなのではと感じている。

記録簿が新しくなったところで、あたしたちのことをすこし説明しておこうと思う。デイジー・ウェルズは〈ウェルズ&ウォン探偵倶楽部〉の会長、そしてあたし、ヘイゼル・ウォンはその秘書だ。だからデイジーは自分がシャーロック・ホームズで、あたしがワトソンだと言う。まあ、これはフェアだろう。なんといっても、この物語のヒロインというにはあたしの背は低すぎるから。それに、中国人のシャーロック・ホームズなんて、誰も聞いたことがないでしょう？

だから、ベル先生の死体を最初に見つけたのがあたしだったというのはすごくおかしな話だし、デイジーはいまでもそのことでへそを曲げているようだ。もちろん彼女は、そんなことはないというふりをしているけど。じつはデイジーこそ、そういう場面に出くわすのにふさわしいヒロインタイプなのだ。

デイジーをひと目見れば、彼女がどういう女の子か誰もがちゃんとわかったつもりになる――瞳は青く髪は金髪で、まさしくイギリス人らしい可憐な女の子だ、と。雨の降るなか、フィールド・ホッケーのスティックを握りしめ、泥だらけのグラウンドを全力で駆け回ったかと思えば、お茶の時間には椅子に座って、アイシングのかかったロールパンを十個も食べる女の子。一方であたしは、〈ミシュラン〉のキャラクターのビバンダムみたいに、どこもかしこもふっくらしている。頬は満月みたいにまん丸で、瞳も髪も頑固なまでに黒い。

あたしはこのディープディーン女子寄宿学校へ、二年生の途中に香港からやってきた。まだ〝おちびちゃん《シュリンプ》〟（新しい事件簿ということであらためて説明すると、下級生の小さな女の子たちはそう呼ばれている）だったときでさえ、デイジーはすでに学校じゅうに知られた存在だった。馬を乗りこなし、ラクロス・チームのメンバーで、演劇部にはいっていたから。〝ビッグ・ガール〟と呼ばれる上級生たちも彼女に一目置き、五月になるころには生徒会長みずからがデイジーを〝よき仲間《グッド・スポート》〟と言うようになったことを、学校の誰もが知っていた。

でも、それはデイジーの表の顔でしかない。ふだんみんなが目にしている、すごくいい子というわべの部分だ。ところが、内面はいい子でなんかない。あたしがそうと知るまでには、ずいぶんと時間がかかった。

2

デイジーは、あたしが死体を見つけるまでの今学期の出来事を説明してほしいと言う。ちゃんとした探偵はそうしている――まずは、事実確認をする――から。それに、優秀な秘書はいつも事件簿を手元に置いておくべきだ、とも言う。重要な出来事をすぐに書き留められるようにと。どのみちあたしはそうしているって言ってみたけど、無駄な抵抗だった。

秋学期の最初の何週間かにあったいちばん重要な出来事は、デイジーが探偵倶楽部をつくったことだ。デイジーは何かにつけて倶楽部をつくるのが大好きなのだ。去年はまず、戦争反対倶楽部（つまらなかった）を、つぎに交霊倶楽部（戦争反対倶楽部よりはましだったけど、交霊会のさいちゅうに寮でおなじ部屋のラヴィニアはマグを粉々に壊すわ、ビーニーは気を失うわで、寮母さんは交霊会をぜんぶ禁止した）をつくった。

でも、それもこれもみんな、あたしたちがまだおちびちゃんだったころの、去年の話だ。大人になって三年生になったいま、幽霊みたいなくだらないものを相手にしていられない——新学期のはじまりに学校にもどってきて犯罪に出くわすと、デイジーはそう言った。

あたしはすっかりうれしくなった。幽霊が怖かったからではない、絶対に。そんなものがいないことは、誰でも知っている。いたとしても、あたしたちを怖がらせるにはじゅうぶんなくらい、学校にはその手の話がうんとある。なかでもいちばん有名なのが、ヴェリティ・エイブラハムという生徒の幽霊だ。彼女はあたしがこのディープディーン女子寄宿学校に転校してくるまえに、室内運動場のバルコニーから飛び降り自殺していた。でもほかにも、音楽室に閉じ込められてお腹をすかせて死んだ元校長の幽霊や、池で溺れて死んだ一年生の幽霊の話があった。

すでに書いたように、今年は探偵になると決めたのはデイジーだ。寮《ハウス》にもどってきたとき、彼女のお菓子箱にはクリスティの『邪悪の家』とかアリンガムの『ミステリー・マイル』とかいった、薄暗くて気味の悪い表紙の本がたくさんはいっていた。寮母さんがそれを一冊一冊、没収していっても、どういうわけかデイジーはいつもそのあと、もっと多くの本を手に入れていた。

デイジーとあたしは、秋学期の最初の週に探偵倶楽部をはじめた。ふたりで極秘の約束をして、ほかには誰も――寮でおなじ部屋のキティやビーニーやラヴィニアにさえ――倶楽部のことは話さないと決めた。ふたりだけの秘密があると思うとすごく誇らしいし、すごく楽しい。何でもないふりで誰かの後ろをひっそりと歩き回っていても、じつは探偵として秘密の任務について情報を集めているのだから。

はじめての探偵任務は、デイジーがぜんぶ段取りをしてくれた。最初の週はまず、べつの三年生の部屋に忍び込み、クレメンタインの秘密の日記を読んだ。つぎに、デイジーが選んだある一年生のことを探れるだけ探った。これは訓練よ、とデイジーは言った――目にした車のナンバーをすべて記憶するみたいな。

二週目には、キング・ヘンリーが朝のお祈りの時間にいなかった件を調べた（〝キング・ヘンリー〟というのは、今年の生徒会長のヘンリエッタ・トリリングにつけられたあだ名だ。彼女は堂々としていて何事にも動じないし、すごくきれいな栗色の巻き毛をしている）。でも数時間もしないうちに、あたしたちだけでなく誰もが、その理由を知ることになった。その日の朝、彼女はおばさんが急死したと知らせる電報を受け取っていたのだ。

「かわいそうに」そうとわかると、キティは言った。キティはデイジーの隣のベッドを使っていて、デイジーは彼女を探偵倶楽部の支援者に任命した。でもそれが何なのか、彼女にはまだ教えていない。キティの髪はつやつやした明るい茶色で、顔にはそばかすが散っている。お菓子箱の底に何かを隠していて、あたしは最初、それを拷問の道具だと思っていた。でも、じつは睫毛《まつげ》のカーラーだとわかった。彼女はデイジーとおなじように噂話が大好きだけど、デイジーより心は優しい。「キング・ヘンリーはかわいそう。悪いことばかりつづいて。なんといっても、ヴェリティ・エイブラハムの親友だったんだから。みんなも、ヴェリティがどうなったか知ってるでしょう。あれ以来、キング・ヘンリーは変わったよね」

「あたし、知らない」ビーニーが言った。彼女はほんとうはレベッカという名前だけど、〝お豆ちゃん〟という意味のビーニーと呼ばれている。とても小柄で、何でも怖がるから。なかでもいちばん怖がっているのは授業だ。教科書を開くと、文字や数字がぜんぶ立ち上がって踊りだすから、いろんなことがきちんと考えられなくなるのだという。「ヴェリティはどうなったの？」

「自殺したの」キティがいらいらしたように言った。「去年、室内運動場のバルコニーから飛び降りたんじゃない。もう、言わせないでよ、お豆ちゃん」

「ああ！」と、ビーニー。「そうよね。ヴェリティはつまずいて落ちたのかと思ってたから」

ビーニーは時々、すごく鈍くなる。

学期のはじめにはほかにも、あとになってとても重要だったとわかった、ある出来事が起こった。ザ・ワンがやってきたのだ。

去年の終わりに、ネルソン先生が引退した。音楽と美術の担当で校長代理もしていた、退屈なおばあちゃん先生だ。その代わりにやってくる先生なんて、ものすごくつまらない人物だろうとみんなが思っていた——それなのに、新しくやってきた男性教諭《マスター》のザ・ワンことリード先生は、つまらなくなんかなかった。それに、おじいちゃんでもなかった。

リード先生はがっしりとした頬骨をしていて、粋な口ひげを生やし、髪はポマードを使って後ろに撫でつけていた。まさに映画スターといったところだったけど、それが誰なのか、みんなの意見はばらばらだった。とはいえ、そんなことはほんとうにどうでもよかった。リード先生はすごく男らしくて、マクリーン師なんかとはちがうから（牧師のマクリーン師は変わり者で、お風呂にはいらない。だからキティは彼のことを〝キ、タ、ナ、ーイ師〟と呼んでいる）、学校じゅうがたちまち彼に恋をした。

キティはリード先生を崇拝するため、大真面目に秘密倶楽部をつくった。といっても、半ば公然だったけど。とにかくその最初の会合で、リード先生には〝ザ・ワン〟という新しい洗礼名が与えられたのだった。彼の姿が見えるたび、合図（人差し指を立て、右目でウィンクをする）をこっそり送りあうことも決まった。

そのザ・ワンは、ディープディーン女子寄宿学校に来て一週間もしないうちに、去年のヴェリティ飛び降り自殺事件以来の大騒ぎを引き起こした。

前学期には学校じゅうのみんなが、ベル先生（科学担当の女性教諭《ミストレス》）とパーカー先生（数学担当の女性教諭《ミストレス》）の秘密を知っていた。ふたりは町にあるパーカー先生のこぢんまりとしたアパートでいっしょに暮らしていたけど、そこには予備の部屋があって、秘密というのはその部屋のことだった。デイジーからはじめてその話を聞いたときは、よくわからなかった。でもいまはもう三年生だし、どういう意味なのかちゃんとわかる。パーカー先生の、おしゃれというにはずいぶんと短い髪型や、去年のおやつ休憩のときにベル先生と代わりばんこにタバコを吸っていたことと関係のあることだ。

ところが今学期になって、ふたりが代わりばんこにタバコを吸うことはなくなっていた。ザ・ワンにはじめて会ったその日から、ベル先生はキティとおなじように、彼の虜になってしまったからだ。これはかなりの衝撃だった。ベル先生は美人ではないから。それに、白い実験衣の下のブラウスの裾《すそ》はスカートにきちんとたくしこみ、ボタンは首元まで留めるような、すごく厳格なところがある。おまけに貧しかった。すり切れた三枚のブラウスを順番に着回し、髪は自分で切り、放課後はグリフィン校長の秘書をして割増のお給金をもらっていた。誰もがベル先生にはかなり同情していたし、ザ・ワンもそうだろうと思い込んでいた。だから、彼が同情しないとわかって、みんなはすごく驚いた。

「あきらかに、ふたりのあいだに何かが起こったわね」学期の一週目の最終日、クレメンタインは三年生のみんなに言った。「おやつ休憩のあいだに科学実験室に行ったら、そこでベル先生とザ・ワンがいちゃいちゃしていたの。ほんと、びっくりしちゃった！」

「そんなわけないじゃない、まったく」ラヴィニアがばかにしたように言った。彼女はがっしりとした体格の大柄な女の子で、言うことを聞かない黒い髪はモップのよう。そしてたいていいつも、不機嫌そうにしている。

「してたの！」クレメンタインは言い張った。「いちゃいちゃってどういうふうにするのか、わたし、知ってるもの。お兄ちゃんが先月、おなじことをしてたから」

顔が思わずかっと熱くなった。ぴっちりと糊《のり》づけされているみたいにお堅いベル先生がいちゃいちゃする（それがどんな意味でも）ところを想像して、ものすごくうろたえてしまったのだ。

やがて、その話はパーカー先生の耳にもはいった。パーカー先生は黒い髪を切りっぱなしにしていて、小さな体に似合わない大きな声で霧笛をとどろかせるみたいに話すから、ほんとうにおそろしい。そんな先生とベル先生がはじめた口論は、果てしなくつづいた。学校じゅうのほぼ全員がその口論を聞いていて、パーカー先生は最後に、もうあのアパートに住まわせることはできないと、ベル先生に向かって言った。

そして学期の二週目になり、また何もかもが変わった。最新情報のすべてを追いかけることはとうてい無理だったけど、ザ・ワンはとつぜん、もうベル先生とはいっしょにいたくないと思ったようで、代わりにホプキンズ先生と仲良くしはじめたのだ。

ホプキンズ先生は体育担当の女性教諭だ。はつらつとして、いつも朗らかで（ただし、体育が得意でない生徒に対してはべつ）、ホッケーのスティックをぶんぶん振り回しながら、校舎の廊下をさっそうと歩いている。運動しやすいよう、パーマをかけた茶色い髪を頭の後ろでクリップを使ってまとめているけど、いつもいく房かの髪がはらりと落ちている。ホプキンズ先生はたしかに美人だし、それにとても若い（と思う）。

だから、ザ・ワンの気持ちがそちらに傾いてもまったく驚かないけど――ただ、そのせいでベル先生を捨てたのはショックだった。

というわけで、いまや教室でいちゃいちゃしているところを目撃されるのは、ザ・ワンとホプキンズ先生にホプキンズ先生になった。ベル先生がふたりを見かけたら、大急ぎでその場を立ち去るしかなかった。唇をぎゅっと結び、氷のような冷たい目をしながら。

ディープディーン女子寄宿学校全体としては、ベル先生に手厳しい意見が多かった。ホプキンズ先生は美人だけど、ベル先生はそうじゃない。ホプキンズ先生のお父さんはグロスターシャー州の大物治安判事だけど、ベル先生のお父さんは大物でも何でもない。でもあたしは、ベル先生の肩を持たずにはいられなかった。なんだかんだ言っても、ザ・ワンに捨てられたのはベル先生のせいではないし、貧しいのも仕方ないことだから。パーカー先生のアパートにいられなくなって、ベル先生はとうぜん、これまで以上にお金に困っているだろうし、そう考えてあたしは心を痛めた。

校長代理の座に就きさえすれば、ベル先生の気持ちは明るくなったかもしれない。でも、そううまくはいかなかった。校長代理の座はひとつだけで、数週間後には、グリフィン校長はベル先生を選ぶという噂が流れた。だから先生はよろこんでいいはずだった――正式に任命されれば、永遠にお金の心配をしなくてすむようになるから

——けど、じっさいは、選ばれないと知った先生たちから意地悪されるようになっただけだった。ほかに候補に挙がっていた先生は、ふたりいた。ひとりは英語の女性教諭、テニソン先生。ただし、有名な詩人のテニソンとは何の関係もない。《シャロットの姫》という絵に、ボートの上でうなだれている女の人が描かれているけど、あれはまさにテニソン先生そのものだ。先生の髪も、いつもあんなふうに顔の周りにべったりと貼りついている。そのうえ、何の足しにもならない人だ。生焼けのケーキみたいに。もうひとりは歴史とラテン語の女性教諭、ラペット先生。陰気くさいし頼りないし、綿を詰めすぎたクッションみたいにぽつぽつな体型で、自分こそはグリフィン校長にいちばん信頼されている相談相手だと思い込んでいる。ふたりとも、とにかく校長代理という仕事に意欲を燃やしていたから、廊下でベル先生を見かけるたび、冷たく当たるようになっていた。

そしてそんなとき、殺人事件が起こった。

3

ベル先生の死体を見つけたのはたしかにあたしだけど、ほんとうならあたしだって、そんなところにいるはずではなかった。デイジーの持っている探偵小説じゃあるまいし。寮母さんは何でも没収するのが大好きだから、そういう本は寮で読まないほうがいい。だからデイジーは放課後はいつも、校舎のなかをうろうろする。その日は文学倶楽部に顔を出し、ミルトンの『失楽園』のページのあいだにドロシー・L・セイヤーズの『誰の死体?』をこっそりと挟むと、ほかの子たちがおしゃべりするなか、腰を下ろしてしずかに読んでいた。あたしもデイジーといっしょに文学倶楽部にいて、部屋の奥のほうで探偵倶楽部の事件簿をせっせと書いていた。みんな、詩でも書いていると思っていただろう。

事件が起こったのは、その文学倶楽部のあとだった。十月二十九日の月曜日のことだ。放課後の倶楽部活動は五時二十分に終わるけど、デイジーがジョセフィン・テイの『列のなかの男』を読み終えるまで、あたしたちは誰もいなくなった部屋に残っていた。デイジーは本にすっかり夢中で、あたしは夕食の時間に遅れるんじゃないかと心配で、そわそわしていた。遅れたりしたら、寮母さんにひどく叱られてしまう。そんなときになってあたしは体操着がないことに気づき、どこに忘れてきたかを思いだして自分に腹を立てた。

「いやになっちゃう。デイジー、あたしったら室内運動場に体操着を忘れてきたみたい。ここで待ってて、すぐに取ってくるから」

デイジーはいつものように、本から顔を上げずにすこしだけ肩をすくめて聞こえたことを示し、そのまま本を読みつづけた。腕時計をもういちど見ると、五時四十分だった。旧棟の玄関から寮までもどるのに七分かかるから、走れば時間はじゅうぶんにある。夕食がはじまるのは六時ちょうどだ。

あたしはチョークのにおいが漂う、ひっそりとした旧棟の廊下を急いだ。それから右に曲がり、天井の高い図書室の廊下を走った。静けさのなか、白と黒のタイルを打つ靴音が響き、心臓がばくばくしていた。この学校に来て一年たつけど、こんなふうにどたどた走ることは、ホプキンズ先生が言う〝まったくレディらしくない〟お行儀悪いことだから、いまだにどぎまぎしてしまう。

女性教諭用の談話室と図書室、それにマクリーン師の書斎を通りすぎる。ザ・ワンの控室を過ぎてホールに出ると、そこでまた右に曲がって室内運動場へとつづく廊下を走った。噂では、ヴェリティ・エイブラハムの幽霊は室内運動場に現れるらしい。最初にそう聞いたとき、あたしはまだおちびちゃんだったから、その話を信じた。ジャンパースカートにネクタイという制服姿でラクロスのスティックを握っているけど、顔は長い髪で覆われ、全身は血だらけ。そんなヴェリティの姿を思い浮かべたものだ。

大人になり、もうおちびちゃんでなくなったいまでも、室内運動場に向かっていると思うだけでからだが震えた。室内運動場の廊下は不気味だから、それも仕方ない。壊れた古い椅子や机の部品が埃にまみれたまま、いっぱいに積み上げられ、暗がりに人が立っているみたいだった。その日の夕方は灯りはぜんぶ消されていて、あらゆるものが茶色や灰色のぼんやりとした影にしか見えなかった。あたしは全速力で廊下を走り、室内運動場の扉を勢いよくあけて倒れ込むようになかにはいると、ぜえぜえと息をついた。

その床に、ベル先生がいた。

知らない人のために説明しておくと、この学校の室内運動場はすごく広くて、大きなガラス窓が嵌《は》められた壁沿いに、梁と桁が渡されている。正面扉にいちばん近い壁を見上げると、ぞっとするほど高いところにバルコニーがある（生徒たちはそこに上がってはいけないことになっているけど、ヴェリティが飛び降りて以来、上がりたがる子なんていない）。その下には生徒が体操着に着替えたり私物を置いたりする小さな部屋があり、倉庫と呼ばれている。

ベル先生はバルコニーの下で、ぴくりとも動かず、仰向けに倒れていた。片手を頭のほうに投げ出し、膝を曲げるようにして。驚いているうちは、先生が死んでいるなんてことは頭に浮かばなかった。それよりも、あたしはいてはいけないところにいるからひどく叱られると考えて不安になり、気づかれないうちに逃げようと、また走りかけたくらいだった。でもそのとき、不思議に思ったのだ――こんなところに寝転がって、ベル先生は何をしているの？

あたしは先生に駆け寄って、傍らに膝をついた。からだに触れようとしてためらったのは、それまでどの先生にも触れたことがなかったからだ。でもじっさいに触れたら、ただふつうの人間に触れている感じがしただけだった。

あたしは先生の白い実験衣の肩のあたりをぽんぽんと叩いた。先生が目をぱっと開いてからだを起こし、放課後に室内運動場にいるなんてと叱ってくれればいいのに、と強く強く願いながら。でもそうはならず、それどころか肩を叩いたせいで先生の頭はゆっくりと反対側を向いてしまった。眼鏡が鼻からずり落ち、影だとばかり思っていたものが、じつはハンカチくらいの大きさの黒い染みだとわかった。染みは実験衣の襟にも点々とついていて、赤い色をしていた。指を伸ばして触れると、その指に血がついた。

あたしは尻もちをついたみたいになって、そのまま後ずさった。ぞっとしながら指をスカートに擦りつけると、スカートに色の濃い染みがすうっと付いた。その染みを見て、それからベル先生を見た。ずっと動いていない。ものすごく気分が悪くなってきた。死体というものを間近で見たのははじめてだけど、そのとき、はっきりとわかった。ベル先生は死んでいる。

こういう状況では叫ぶべきかと思ったけど、あたりは一面、薄暗くて静まり返っていたからできなかった。ほんとうはスカートを脱ぎたかった。付いた血をどこかにやってしまいたかった。でも、ディープディーン女子寄宿学校の教えがあたしのなかでむくりと頭をもたげ、死体とふたりきりでいることよりも、半裸で校舎のなかを走り回るほうが、どういうわけかずっとよくないことのように思えた。

そんなことを考えているうちに、ベル先生がほんとうに死んでいることが実感として迫ってきた。あたしは死体とふたりきりなのだ。とつぜん、ヴェリティ・エイブラハムの幽霊のことが頭に浮かび、ベル先生を殺したのはひょっとしたら彼女なのかと思った。一年まえに自分が飛び降りた、まさにおなじ場所から先生を突き落とし……そしていまは、あたしもおなじ目に遭わせようとして待ちかまえている、と。ばかげた考えだし子どもじみているけど、うなじの毛という毛がぜんぶ逆立ち、ディープディーン女子寄宿学校の教えがどうだろうとあたしは勢いよく立ち上がり、力のかぎりをふりしぼって室内運動場から走り出た——ベル先生が起き上がって追いかけてこないうちに。

4

とにかく慌てていたから、廊下を走ってもどるとき、捨てられた椅子に何回もぶつかって膝をひどく切ってしまった。でも、それに気づいたのはずっとあとだ。自分の足音がそこらじゅうに響きわたっていて、視界の端には奇妙な形をした黒い影が現れ、息が詰まりそうだった。図書室の廊下をずっと走って旧棟にもどると、デイジーがいた。彼女を残してきた部屋から、ようやく出てきたところだった。

全身を真っ赤にし、汗びっしょりで息を切らしているあたしは、とにかくひどいようすに見えたにちがいない。

デイジーは興味を惹かれたように、あたしに向かって目をぱちぱちさせた。

「いったいどうしたの？　血が出てるじゃない。このぶんだと夕食に間にあわないから、VOはかんかんに怒るわよ」

あたしは驚いて足元に目をやり、そのときはじめて、膝の傷から流れた血が脚を伝い落ちていることを知った。ぜんぜん気づかなかった。何もかも、自分の身に起きたことではないみたいに思えた。

「デイジー」あたしは息を切らしながら言った。「ベル先生が死んでる」

デイジーは笑った。「はいはい。すごくおもしろいわ、ヘイゼル。気のせいよ!」

「ほんとうなの。ベル先生は死んでる。室内運動場で、あそこで倒れて……」

デイジーは片方の眉を吊り上げ、すこしのあいだ、あたしをじっと見つめた。ちょうどそのとき、彼女の背後からヴァージニア・オヴァートンがぱっと現れた。

デイジーが言った〝VO〟とは、このヴァージニア・オヴァートンのことだ。月曜日の夜が担当の監督生で、倶楽部活動のあと、生徒たちをちゃんと寮にもどすことになっている。彼女は自分の任務をすごくまじめに果たしていた。パトロール警官みたいにぱたぱたと歩き回り、それが警察手帳だとでもいうように、クリップボードを胸に押しあてながら。

「ウェルズ!」薄暗い教室から姿を現し、彼女はぴしゃりと言った。「ウォン! 自分たちが何をしているか、わかってるの? ぴったり八分、夕食に遅れているのよ」

「室内運動場で――先生が――ベル先生が――」あたしはまくしたてた。

「ヘイゼルは、誰かが室内運動場でけがをしたと思ってるんです」デイジーはすらすらと言った。「それで助けを求めて、ここまで走ってもどってきたんです」

ヴァージニアは苛立《いらだ》たしげに顔をしかめた。「言わせてもらうと、あなたたちはずいぶんとすてきな作り話をするときがあるのよね」

「自分の目で見てきてください！」あたしは息も絶え絶えに言った。「お願いします！」

ヴァージニアはあたしからデイジーへと視線を移した。それからまたあたしのほうを見て、忠告するように言った。「もし、ふざけているのなら……」

あたしは彼女を引きずるようにして室内運動場にもどることになった。デイジーもあとにつづいた。

廊下の先にあるマクリーン師の書斎の外にはテニソン先生がいて、赤毛で尖った顔のフランス語の女性教諭、マドモワゼルと話していた（テニソン先生はどうしてマドモワゼルの言っていることがわかるのだろう。あたしにはわからない――マドモワゼルのフランス語なまりは強烈で、授業のときには苦労させられている）。書斎の主である、不潔なマクリーン師もいっしょだった。あたしたちが通りすぎるとき、三人ともこちらをふり返ってじっと見ていた。じっさい、かなり騒々しかったらしく、ザ・ワンもいったい何事かと思ったようで、小さな部屋から顔をのぞかせた（ザ・ワンは、図書室の廊下の端にある小さな部屋を専用の控室として使っていた。マクリーン師の書斎のすぐ隣だ——男性教諭が女性教諭とおなじ談話室を使うわけにはいかないから)。

「何かあったのかい、ヴァージニア？」マクリーン師が呼びかけた。ヴァージニアはきっぱりと言った。「何でもないと思います」

ヴァージニアとデイジーが扉を通って室内運動場にはいると、あたしは足を止めて意気揚々と電灯をつけた。「ほら、そこにベル先生が——」そう言って指をさす。「言ったでしょう——」

あたしは、数分まえにベル先生が倒れていたところに向けた自分の腕の先に目をやった。ベル先生がいない。室内運動場には人の気配はまったくなく、静まり返っていた。きれいに磨かれた木製の床に、小さいけど濃い染みがついているだけだ。そこに、先生の頭があったことを示すように。

まだ驚きのあまり息を詰めていると、ヴァージニアが話しはじめた。

「あらあら。これはびっくりね。誰もいないじゃない。ふたりとも、今夜は夕食抜きよ——ヘイゼル、あなたは嘘をついたから。そしてデイジー、あなたは彼女をけしかけたから」

「でも、先生はここにいました！」あたしは声を上げた。「ほんとうです、いたんです！　ほら、見てください！」そう言って、濃い染みを指さした。「これは血の痕です！　誰かがもどってきて、拭き取ったにちがいありません。そして——」

ヴァージニアは鼻を鳴らし、ばかにしたように言った。「誰もそんなこと、していない。だって、死体なんてなかったんだから——あなたもよくわかってるようにね。そうそう、血といえばあなた、膝から出血してるじゃない。わたしが気づかないとでも思ってた？　スカートにも付いてるわよ。ここまですばらしく手の込んだおふざけにつきあわされたのは、さすがにはじめてだわ。自分のしたことを恥ずかしく思いなさい——そうは言っても、あなたの出身地では嘘をつくのはいけないとは教えられないのよね、でしょう？」

あたしは唇を嚙み、室内運動場の床に倒れていたのがヴァージニア・オヴァートンだったらよかったのにと、心から願った。

「さあ、いっしょに寮にもどるわよ、ふたりとも。こんなことをして、あとで寮母さんにうんと厳しく叱られるといいわ。わたしから言えるのは、それだけ」

そう言うと彼女はあたしとデイジーの腕をつかんで、室内運動場から連れ出そうとした。どうしようもない三年生ね、とぶつぶつ呟きながら。腹が立つのと恥ずかしいのとで、あたしの顔は真っ赤だった。ほんとうに、ベル先生があそこに倒れているのを見たのに。自分ではちゃんとわかっている――でも、作り話でないと示す証拠はなかった。

ヴァージニアに連れられて廊下をもどるとき、またもやマドモワゼルとテニソン先生とマクリーン師のそばを通った。マドモワゼルはくすくす笑いながら訊いてきた。

「何でもなかったようね？」

「はい、まったく」ヴァージニアはそう答え、歩きつづけた。

自分の頭がおかしくなったのかも、とあたしはすこしだけ不安になった。デイジーの読む本じゃあるまいし、じっさいにはこんなことが起こるわけがない。あまりにもばかげている。

それでも、まぶしい灯りの下をヴァージニアに急きたてられるようにして歩き、木の羽目板が嵌まった旧棟の玄関をはいったところで、ふとスカートに目をやると、筋になった濃い染みが見えた。片手を開いて目の前に持ってくると、人差し指の爪をぐるりと囲むように、赤い痕跡がかすかに残っていた。あたしはその手をまたぎゅっと握って拳の形にした。あたしの頭は、ちっともおかしくなかった。

5

ヴァージニアにものすごい勢いで寮までの坂をのぼらされていたものの、まだまだたどり着けないうちに、夕食の時間を知らせる鐘が鳴った。遠くで鳴るその音に、あたしは思わずびくりとした。これもまた、ディープディーン女子寄宿学校の教えだった。この学校では最初に、鐘は聖なるものだと教わる。生徒たちの生活は、鐘の音と音のあいだに押し込まれているのだ。集合の鐘を無視することは、とにかくいけないことだとされている。なかでもいちばん重要なのが、寮での夕食を知らせる鐘だ。その音が聞こえたのに食堂に集まらなかったら、あるいはもっと悪いことに、鐘の音がまったく聞こえないところにいたら——そう！　夕食は食べられなくなる。

あたしたちはいま、食堂に行けないことよりもずっと大きな厄介事に巻き込まれている。それはもちろん、わかっていた。でもやっぱり、どうしてもその音に反応してしまうのだった。

寮の正面扉を通り、床がところどころ剝がれた古ぼけた玄関に着くと、生徒たちはまだ列をつくって食堂にはいろうとしているところだった。でも、ヴァージニアは「ここで待ってなさい！」と言い、彼女が駆け足で階段をのぼって寮母さんを呼びに行くあいだ、あたしとデイジーは玄関にある大きな時計の下で――その時計を見て、まるまる四分の遅刻だとわかった――緊張しながら時間をつぶさなければならなくなった。

ヴァージニアの話を聞く寮母さんは、うれしそうには見えなかった。お仕着せの帽子の下から、陰険そうな豚みたいな目であたしたちを睨みつけ、鼻から大きく息を吐き出す。ヴァージニアが話し終えると、すこしのあいだ、しずかになった。閉まったスウィングドア越しに、食堂でみんなが賑やかにおしゃべりする声が聞こえてきた。寮母さんはかっかしながら近づいてきて、あたしたちの頭を強く叩くと（デイジーよりあたしのほうが強く叩かれた。なんといっても、デイジーはあたしの〝嘘〟につき合っただけなのだから）、自分たちがしたことをよく考えなさいと言って、あたしたちを部屋に追いやった。夕食は抜きで。擦り切れた青いじゅうたんの敷かれた正面階段をのぼっているとき、寮母さんが隣にヴァージニアを従えて夕食に行くところが見えた。ふたりはいっしょに何やらぼそぼそとしゃべっていて、その後ろ姿には敵意が表れていたから、自分たちがどれほど嫌われているかわかった。

話を信じてもらえず、あたしはひどく落ち込んでいた。それだけでなく、室内運動場で目にしたことを考えると、いやな味が口に広がった。病気になりはじめるときみたいに。でも、デイジーはものすごく機嫌がよかった。部屋のドアを閉めれば、あたしたちはすぐにふたりきりになれる。デイジーはベッドを弾ませたり軋《きし》ませたりしながら腰を下ろし（ベッドは快適とはいかない）、こう言った。「話して」

「話すことは何もない」あたしは彼女の隣に腰を下ろした。これまでにないくらい、気持ち悪くなっていた。「室内運動場でベル先生が倒れていたの。バルコニーから落ちたにちがいないわ。先生は絶対に、完全に死んでた。作り話なんかしていない！」

「そうね、わかってる」デイジーは言った。誰もいない室内運動場で科学の先生の死体に出くわすことは、この世でいちばん自然な出来事だとでもいうように。「あなたはそんな嘘はつかない。ラヴィニアだったらわからないけど、でも、あなたはちがう。それで、ベル先生が死んでいたというのはほんとうなのね？」

そう言われ、あたしはむっとして背筋を伸ばした。でも、ベル先生の頭がごろんと反対側を向いたところを思いだし、また気持ち悪くなってきた。「さわるとまだ温かかったけど、死んでいたのはたしかよ。先生は転落したの。言ったでしょう、バルコニーから落ちたって」

デイジーは鼻を鳴らした。「落ちた？」

「何が言いたいの？」鳥肌が立った。ベル先生が死んでいて、ずっと怖いとしか思っていなかったから、どうしてそんなことになったのかはちゃんと考えていなかった。

「そんなの、わかりきってるじゃない。転落死したあと、起き上がって自分の死体を自分で片づける人なんていない、でしょう？　あなたが最初に死体を見た状況なら、事故で死んだと言えたかもしれない。でも、五分もしないうちに急いでもどったのに、元あったところに死体がなかったとなると――ねえ。誰かが先生を突き落とし、その証拠を消したに決まってる」

あたしははっと息を呑んだ。「先生は殺されたということ？」

「そうよ！」デイジーは言った。「そのことを思いつかなかったなんて言わないでね。ああ、ヘイゼル。すごくわくわくする。本物の殺人よ、ディープディーン女子寄宿学校で！　そりゃあ、わたしがすっかりまちがっている可能性は、つねにあるわ。ひょっとしたら、あなたはただ間の悪いときにそこに行って、それで何か誤解したのかも――」

「そんなことはない」あたしはまた、むっとして言った。

「あるいは、救急隊はちゃんと来てたのに、どういうわけかそれを見逃しただけかも。とにかく。もし、そういうことなら——そうでなければいいけど——明日の朝、教室に行けばすぐにわかる。この話は、おたふくかぜみたいに学校じゅうに広まっているはずだから」

「でも、そうなっていなかったら？」そう訊いたけど、答えはちゃんとわかっていた。

「そうなっていなかったら」デイジーは言った。またベッドを弾ませながら、にこにこと笑っている。「そうなっていなかったら、探偵倶楽部はまさに、またとない事件に巡り合ったということね」

6

階下《した》で食堂のスウィングドアが開く音が聞こえた。どよめきと、階段の絨毯の敷かれていないところをのぼる足音がして、その三十秒後に部屋のドアをあけてキティが駆け込んできた。ビーニーとラヴィニアもあとにつづいている。

「どうしたの？　どうして夕食にいなかったの？」息を切らしながらビーニーが訊いた。「何も食べていないかもと思って、あたしの分のデザートを取っておいたの――デザートといってもベイクウェル・タルトだから持ってくるのは簡単だったし、あたしがベイクウェル・タルトが大嫌いだって知ってるでしょう」

それが嘘だということは知っていたし、申し訳ないと思ったけど、あたしが何も言えないうちにデイジーは崩れかけたタルトをビーニーから優雅に受け取り、半分に割っていた。ビーニーのハンカチに包まれていたから清潔とは言い切れないけど、お腹がぐーぐー鳴っていたから、タルトは天国の味がした。

「何があったの？」あたしたちがもぐもぐ食べていると、キティが訊いた。「何をしでかしたの？　寮母さんもＶＯもなんだかひどくかっかしてたけど」

「いつものことじゃない、それって」口をタルトでいっぱいにしながらデイジーは言った。「ほんと、何でもないの。ヘイゼルが体操着を取りに室内運動場にもどったら、それをＶＯが見つけて、ヘイゼルがいてはいけないところをうろうろしていると決めつけただけ。それで、彼女と面倒なことになったというわけ」

よくわかる、というように誰もが頷いた。ヴァージニア・オヴァートンがすぐにかっとなることは伝説になっていた。

室内運動場から注意をそらしたいのと、ビーニーの気遣いにお礼をするため、デイジーはお菓子箱の中身を探って、〈フライ〉（イギリスにかつてあったチョコレートの製造会社）のチョコレートを一枚、取り出した。ベッドに腰を下ろしたまま、みんなでそのチョコレートを食べていると、予習――〝プレップ〟と呼ばれている――のはじまりを知らせる鐘の音が大きく鳴り響いた。

その日の夜は、やらなくてはいけない課題はたくさんあったけど、まったく集中できなかった。ベル先生のことが頭から離れなかったし、いまやあたしもデイジーも、先生が殺されたことを知っているから。デイジーはいろいろ言うけど、〈ウェルズ＆

ウォン探偵倶楽部〉がごく小さな盗難事件以上の重要な事件を捜査したことはいちどもない。でも、この事件をなんとかして解決したらどうなるだろう？　ヒロインになれるんじゃない？　グリフィン校長は勲章を贈ってくれるかもしれない。先生たちも上級生たちもみんな、あたしとデイジーの後ろに並んで拍手をしてくれるかも——もちろん、殺人犯はべつとして。

そんなことを考えていたら、何かをとんとんと叩く音がして現実に引きもどされた。「ほら万年筆を置くと、その日、予習を見てくれていたキング・ヘンリーが言った。ほら、ウォン。元気を出して！」

不吉なことだけど、殺人があったからにはかならず殺人犯がいる。デイジーの本のなかでは、殺人犯たちはいろいろ探られるとすごく腹を立てる——つまり、知りすぎた人間は、ひどくおそろしい目に遭うということだ。あたしは、まさに殺人の現場にいた。殺人が起きたすぐあとに。殺人犯があたしのことを見ていたら、どうなるだろう？

第２部

捜査開始

1

予習をしているあいだずっと、その考えのせいであたしは気を揉んでいた。そうメモに書いてデイジーにこっそり渡したかったけど、キング・ヘンリーがこちらを睨みつけていた。殺人犯に見られていたら、どうなるだろう？　何しろ、あたしが最初に室内運動場に行ってからまたもどるまでのあいだにベル先生の死体を隠すのは、危険な賭けだったにちがいないのだから。

洗面所で磁器の洗面台に三人ずつ並んで歯を磨いたあと、みんなはベッドにはいった。キティとラヴィニアがまくら投げをしている隙に、あたしはデイジーの小さなベッドにそっと近づいて、彼女の横にもぐり込んだ。

「デイジー」あたしはひそひそ声で言った。「殺人犯があたしのことを見ていたら、どうなると思う？」

「あなたを見る？」デイジーは寝返りを打ってこちらを向いた。「うわあ、ヘイゼル。

あなたの足、氷の塊みたいに冷たい」

「あたしが室内運動場にいるところを見ていたら、っていうこと。ベル先生を殺したあとで！」

デイジーはため息をついた。「いったいどうやって見るの？　最初に室内運動場に行ったときはいなかったんでしょう？」

「いなかった。でも、隠れていたかもしれないじゃない？　ひょっとしたら、倉庫のなかに」

「もう、おばかさん《チャンプ》ね。倉庫に隠れていたとしても扉は閉まってたんだから、見られたはずないじゃない、ちがう？　それに、あなたはまったく口を開かなかったんだから、たとえ犯人が隠れていても、そこにいたのがあなただとはわからなかったはず」

「でも、あたしたちはもどったでしょう！　そのときに見られてたら？　あたしたちはいま、殺人のことを知ってるのよ。それなのに犯人に狙われていないって、どうしてそうはっきり言えるの？」

「ＶＯはわたしたちの名前を呼ばなかったもの」デイジーはうんざりしたように言った。「絶対に呼ばなかった。だから殺人犯に、わたしやあなたのことがわかるはずないわ。断言する、ヘイゼル。優秀な探偵としての名誉にかけて。ほら、あなたも言って。わたしは優秀な探偵だって」

「あなたは優秀な探偵よ」あたしは言われたとおりにした。デイジーの指が腕に食い込んでいたから。

「わかったでしょう？　これでもう、すっかりだいじょうぶ。何も心配ないわ」

彼女の言うことをなんとか信じてみようと思った。

「そうでなければ」デイジーはさりげなく話をつづけた。「時機を待っているのかもしれないわね。わたしたちが誰で、どこまで見たのかをはっきり突き止めてから狙うつもりで。でも、そんなことはありそうにないかな。さあ、自分のベッドにもどりたまえ、ワトソン。窮屈で仕方ない。明日も大切な仕事が待っているよ」

あたしは自分のベッドにもどったけど、ずいぶん長いこと眠れなかった。すぐ横ではデイジーがすやすやと寝息を立てていたし、ラヴィニアがごろりと寝返りを打つたびにベッドが鳴った。でもそれ以外に、何かははっきりとわからない音がしていた。寮の内部を走る水道管がきーきー鳴る音や、そのなかを水がごぼごぼ流れる音が、これまでになく大きく聞こえる。それに、あたしのすぐ下ではネズミが鳴いている。壁のなかをどたどたと走り回っているのだ。ドアのすぐ向こうでは、ため息をつくような音。床板が鳴っているだけ。そう、自分に言い聞かせた——でも、すごく恥ずかしいけど、あたしはすっかり怖気づいていた。目をきつくぎゅっと閉じて、あいた窓（寮母さんは、新鮮な空気は子どもたちのためになると信じている）から吹き込む風が揺らすカーテンを見ないようにして、気をしっかり持とうとがんばった。でも、ベル先生の頭がごろんとなって反対側を向いた場面が、まぶたに焼き付いていた。眠ることは眠れたけど、とてもひどい夢を見た。

2

あたしたちはつぎの日から、捜査活動をはじめた。

お祈りのためにみんなで列になってホールに行くと、ザ・ワンがオルガンを奏でていたものの、ベル先生はいつもの席にいなかった。もちろん、デイジーとあたしにはわかっていたけど、みんなはものすごく驚いていた。だってベル先生はこれまで、どんなことにも遅れたことがなかったから。いつも完璧に時間に正確で、だから先生がお祈りの時間にいないなんて、このホールが頭の上に崩れ落ちてくるくらい、絶対にあり得ないことなのだ。木製のベンチは生徒たちでいっぱいだった。お祈りのときは完全に口を閉じるのが決まりで、そうしないと罰として居残りをさせられるのに、耳に貝殻を押しあてたみたいに、ひそひそと話す声が聞こえてきた。その声に先生たちはみんな眉をひそめ、おしゃべりしている子たちを睨み回している。

「ベル先生はどうしたのかしら?」ビーニーが小声で訊いた。「病気になったことなんて、いちどもないのに！」

「もしかしたらグリフィン校長はきょう、ベル先生が新しく校長代理になると発表するのかも」キティも小声で言ったけど、自分で思っている以上にその声は大きかった。

「ふたりがいっしょに壇上に現れることに、何を賭けてもいいわ」

「みなさん！」最前列のマドモワゼルがくるりとふり向き、三年生の席を睨みつけて怒鳴った。顔の尖り具合がいつもより目立っていて、あたしたちはすぐに口を閉じた。

「静粛に。どーうか、て、て、て、て、て、て、て、て、てーんごくのことを考えてください」

三年生はみんなしずかになった。そのときグリフィン校長が壇上に現れ、あたしたちは起立した。でも、校長はひとりきりで、キティは信じられないというようにビーニーを肘でつついた。校長がお説教をはじめると、誰もが真剣に耳を傾けないではいられなかった。

グリフィン校長のことは、この学校の校長だということ以外、まだあまり話していないと思う。説明するまでもないから、ついつい忘れがちになってしまうのだ。グリフィン校長の存在感はすごい。校長のいないディープディーン女子寄宿学校、あるいは、ディープディーン女子寄宿学校と関係ないグリフィン校長なんてものは想像できない。この学校が人間だとしたら、校長みたいに灰色の髪を後ろにきれいに撫でつけ、ほつれひとつないハリス・ツィードのジャケットを着ることだろう。

コツコツと床を鳴らすのにちょうどいいヒールの高さの実用的な靴を履き、校長は毎日、滑るようにして廊下を歩いている。授業中にその足音が聞こえたとき、未来からやってきたロボットみたい、とあたしはぼんやり思った。おちびちゃんみたいな幼稚な考えだとわかっているけど、グリフィン校長の隙のない身なりを剝いだら、ディープディーン女子寄宿学校をうまく切り盛りしようとひっきりなしに回る、ぎらぎらした歯車が現れるような気がする。校長に対しては、好きとか嫌いとかの感情を持つことはとてもむずかしい。たとえば、マドモワゼルのことを好きだと思ったり（理解できないくらいに強烈なフランス語なまりの英語はべつとして）、フィールド・ホッケーをしているときのホプキンズ先生は嫌いだと思ったりするようなことがないのだ。グリフィン校長はディープディーン女子寄宿学校の一部として、ただそこに存在している。校舎がそこにあるみたいに。上級生でもとくに将来有望なら、大学入試のための指導を校長自身にしてもらえるから、彼女のことを知る機会もあるだろう。あるいは監督生なら――監督生はほかの生徒とはまったくちがうから。

グリフィン校長のお説教の中身は、名誉と努力することについてだった。火曜日はだいたい、それをテーマにしている。それからきょうの伝達事項を読み上げはじめると、いよいよベル先生のことを聞けると、学校じゅうのみんなが待ちかまえた。でも校長は、四年生が来週の水曜日に博物館に行くことをもういちど確認し、美術室が散らかっていると、ザ・ワンにお小言を言っただけだった。

校長がベル先生のことにひと言も触れないなんて、ちょっとおかしい。でもそう思うのも、ベル先生が殺されていることをあたしが知っているからだ。ベル先生の身に何があったか、校長でさえ知らないとなると、殺人犯は犯行をうまく隠せたのだろう。そうなるとデイジーが言っていたように、真相の解明はあたしたちにかかってくる。探偵倶楽部のはじめての事件！　ラヴィニアが持っていたメキシコトビマメみたいに、胃がぴょんぴょん跳ねた。怖いのか、ものすごくわくわくしているのか、自分でもわからなかった。

もちろん、グリフィン校長はあたしが心のなかで何を考えているのかは知らない。

「それでは賛美歌を歌います」校長が言った。

歌ったのは《こころを高くあげよう》だ。ザ・ワンは嬉々としてオルガンの鍵盤を叩きつづける。そのオルガンの奏でる大音響に隠れて、デイジーがあたしのほうへ身を寄せてきた。

「〝ただ主のみを見あげて〜〟――ベル先生のことは何も言わなかったわね」彼女は

歌いながら言った。

「そうね――〝こころを高くあげよう～〟」あたしは答えた。「どうしたらいいと思う？」

「捜査するのよ、もちろん」デイジーは声を震わせながら言った。「あとで捜査方針について、最初の会合を開きましょう――〝霧のようなうれいも、やみのような恐れも～〟――ところでこの歌、わたしたちにぴったりね！」

グリフィン校長が演壇から睨みつけてきた。ふたりの話が聞こえたみたいに。あたしはごくりと唾を呑み込んで、また歌いはじめた。自分たちにぴったりの歌を。

3

先生たちはみんな、何事もなかったように学校生活をつづけると決めたようだった。

二時間目の科学の授業はどの先生が担当するのかと思いながら教室に行くと、驚いたことにマドモワゼルがいた。いつもベル先生がいたところに立ち、シルクのブラウスの上に白い実験衣を羽織っている。ほかの子たちも、ただただ驚いていた。

「ボンジュール、みなさん」マドモワゼルは言った。「ベール先生はおーやすみです、きょうのところは《オージョードゥイ》。ですから《エ・アロール》、わたしが授業を担当します」

「フランス語で話さないとだめですか?」うろたえながらビーニーが訊いた。

「その必要はありませんが、どうしても話したければどうぞ、レベッカ」髪を揺らし、からかうように唇をすぼめながらマドモワゼルは答えた。「心配しないで、フラーンスでわたしは、科学の先生でした。ですから、何を教えればいいかちゃんとわかっています」

「ベル先生はどうしたんですか?」キティが訊いた。

「ベール先生の事情は、わたしにはわかりません、キティ。きょうはおーやすみで、代わりにわたしが授業をするということしか。では座ってください、みなさん。植物の細胞について話し合いましょう。というのも、ベール先生はこれを教える予定だったみたいだからです」

「ますますおもしろくなってきたわね」腰を下ろすときにデイジーがささやいた。周りのみんなは教科書で顔を隠しながら、お互いに驚いた顔を見せ合っていた。

あたしはアリスのウサギの穴に落ちた気分だった。室内運動場の床に倒れているところを見ていなくたって、ベル先生に何かひどいことが起きただろうことはわかる。何しろ、先生は授業にはいつも一分たりとも遅れたことはないし、きょうは午前中ずっと、学校に姿を見せていないのだから。あたしが学校の先生だったら、すぐに警察に知らせただろう。でも、ここの先生たちは誰もそうしていないようだ。すごく頭にくる。

デイジーにそのことを話したくてたまらなかったけど、椅子の上でもぞもぞしているから、彼女もあたしと話したくて仕方ないみたいだ。

おやつ休憩を知らせる鐘が鳴り、デイジーが勢いよくこちらをふり返った。

「さあワトソン、いよいよだ！　頭のなかの事件簿の準備をして！　わたしたちの最初の任務は、噂話をぜんぶ探りだすこと。根も葉もないものでもね。正式に捜査をはじめるまえに、ほかの子たちの考えを知りたいから」

あたしはすぐにでも捜査をはじめたほうがいいと思っていたけど、探偵倶楽部の任務のことで頭がいっぱいのデイジーには、何を言っても無駄だ。だから、ワトソンらしく考えて頷き、彼女にくっついて外に出た。

4

芝生の上では、学校じゅうのみんながベル先生について、あることないことを噂し合っていた。あいにく誰も、先生は死んでいるかもしれないとは言っていない。それどころか、ほとんどの子が先生は夜逃げしたと考えているようだった——だいたいは、ザ・ワンに捨てられたからという理由だったけど、もっととんでもない説もあった。おちびちゃんのひとりは、先生が逃げているのは政府に追われているからだと話してくれた（とはいえ、どうして政府がただの学校の先生に関心を持っているのかは説明できなかった）。べつのおちびちゃんは、先生を追っているのは政府ではなく〝東方〟と関係のある秘密組織だと言った。そう話すあいだ、その子はずいぶんと怯えたようにあたしを見ていた。香港出身のあたしは人間の姿をしたその〝東方〟で、信用できないとでもいうように。そんなふうに思われるのはがまんできない。たいていの場合、知り合ったイギリスの人たちは、あたしのことを東洋人だと思っていないふりをするだけだから、あたしもあえてその点を蒸し返したりしない。でも、時にはうっかり口を滑らして、ふだんは隠しているちょっとした意地の悪さを口にしてしまう人もいる。それに対して、礼儀正しく気づかないふりをするのはとてもむずかしかった。

まさにこのおやつ休憩のとき、あたしはみんなとはちがうと周囲に気づかせることになってしまった。おしゃべりしているグループのそばを通りかかると、慌てて口をつぐむ子たちが何人もいた。あたしが、敵意を持つ東方のスパイだといけないから。それから、いちども話したことのない五年生の子がやってきて、お父さんがアヘン貿易をしているのはほんとうかと訊いてきた。あたしの父は銀行家だ。だから彼女にもそう言った。でも、信じていないのはよくわかった。

「あの人、何をお高くとまってるのかしらね」さっきの五年生が友だちのところに走ってもどると、デイジーが言った。「あの人のお父さんだって、いかがわしい密輸業者なのに。みんな知ってるわ」

そう聞いて気持ちが和らいだ。とはいえ、デイジーがどこでそんな情報を仕入れてきたのかは、まったくわからない。彼女はいつもこんなふうに、思いがけないことを口にする。以前にいちど、どうしてそんなにいろんなことを知っているのかと訊いたら、ただこう答えた。「ああ、それはね、おじさまがね」そして、なんとも言えない表情をした。

そのあとデイジーは、ノース・ローンでおやつを食べているグループのなかに消えていった。彼女はふっといなくなるときがある。どこに行ったかと頭を巡らすと、誰かに制服の背中をつかまれた。ふり返るとデイジーがいた。とても楽しそうだ。

「ちょっと聞いて！」彼女は小さな声で言った。「ベル先生は辞めたという話があるの。いまキング・ヘンリーと話して、そう聞かされた」

なんだか妙に思えるかもしれない――デイジーは三年生なのに、生徒会長という立場の人と話ができるなんて――けど、これもまた、いかにもイギリスらしい一面にすぎない。イギリスでは、話に出てくる人とはだいたい誰とでも親戚関係にあるというのはいつものことで、キング・ヘンリーもデイジーのお母さんとは遠い親戚なのだ。キング・ヘンリーとデイジーは休暇中にいっしょに乗馬に出かけたり、お互いの家を訪問し合ってお茶を飲んだり、いろんなことをしている。そういうわけで、デイジーは学校でもキング・ヘンリーと口を利いてもだいじょうぶなのだ。

「きょうの朝、校長の机の上にベル先生の辞職願が置いてあったんですって。キング・ヘンリーはそれを読んだの。校長が見せてくれたから。校長はまだ、ベル先生の辞職のことをいつ生徒に知らせるか、決められないでいるみたい。思っていた以上に、キング・ヘンリーはベル先生のことが好きだったのね。この話をしているとき、ものすごくつらそうだったもの」

「でも、ベル先生は辞めたはずないじゃない！」あたしは声を上げた。

「そんなこと、わたしだってわかってる」デイジーはじれったそうに言った。「ベル先生は完全に死んでいた。だから、何かを書くことはできない。ましてや辞職願なんて。でも、これが何を意味しているのかわからない？　確実に証明されたってことじゃない。あなたが出くわしたのは、まちがいなく殺人事件だったと。そしてその犯人は、真似することができるくらいベル先生の筆跡を知っている誰かだと。しかもその誰かは、この学校の上のほうの立場にいる。校長の執務室にはいって、机に辞職願を置きに行けるくらいの」

「先生たちね！」あたしはおそろしくなって息を呑んだ。「だからなのね、先生たちがみんな、何も問題ないふりをしているのは」

「あら、全員そろってベル先生を殺したわけじゃないでしょう」デイジーが指摘する。「でも、殺人を犯した人物は——それがどの先生でも——、辞職願を書くことでほかの先生たちをうまくだましたのよ。マドモワゼルが〝ベル先生の事情はわからない〟と言っていたのは、こういうことだったのね。いよいよね、ヘイゼル。わたしたちの出番がやってきたわよ！　探偵倶楽部が行動を起こさなければ、誰がやるというの！」

あたしはすこしのあいだ、探偵らしくないことを心のなかで考えてから訊いた。

「警察に知らせにいくだけじゃだめだって、ほんとうにそう思ってる？」

「ばかなこと言わないで」デイジーは厳めしく言った。「まだ何の証拠もつかんでいないじゃない。死体だってないのよ。笑われるだけだわ。だから警察には知らせないで、わたしたちだけで捜査するの。それになんだかんだ言って、これはわたしたちの事件なんだから」

そんなふうに言っていいのか、あたしにはわからなかった。デイジーはまるで、またおやつ泥棒があったくらいに話しているけど、そんなものではないとあたしにはわかっている。室内運動場で見た光景は、頭のなかでは幽霊話になっていて、死体が現れたかと思うとどこへともなく消えていく。ただ、それは物語なんかではなく現実だ。いまでもあたしは、ベル先生の死体を見たことを犯人に知られているかもしれないと考えて怯えていた。あたし自身が死体になってお終《しま》い、なんてことになったら？　数年後には、上級生たちはヴェリティ・エイブラハムではなくあたしの幽霊の話をして、おちびちゃんたちを怖がらせるようになるかもしれない。そんなことを考えると、からだがぶるぶる震えた。

「でも、あなたはベル先生のことを好きでもなかったじゃない」幽霊のことを考えないですむよう、あたしは言った。

「好きとか嫌いとかの問題じゃないの」デイジーはきっぱりと答えた。「真理の問題なの。人を殺しておいて逃げ切るなんて、このディープディーンでは誰にもさせない。ああ、ヘイゼル、ものすごいスリルを味わえるわよ！　探偵倶楽部がついに現実になるの！」

ちょうどこのとき、おやつ休憩の終わりを知らせる鐘が鳴った。

「では」デイジーが言った。「今夜、予習のあとで最初の公式会合の開催を提案します。ベル先生の殺人はいまや〈ウェルズ＆ウォン探偵倶楽部〉が捜査する正式な事件なんだから、いろいろ書き留めてね。わたしは捜査計画を立てるから。さあ、ふたりとも目を開いて耳をすますわよ。探偵倶楽部の前途のために、握手しない？」

あたしたちは手を握り合い、指をぱちんと鳴らし、また手を握り合い、事件解決を誓った。それから大急ぎで、ザ・ワンの美術の授業へ向かった。

5

あたしはこの日の授業はもう、あきらめていた。昼食の時間はずっと事件簿を書いて過ごし、そのあともフランス語の教科書のあいだに隠して書きつづけた。デイジーは隣の席で、うまく盾になってくれた（あたしが書いている内容が気に入らないときだけ、つついてきたけど）。彼女もまた、事件のことをずっと考えているのだ。

いつものデイジーはだらだらと予習をつづけながらため息をつき、困ったような顔をして、それから四つ目の課題の二問目について尋ねるメモをみんなに回す。でも、その夜はあっという間に終わらせ、壁のペンキの剝がれたところをうっとりと眺めていた。ただ運悪く、この日に予習を見る担当はヴァージニア・オヴァートンだったから、彼女にきつく叱られていた。「ウェルズ！　教科書から目を離さないで」

そのあとデイジーは問題集を覗き込み、何か書くふりをしながら十五分を過ごした。反対側では、ビーニーがフランス語の課題に苦しめられていた。顔を歪め、三つ編の先を口にくわえている。ビーニーの前では、ラヴィニアが睨みつけるようにしてラテン語の問題と格闘していた。後ろに座っているキティがビーニーの椅子を蹴飛ばし、メモを渡した。ビーニーはそれを見ると声を出して笑い、その声を聞きつけたヴァージニアが顔を上げた——ちょうど、デイジーがあたしの机にたたんだメモをそっと置いたときに。

「ウェルズ！」ヴァージニアは声を荒らげた。「メモを回すのは禁止、その規則は知ってるでしょう。そんなにだいじなことなら、ここに来て、みんなの前で読み上げてごらんなさい」

そう言われても、デイジーはまったく動じなかった。すっくと立ち上がり、あたしの机に置いたメモをまた手にして自習室の前のほうに向かう。ヴァージニアの机のところまで行くとくるりとふり向き、メモを広げ、重々しい声で読みはじめた。

「コックさんたち、夕食に芽キャベツ以外のものを出してくれないかな。わたしの意見なんて、絶対に聞いてもらえないだろうけど」

「ウェルズ、小生意気なことを！」ヴァージニアが声を上げ、あたしたちはみんなくすくす笑った。「それを寄こしなさい！」

ヴァージニアはデイジーの手からメモをひったくると、ざっと目を通した。苛立ちのあまり、顔が真っ赤になっている。「席にもどりなさい。今夜これ以上口を開いたら、寮母さんに報告しますからね。あと、ほかのみんなもおしゃべりしないように。しずかに！　しーっ！」

デイジーはあたしたちに向かってほんのすこし膝を折って得意げにお辞儀をすると、いつものようにみんながきゃっきゃとはやし立て、ヴァージニアがしずかに怒りを爆発させているあいだを縫い、席にもどった。それからあたしの隣に腰を下ろしながら、一瞬、顔を寄せてささやいた。「今夜、歯を磨いたあとに衣類乾燥室で会合をするわよ。例のことを話し合うの」

あたしはまた、ジョージ三世の欠点についてのエッセイを書くふりをはじめた。やっぱりデイジーは最高だ、と思いながら。いかにもデイジーらしかった。でもすぐに、彼女がたったいま言ったことを考えて、胃が締めつけられるような気がした。あたしたち、ほんとうに最初の殺人事件を捜査する準備ができてる？

6

その後、当番の監督生が総出で、とっくに寝ていなくてはいけないおちびちゃんたちを追い回していると（その夜は、いつもよりずいぶんと手こずったようだ。きっと、デイジーが何か関わっていたのだろう）、あたしはこっそりと部屋を抜け出し――事件簿をパジャマの上着のポケットに押し込み、カモフラージュのために歯ブラシを持って――、二階の廊下にある衣類乾燥室に向かった。すぐに、デイジーもそっと歩いてやってきた。スリッパを履き、いつものパジャマを着ている。どこまでも自然な格好だ。薄暗い廊下の上や下に目をやり、誰もいないことに満足すると、彼女は腕をつかんでほとんど引きずるようにあたしを乾燥室に押し込み、自分もなかにはいって扉を閉めた。

乾燥室のなかはむっとするくらいじめじめしていて、真っ暗だった――うっかりデイジーにぶつかってよろめくと、彼女は言った。「ちょっと、ヘイゼル。気をつけて」

何かが裂けるような、はじけるような音がして、あたしは跳び上がった。

「いまの音は何？」と訊いたけど、デイジーはこう答えただけだった。「カモフラージュしてるのよ。ちょっと、そんなふうに腕を振り回さないで……。ほら――」

ぱちんという音がして、電灯がついた。

灰色の制服でいっぱいの木製の棚が、何列も目に飛び込んできた。それから、デイジーも。棚にもたれて、あたしをじっと見ている。パジャマの上着のボタンがひとつ取れていて、ボタン穴から生地が飛び出していた。

「では」とデイジーは言った。「座りましょうか」

あたしは灰色のニッカーズの山に腰を下ろした。そうしたら棚の横板が危ないと思えるくらいぎしぎしと鳴ったから、また跳び上がった。

「いくわよ」そう言うとデイジーは勢いをつけて棚に飛び乗り、スリッパを履いた足をぶらぶらさせながら話しはじめた。「探偵倶楽部の会合は、十月三十日火曜日の夜八時十分、ここに招集されました。出席者は会長のデイジー・ウェルズ、そして秘書のヘイゼル・ウォン。今夜の議題はベル先生の殺人事件についてです。何か意見は？」

「ありません」忙しなくペンを動かしながら、あたしは答えた。

「よろしい、ワトソン。では、話し合いはつぎの順番で進めます。第一に、事件についてわかっていることの確認。第二に、容疑者リストの作成。第三に、死体はいま、どこにあるかの考察。それから第四に、捜査計画の決定」

「わかっていることなんてあるの？」あたしは記録を取る手を止め、デイジーを見ながら訊いた。ふつうの探偵ならわかっていてとうぜんのこともなしに、捜査をはじめようとしている。そんな気がしていたのだ。死体は消えてしまったし（この目で見たとはいえ、あたしは怯えたおちびちゃんみたいにあたふたするだけで、ちゃんと注意して見てはいなかった）、事件現場に残っていたものは、いまごろは用務員のジョーンズさんが校内を見回るついでに、きれいに掃除しているはずだ。見るべき写真もなく、読むべき警察発表の資料も、検死官の報告書もない。先は暗いように思えた。

「もちろん、あるわよ！」デイジーは言った。「ちょっと、ヘイゼルったら！　はじめもしないうちに、あきらめないでよ。わたしたちは殺人事件があったことを知っている、だってあなたが死体を見つけたから。誰が殺されたかを知っているし、どうやって殺されたかも知っている」

「バルコニーから突き落とされて！」あたしはデイジーに合わせて言った。

「いつ突き落とされたのか、検証することもできるわ。見て――毎日、最後の授業は午後四時十五分に終わるけど――月曜日の最後の授業は、二年生のダンスよ。あなたが室内運動場に行ったのは——？」

「五時四十五分」あたしは答えた。

「ということは、ベル先生が殺されたのは四時十五分から——ダンスの授業のときに死体があれば、二年生の子たちが気づいたはずだもの——五時四十五分までのあいだよ。ほら、ね？　何があったか、誰が、どこで、どうやって、いつ殺されたかがわかった。そんなにむずかしいことじゃないの」

たしかにデイジーの言うとおりだ。

「なんだかんだ言って、わかってることはいくつもあるのよ」デイジーはつづけた。「それを辿れば、思う以上にちゃんと、つぎのポイントに行きつくの。つまり、容疑者に。ベル先生がいなくなればいいと願っていたのは——というより、今学期に何があったかを考えて、そう願いそうなのは誰かしら？」

「ほんとうに、先生たちの誰かが関係してると考えてるの？」

「すでに突き止めたことが、それを証明してるわ」デイジーは答えた。「辞職願がグリフィン校長の机に置いてあったこと、ベル先生のものに見せかけた筆跡——先生たちの誰かにしかできないことよ。それに、ベル先生が殺されたのは放課後で、室内運動場のバルコニーから突き落とされたこともわかってる。手すりを乗り越えるくらいの力で押しやれる誰かに。その点はまったく疑う余地はないと思うの。で、それができたのは誰か?」

「そうね、パーカー先生かな。ベル先生やザ・ワンとのことを考えると」

「嫉妬という切り口ね。それ、気に入ったわ。では、ほかの先生たちのあいだにある揉め事を考えましょう!」

あたしは、いまや伝説になるほど激しく腹を立てていたパーカー先生のことを考えた。短い黒髪を指でかきむしりながら、きーきー叫んでいた。たしかに、先生が容疑者である可能性は高い。

「ほかには?」デイジーが訊いた。

「ホプキンズ先生は? ベル先生のせいでザ・ワンに捨てられると心配していたかもしれない」

「あら、その推理はばかげているわ。まず、動機として弱すぎる。それに、たまたまわたしは知ってるんだけど、ホプキンズ先生は月曜日の放課後、ホッケー・チームのみんなとグラウンドのあずまやで作戦会議をひらいていたの。ほら、今週末に聖チェイター校と試合があるでしょう——チームのみんなは怖気づいてたから、ホプキンズ先生は対策を練っていたみたい。だから、ベル先生を殺せたはずはない。あとは——

そうね、ホプキンズ先生が殺人みたいなことをするはずがないから。できるわけがない。だって先生は――立派な人だもの」

今度はあたしがため息をつく番だった。デイジーはとにかくホプキンズ先生に夢中なのだ。だから、彼女が先生を容疑者から外すのはフェアじゃないような気がした。でも、そのアリバイのことで議論するつもりはなかった。

「わかった、つぎはラペット先生とテニソン先生。ふたりとも校長代理になりたがってるけど、その職に就くのはベル先生だったことはみんなが知ってる。ふたりのうちどちらかが、ベル先生を消せば自分がその職を得られると考えたとしたら？」

「さっきの推理よりはずっとましね」デイジーはうれしそうに言った。「ふたりには、思い当たるアリバイはない――それに、テニソン先生は犯行があったと思われる時間に校舎にいたことがわかってる、そうよね？　なんといっても、わたしたちはきのう、テニソン先生に言われて文学倶楽部に行ったんだし、どの倶楽部も五時二十分に終わってる。それからあなたが死体を見つけた直後には、先生はマクリーン師の書斎の外にいた。室内運動場からはすぐのところよ。で……あとは誰かしら？　マドモワゼルとマクリーン師も容疑者かも。だって、ふたりともちょうどいい時間に犯行現場の近くにいたから。でも、動機が思い浮かばないわ。あなたはどう？」

あたしは頭を横に振って訊いた。「おなじ理由で、ザ・ワンも容疑者に入れなくていいの？　彼もいたじゃない——あたしたちが通りすぎるとき、部屋から顔を出したところを見たでしょう」

「たしかにそうね」デイジーは頷いて同意した。「でも、ここでもまた、どうしてベル先生を殺そうとするのかという話にならない？　ベル先生にもう興味がないから、というわけでもなさそうだし。ほんとうだったら、ベル先生がザ・ワンを殺したっていいはずじゃない。もちろん、そんなことにはなっていないけど」

「怒り？」あたしは言ってみた。「脅迫？　後悔？」

「ふむ。まだ、よくわからないわね。でも、ほかの点ではいい線を行ってる。ということで、挙がった容疑者は七人ね！　ちゃんと書いておいて。アリバイがわかったら、あとで消せばいいわ」

あたしは七人の名前を書いた。

容疑者リスト

1
パーカー先生
動機：嫉妬による怒り
アリバイ：未確認

2
~~ホプキンズ先生~~
~~動機：恋敵を消すため~~
~~アリバイ：あり。殺人があった時間、あずまやにいた~~　除外

3
ラペット先生
動機：校長代理の職を得るため
アリバイ：未確認

4
テニソン先生
動機：校長代理の職を得るため
アリバイ：未確認
注意：殺人の直後、室内運動場の近くにいるところをデイジ

ー・ウェルズとヘイゼル・ウォンが目撃

5

マドモワゼル
動機：なし
アリバイ：未確認
注意：殺人の直後、室内運動場の近くにいるところをデイジ
ー・ウェルズとヘイゼル・ウォンが目撃

6

マクリーン師
動機：なし
アリバイ：未確認
注意：殺人の直後、室内運動場の近くにいるところをデイジ
ー・ウェルズとヘイゼル・ウォンが目撃

7

ザ・ワン
動機：~~怒り？~~　~~脅迫？~~　なし

アリバイ：未確認
注意：殺人の直後、室内運動場の近くにいるところをデイジー・ウェルズとヘイゼル・ウォンが目撃

「いいじゃない、完璧」デイジーは言った。「では、つぎに死体について考えましょう」

その言葉の響きはほんとうにいやだった。じっさいにからだが震え、室内運動場にもどったとき、殺人犯はまだそこにいたかもしれないという考えがまたよみがえった。

「死体はどこに消えたのか？」あたしの表情には気づかず、デイジーが訊いた。「殺人犯はどうやって死体を動かしたのか？　そんなに時間はなかったはずよ。あなたが五時四十五分に室内運動場を離れ、わたしとヴァージニアといっしょにもどったのが、そうね、五時五十二分だとしたら――だいたい、それくらいよね――、そんなに遠くには動かせない。死体はものすごく重いんですって、おじさまが言ってた」

デイジーったら、そんなこと言わなくていいのに。冗談のつもりだったにしても、

あたしの恐怖は頂点に達した。

「犯人は倉庫に隠れていたというあなたの推理、かぎりなく可能性がありそうね」デイジーは意気込んで言った。ますます、彼女が読んでいる探偵小説の登場人物みたいな話し方になっている。「それで、彼だか彼女だかわからないけどその犯人は、死体も倉庫に引きずっていったはず！　想像してみて――あなたとわたしとヴァージニアは、殺人犯と被害者からほんの数歩しか離れていないところにいたのよ。でも、そのときに死体が倉庫にあったとして、そのあとどこに移されたのか？　きょう、室内運動場を使った子は誰も気づいていないから、きのうの夜、わたしたちがそこを離れてからどこかに移されたにちがいないわね。たぶん、ジョーンズさんが倉庫に置いている手押し車を使って。そうすれば運ぶのは簡単だもの。とにかく、ベル先生の死体がいま現在どこにあるかを突き止めるのも任務のうちね」

「ううっ」あたしはからだをぶるぶる震わせながら言った。ベル先生の死体をまた見るなんていやだ。そう考えることも、ヴァージニアとデイジーといっしょに室内運動場にもどったとき、殺人犯が近くにいたかもしれないと考えることも、どちらにも耐えられない。でもデイジーは、あたしに向かってぐるりと目を回してみせた。彼女はそんなことではぜんぜん、ひるんだりしない。そのふたつのことを、あたしとまったくおなじようには見ていないのだ。

「死体の捜索となると、いま以上に綿密な計画を立てて捜査に当たらないと。ただ死体を探して学校のなかをうろうろするのではだめだと思うの。それで――ヘイゼル、これはちゃんと書いておいて――明日の計画はつぎのとおりよ。容疑者リストに名前の挙がった先生たちのアリバイを確認する。もちろん直接訊いてもいいけど、生徒たちに訊くほうが簡単でしょうね。でも、この任務ではつねに用心を怠らないこと。それは忘れないでね！　どんな答えが真実につながっているか、わからないから」

「そうよね」高ぶる気持ちを抑えながら、あたしは言った。「わかった。でも――いまでもまだ信じられないの、この学校の先生たちの誰かが、人を殺したかもしれないなんて」

「あら、ばかなこと言わないでよ、ヘイゼル。おじさまが言うには、誰もが人殺しになる才能があるそうよ、心の奥深いところに。これだけは覚えておいて――」

でもそのとき、衣類乾燥室の扉がばんと開いて、目の前に険しい顔をしたヴァージニア・オヴァートンが現れた。あたしは目にもとまらぬ速さで事件簿を床に落とし、その上にさっと座った。ヴァージニアの観察眼はときどき鈍ることがあるから助かった。

「あなたたち、ここで何をしているの？」彼女は激しい口調で訊いた。「すぐに出なさい」

デイジーはおちついていた。「パジャマの上着のボタンが取れちゃったんです。だから、新しい上着を探すのをヘイゼルに手伝ってもらっていました」

「そうは思えないけど」ヴァージニアは言った。「もう十時になるのよ——三十分まえにはベッドにはいっていなくちゃいけないのに。すぐに部屋にもどりなさい。このことは寮母さんに報告しますからね」

悪意でいっぱいの目に見つめられながら、あたしたちは衣類乾燥室からちょこちょこと走り出て、自分たちの部屋に向かった。デイジーは新しいパジャマの上着をしっかりと握っていた。「鬼ね」角を曲がったとたん、デイジーが言った。「彼女はわたしたちを乾燥室から追いだしたかっただけよ、そうすれば、自分がベリンダ・ヴァンスとあそこでいちゃいちゃできるから。先週、ふたりがそうしているところを見たって、ベッツィ・ノースが言ってた」

「まあ」

「この学校の問題は」階段をのぼったところでデイジーは足を止め、着ていたパジャマを脱いで新しいものを着た。「どっちを向いても、秘密だらけということ。それなのに、そのほとんどはつかみどころがないときてる。ふたりの探偵の捜査を楽にはしてくれないのよ」

デイジーほどの人気者に、探偵倶楽部みたいな秘密があるというのは不思議に思えるかもしれない。もちろん、ほんとうの彼女がこんな女の子だとは、はじめて会ったときには思いもしなかった。あのときのことは忘れられない。あたしがはじめてグラウンドに立ったときで――ついでに言えば、死ぬかもしれないとはじめて本気で思ったときだ。

7

この学校に通いはじめて、まだ一日もたっていなかった。香港を出た船はほんの一週間まえにイギリスの港に着いたばかりで、世界じゅうでこんなに寒いところがあるのかと、まだ理解できずにいたときだ。イギリス人の女の子たちが、ホッケー用の短すぎるスカート姿で嬉々としてグラウンドに飛び出していくのを眺めながら、あたしはあんなおかしなことには関わらないようにしようと思っていた。でも結局、気づくと自分もグラウンドにいた。ちくちくする灰色のホッケー用スカートとニッカーズから、むっちりした脚をさらしながら（イギリス人によると、寒さを感じる唯一の場所はおしりだそうで、ほんとうの下着の上にもう一枚、下着をつけると、温かくなるらしい）。凍えてピンクになった手には、ぴかぴかに輝く新品のホッケーのスティックを握っていた。

それからホプキンズ先生が笛を吹いた。するとみんなはいきなり、目の前でぴょんぴょん跳びはねはじめた。何かを叫び、スティックを振り回しながら。まるで、お互いに殺し合おうとしているみたいだった。雨も降りだし——香港で慣れ親しんだ、温かい雨とはまったくちがい、顔やスカートの下から見えている鳥肌の立った脚に、氷の塊を投げつけられているみたいだった。

そのとき、あたしは理解した。ほんとうのイギリスは、イギリスの寄宿学校の生活を綴った本（第二次世界大戦が終わるころまで、イギリスには寄宿学校を舞台にした〝学校物語〟という児童文学のジャンルがあった）で読んだみたいに、楽しいものではない、と。

イギリスについては——それと、本物のイギリスの子どもたちが通う寄宿学校については——子どものころからずっと、いろんなことを耳にしていた。父も寄宿学校に通っていたから、いつもその話ばかりしていたのだ。父はあたしに英語の読み書きを習わせ——しかもあたしだけでなく、わが家の召使い全員に。そのなかには〝ムイジャイ〟と呼ばれる、家事を手伝う幼い女の子もいた――それから英語の本を山ほど読ませた。

それでもやっぱり、自分がイギリスの学校に行くと考えたことはなかった。もちろん、一族の男の子たちは全員、うちの家族みたいにイギリスの学校に通っていた。でも、女の子たちはたいてい香港島に留まっていて、あたしもそうなるはずだった。ふたつの出来事がなければ。ひとつ目は、父の愛人の産んだ子がまた女の子だったこと。つまり、男の子をイギリスの学校に行かせるという父の夢が、ふたたび破れたのだ。ふたつ目は、家族ぐるみで付き合いのあるチェン家のヴィクトリアという女の子が、カイロのハンプデン女子学校に送られたこと。彼女のお父さんはあたしの父に、制服姿の青白い顔をした小さな女の子たちの隣で体をこわばらせるヴィクトリアの写真を見せた。父はその場で、チェン家ができるならわが家もできると思ったのだ。しかも、もっといい学校に行かせられると。

そうこうするうちにも、年度の途中だけど、おまえも遠くの学校に行くんだよ、と父はあたしに言いつづけていた――カイロの学校ではなくイギリスにある本物の学校に、と。「チェンがわたしを負かすことができると思っているなら」父は言った。「それはまちがいだ。それに、世界じゅうのどの学校も、チェンの娘がぼんくらだという事実は変えられん。ヴィクトリア・チェンが十人集まっても、うちの賢いヘイゼルには勝てんし、ヘイゼルはいずれ、それを証明してみせる」

母は激怒した。父がイギリスに取り憑かれていることをよく思っていないのだ。「西洋の学校を出て立派になった中国人は、ひとりもいませんよ」母は言った。

「おいおい、そんなことを言うんじゃない、愛するリンよ」母の言葉を聞いて父は笑った。「わたしがいるじゃないか」

「立派になれなかったいい例ね」母はぴしゃりと言い、それから一週間、抗議のしるしに広東語以外はひと言も口にしなかった。

あたしはといえば、もちろん大喜びして興奮していた。父とおなじように、あたしも本物のイギリスに取り憑かれていたから。白くて大きなケーキみたいなわが家とそれを囲む庭には、西洋のものがあふれている。きちんと手入れされた緑色の芝生はピンクのバラで縁取りされ（そのバラにまんべんなく水をやらなくてはいけないことに、母はいつも文句を言っていた）、イギリスのフォリオ・ソサエティという出版社からは毎月、重くていいにおいのする小包が送られてきた。なかには本がぎっしり詰まっていて、父の書斎を埋めるのだ。さらにどの部屋にも絵画が——広々とした緑地と小さな農夫たちに囲まれたイギリスの壮大なお屋敷や、栗毛の美しい馬に乗った人たちや、緑の芝生の上で紅茶を楽しんでいる人たちが描かれた絵画が——何枚も飾られ、模様入りの壁紙が見えないほどだ。ダイニング・ルームには、勲章を身に着け口ひげをたくわえた王さまが、真珠と白いドレスで着飾った王妃さまと並んでいる特大の肖像画が飾られている。「ここはわたしのイギリスだ」父はそう言う——でも、庭の壁のてっぺんから外に目をやると、騒々しくて埃っぽい道をリキシャが行くのが見下ろせた。ヴィクトリア・ハーバーの向こうは木造帆船《ジャンク》やタンカーでいっぱいで、あたしの家はまったくべつの世界にあるみたいに思えた。

イギリスへ行くと知った日、あたしは応接間に腰を下ろし——そこに置かれた大理石の家具は暑さですこし歪んでいたし、壁紙は剥がれていた——学校にいる自分のことをあれこれ想像した。金髪のイギリス人の女の子と腕を取りあっているところや、あたしを完璧なイギリス人のお嬢さんに変えてくれる、イギリス人のお嬢さんの友だちのことを。

でも、あの日の朝、あたしは冷たいグラウンドに立ちながら、イギリスのお嬢さんはみんな、じつは無礼で頭がおかしいのではと思っていた。これ以上は無理というくらいにホッケーのスティックをぎゅっと握りしめていると——そこへ、誰かがものすごい勢いでぶつかってきた。よろけて声を上げると（あたしはすごく体格がいいから、そう簡単には倒れない)、その誰かは言った。

「やだ、ほんとうにごめんなさい」

そう、それがデイジーだった。三つ編にした髪はほどけてぼさぼさで、目はとんでもなく青かった。イギリスについては何もかも期待外れだったけど、すくなくともここにひとつだけ、理想のイギリスがあった——金髪の友だちが現実に現れたのだ。まさに本で読んだり絵画で観たりしていたイギリス人だ。

あのときのことを思い出すと、自分は愚かだったことを思い知る。

第3部

興味深い事実

1

水曜日の朝もまだベル先生は（もちろん）姿を見せなくて、誰もが〝東方〟のギャングに追われていると考えてわくわくしているみたいだった。自宅通学の二年生、ラリー・トンプソン＝ベイツは話を聞いてくれる子には誰にでも、お母さんの親しい友人がベル先生にすごくよく似た人を見かけたと触れまわっていた。先生はアビンドンにある店でアザレアを買っていたらしい。花ことばのことなら何でも知っているという子から、アザレアの花ことばは〝気をつけて！〟だと聞かされると、興奮が巻き起こった——でもそれも、アジサイとまちがえていたとラリーが認めるまでのことだった。アジサイの花ことばは〝冷淡〟だとわかったけど、それも何だかちがうような気がした。

「それに、花を買う時間なんてあるのかしらね、先生がほんとうにギャングに追われて逃げているなら」デイジーは小声でばかにしたように言い、キティのほうを向いて、ベル先生を追っているのはひょっとしたらロシア人かもしれないと話しはじめた。

デイジーはゴシップを仕入れるために、低学年の子たちと仲良くなっている。今回は一年生のベッツィ・ノースとほかにも何人かをスパイに仕立て、低学年から情報を集めることにした。謎の失踪をするまえの月曜日にベル先生が何をしていたか知りたいからと、正直に言って。高学年の子たちには、あたしとデイジーでひとりひとりに話を聞いた。

みんな、ベル先生のことをつぎからつぎへと聞かせてくれたわりには、そのほとんどはまったく役に立たない話ばかりだった。でもそこへ、ベッツィがとびきりの情報を持ってきた。

ベッツィとおなじ一年生のひとりが、マドモワゼルといっしょに月曜日の文化倶楽部に参加していたという。つまりこれで、マドモワゼルに四時二十分から五時二十分のあいだのアリバイがあることがわかった。でも、それだけじゃなかった。ここから話はいっそうおもしろくなる。その一年生はすこしお腹の調子が悪かったので、五分早く、倶楽部を出た。それから帽子とコートを取りに旧棟のクロークに行ったのがちょうど五時十五分を過ぎたところで、そこで思いがけずベル先生に会ったというのだ。そのおちびちゃんによると、先生は古いコートの山を探っていて、ぼろぼろになった

『アラビアン・ナイト』を取り出すと、「これは没収します」とぴしゃりと言い、図書室の廊下のほうへとずんずん歩いていったという。

あたしもデイジーもすぐに、この情報が何を意味するかわかった。殺人犯がベル先生を襲ったと思われる時間が、三十分以内に狭められたのだ。もしベル先生が五時十五分には生きていて旧棟のクロークにいたら、五時二十分までには室内運動場には行けなかったはず。ということは、殺されたのは五時二十分から五時四十五分のあいだにちがいない。

「わかったでしょう」ベッツィがまた走っていってしまうと、デイジーは言った。「殺人事件の捜査というのは、わりと簡単だっていうことが。こういうふうにつづけていけば、あっという間に解決できるわよ」

あたしにはそうは思えなかった。解明しなくてはいけない問題は、まだまだたくさんある気がしていた。でも、出だしがすごく順調だということはちゃんと認めよう。

そしてすぐにまた、もっと多くの情報が寄せられた。

ある四年生が、堅信礼の勉強をするためにマクリーン師を待っていたところ、図書室の廊下沿いにある談話室にはいっていくベル先生を目撃していた。授業が終わったばかりで、まだ倶楽部活動が始まるまえだ。ベル先生につづいて、パーカー先生もはいっていったという。ふたりは数分後に出てきて――どちらも見ていて怖いくらいに機嫌が悪そうで、ベル先生の表情は氷のように冷たく、そしてパーカー先生は腹を立てているからか、髪はぜんぶ逆立っていた（と、その四年生は言った）――誰もいないホームルームのほうへ、いっしょに歩き去ったらしい。この証言は、あとでじっくり検討しないと。ベル先生が殺された日の夕方にふたりで何か話し合っていたなんて、ものすごく怪しいから。

それから、五年生のフェリシティ・カーリントン（ベル先生について話せることは何もないと、ひどく残念がっていた）は、ちょうど四時三十分過ぎにラペット先生がグリフィン校長の執務室にはいっていくところを目撃していた。眼鏡はずり落ち、ふくよかな胸は激しく上下していて、何かにとても苛立っているようすだったらしい。

それを聞いたデイジーは興奮した。

「ベル先生が校長代理に選ばれたことで、ラペット先生が文句を言っていたとしたら？」小声でそう訊いてきた。「グリフィン校長がその話を聞いてくれなくて、ラペット先生は自分の手で問題を解決しようとしたのかもしれないじゃない？」

「ふむ」あたしは考え深げに言った。容疑者のうち、さらにふたりが放課後も校舎に残っていたことがわかった。しかもふたりとも、殺人が行われた時刻に、どんなアリバイもない。あたしはそういうこともぜんぶ、容疑者リストに書き留めた。

2

パーカー先生が容疑者としていよいよ怪しくなり、デイジーは数学の時間に、お気に入りの万年筆をなくしたと騒ぎはじめた。月曜日の夕方に文学倶楽部に参加したあと、廊下で落としたにちがいない、と言って。「先生は見てないですよね？」彼女はパーカー先生に訊いた。

「自分の持ち物はきちんと管理しておかないとだめじゃない」赤い万年筆でデイジーの答えに正解の丸をつけながら、先生はいらいらしたように言った。「あなたは時々、すごく不注意になるわね。あいにくだけど、月曜日は授業が終わってすぐに校舎を出たから、わたしが見たはずないわ」

パーカー先生がビーニーのほうを向いてお小言を言いはじめると（ビーニーは三つ編をかじりながら、絶望したように教科書のあるページを見つめていた。そこには数字を消すために何本もの線が引かれていて、ほとんど青い塊に見えた）、あたしは興奮して勢いよくデイジーをふり返った。でも、キティに先を越された。彼女はにやりと笑いながら、デイジーを肘でつついていた。

「ちょっと、先生ったらとんだ嘘つきね！」キティは注意深くパーカー先生のほうに目をやりながら、こそこそ話した。先生はいま、ビーニーを怒鳴っている。「授業が終わったあとに校舎を出たなんて言ってるけど、そんなの嘘。文学倶楽部が終わってから図書室の廊下に向かって歩いているとき、わたし、先生を見たんだもの。誰もいないホームルームで椅子に座って、何かに腹を立てていたのか顔は真っ赤だったし、髪なんて逆立ってたのよ！　パーカー先生がベル先生とまた言い争っていたことに、何でも賭けちゃう——なんてね！　パーカー先生は、ベル先生を誘拐したロシアの犯罪組織の秘密諜報員なのかも！　そう考えるとわくわくしない？」

「ふむ」デイジーはそう言うと、教室を見回した。「わたしがロシアの犯罪組織のボスで秘密諜報員を必要としていたら」——先生はすっかりやる気をなくしたように頭を抱えていた。ビーニーが同じ質問に、五回もまちがった答えを返したから——「パーカー先生は選ばないわね。何をさせようとしてもいやがりそうだし、そのうえ腹を立てて逃げ出しそう」

「すごくわかる」キティはそう言い、くすくすと笑った。

話をこしらえてキティをうまくはぐらかしたことに感心し、あたしはデイジーを肘でつついた。彼女もウィンクを返してくれた。ふたりとも、自分たちがいい線を行っているとわかっていた。パーカー先生のアリバイは、どんどんあやふやになってきている――いま、室内運動室の近くにいたことがわかった。ひとりで、ベル先生が殺されたと思われる時刻にとても近い時間帯に。そしてそのことで、先生は嘘をついた。ほんとうにベル先生とまた言い争っていたの？　もしそうだったら、どうしてそのことを隠そうとしているの？　まるで、デイジーの読んでいる本の筋書きみたい。

でも同時に、パーカー先生はほんとうに誰かを殺せるのかと思わずにはいられなかった。先生はかっとなりやすく、それは誰もが知っているけど――それなら、ラヴィニアだっておなじ。とはいえ、どれだけわめき散らしても、じっさいの彼女はまったく無害だ。叫んだり何かを蹴飛ばしたりすれば怒りが出ていって、それ以上、悪いことをする気力がなくなるとでもいうみたいに。それは、パーカー先生にも言えるのでは？

「でも、マドモワゼルがベル先生を連れ去った犯人だったら？」つぎの授業に向かいながらキティが訊いた。数学の授業のときにデイジーが言った、ベル先生を連れ去ったロシアの犯罪組織のことをまだ考えているのはあきらかだった。「このところずっと、先生の言動はものすごくおかしいもの――ソフィ、きのうの話をみんなにも聞かせてあげて」

寮ではべつの部屋だけど、おなじ三年生で音楽の天才のソフィ・クローク＝フィンチリーは、にやりとして言った。「うん、わかった。すごくへんな話だけど、ザ・ワンのレッスンを受けていたら――」

「いつ？」話を遮ってデイジーが訊いた。

「えっと、四時二十分から五十分のあいだ。いつもとおなじよ」目をぱちぱちさせながらソフィは答えた。「で、とにかくわたしはレッスンのあとも練習しようと、音楽室に残ってたの。そしたらすぐに、隣の練習室にも誰かがいることに気づいたわ。ものすごくおかしな音が聞こえてきたから。うがいをしているみたいな、叫んでいるみたいな音で――音楽なんかじゃなかった！　わたしはずっと、隣にはふたりいると思ってた。べつべつの話し声が聞こえた気がしたから。でもすぐに、それはマドモワゼルだってわかった。英語でひとりごとを言って、それからおなじことを今度はフランス語でくり返してたの！　そんなことをしばらくつづけていたけど――だいたい五時四十五分ごろまでよ、その時間にわたしは寮にもどらなくてはいけなかったから――ちょうど練習室を出ようとしているところにマドモワゼルも出てきて鉢合わせになったんだけど、なぜだかものすごく驚いて、大急ぎで廊下を走って新棟のほうへ行ってしまったの。へんな話でしょう?」

あたしもデイジーも、その点には賛成だった。でもあたしは、これでようやく容疑者のひとりのアリバイがちゃんと確認できたとしか思っていなかった。

3

神学の授業のとき、またべつのアリバイが確認された。

月曜日の夕方、室内運動場の近くにある書斎の前で見かけたマクリーン師は、何かを待っているようだった。彼ももちろん、殺人犯の可能性はある。マクリーン師の髪は脂ぎっていて、着ているジャケットには卵の染みが付いている。お祈りの時間には演壇から、生徒のことをいやらしい目で見てくる。彼がベル先生を殺した犯人だったらあたしたちも気が休まるし、満足できるのに。でも、そうはいかなかった。マクリーン師は、来年、あたしたちが四年生になったら受ける予定の堅信礼の準備について話しはじめた。「どの生徒もたいへん楽しめると思いますよ！」そう言って、気味の悪い黄色い歯を見せながら笑った。「というのも、月曜日の授業でその話をしたら、みんなとても興味を持ってくれてね、授業時間を三十分も過ぎてしまったんですよ！最後には、夕食に遅れないように急ぎなさいと言わなければならなかった！」

これがほんとうなら、マクリーン師には殺人事件のあった時刻のアリバイがあるということだ。昼食の時間に寮にもどると、デイジーは聞き込みをして——マクリーン師のあり得ないほどに非の打ちどころのないアリバイは、完全に事実だとわかった。彼が授業を終えたのは五時四十五分で、それから室内運動場に行ってベル先生を殺し、あたしたちが見かけたときには図書室の廊下にもどってマドモワゼルやテニソン先生とおしゃべりしている、というのはまず不可能だ。

あたしとデイジーは信じられない思いで顔を見合わせた。朝のうちに、ふたりの容疑者をリストから消すことができたのだから。

容疑者リストを更新しないと。

容疑者リスト

1　パーカー先生
動機：嫉妬による怒り
アリバイ：五時二十分から五時四十五分のあいだは未確認

注意：殺人のあった日、四時二十分に被害者に腹を立てながら談話室から出ていったところを、ある四年生が目撃。また五時二十分に新棟のホームルーム（室内運動場の近く）にひとりでいるところを、キティ・フリーボディが目撃

2

~~ホプキンズ先生~~

~~動機：恋敵を消すため~~

~~アリバイ：あり。殺人があった時間、あずまやにいた~~　除外

3

ラペット先生

動機：校長代理の職を得るため

アリバイ：未確認

注意：ちょうど四時三十分過ぎ、とても苛立ったようすでグリフィン校長の執務室にはいっていくところを、フェリシティ・カーリントンが目撃

4　テニソン先生
動機：校長代理の職を得るため
アリバイ：五時二十分から五時五十分のあいだは未確認
注意：殺人の直後、室内運動場の近くにいるところをデイジー・ウェルズとヘイゼル・ウォンが目撃

5　マドモワゼル
動機：なし
アリバイ：（未確認）。あり。五時二十分から五時四十五分まで、音楽室にいるところをソフィ・クローク＝フィンチリーが目撃
注意：殺人の直後、室内運動場の近くにいるところをデイジー・ウェルズとヘイゼル・ウォンが目撃　除外

6.　マクリーン師
動機：なし
アリバイ：（未確認）。あり。五時二十分から五時四十五分まで、

神学の授業を延長した
~~注意：殺人の直後、室内運動場の近くにいるところをデイジー・ウェルズとヘイゼル・ウォンが目撃~~　除外

7

ザ・ワン
動機：~~怒り？　脅迫？~~　なし
アリバイ：未確認。四時二十分から四時五十分まで、あり。ソフィ・クローク＝フィンチリーにレッスンを施していた。五時二十分から五時五十分までは、なし
注意：殺人の直後、室内運動場の近くにいるところをデイジー・ウェルズとヘイゼル・ウォンが目撃

4

マクリーン師とマドモワゼルをいっぺんに除外できてなんだかがっかりした（ふたりとも、いかにも犯人という感じだったから！）けど、昼食のあとの出来事がそれをまあまあ埋め合わせてくれた。水曜日の午後の最初の授業は室内運動場でのダンスで、輪になってぴょんぴょん跳び回るという苦痛を、一時間にわたって味わわないといけない。そのあいだホプキンズ先生はあたしたちをじっと監視し、クリップから落ちた茶色い髪を揺らしながらこう言う。「みなさん、背筋を伸ばして！　腕はまっすぐ！　脚をぴんとさせて！」あたしたちが劇場の舞台に立つくらい上手になっても、先生はあいかわらず、完全には満足しないだろう。

ホプキンズ先生はとくにあたしのことが気に入らないらしく、ベルトを指さしては、「ヘイゼル、もうすこしダンスをすれば、そのベルトも緩くなるんじゃない？　さあ、お願いだからまっすぐに立って」と言う。

あたしがホプキンズ先生を困らせたら、先生もちゃんとあたしを困らせる。そんな先生のことが怖い。デイジーが先生にあれほど夢中でなければいいのに。

とにかく、その水曜日のダンスの授業のあいだはいろいろ考えすぎて、踊ることにほとんど集中できなかった。例の出来事以来、はじめて足を踏み入れる室内運動場は、きちんとしてふだんと変わりなく見えた。床はジョーンズさんがぴかぴかに磨いていた。それでもやっぱり身震いはするし、神経はぴりぴりする。授業のはじめに室内運動場にはいるときは足がすくんでしまい、そこから先に進むのにデイジーに背中をぴしゃりと叩かれ、「しっかりしなさい、ヘイゼル！」と言われる始末だった。

あたしたちはダンスをはじめた。いち、に、さん、いち、に、さん。室内運動場の大きなガラス窓や平均台に目をやっても、何も変わっていなかった。そのことに驚きながら、あたしはみんなと輪になって動いた。

だんだんと動きを速め、あたしたちはくるくると踊った。バルコニーを見上げてから床板に視線を移すと、濃い染みが目に留まった。ジョーンズさんはとうぜん擦り落とそうとしただろうけど、ぴかぴかの表面の下にまだ跡が残っている。ベル先生がそこに倒れていて、頭が無造作にごろんと反対側を向いたときのすさまじい光景が、いきなりよみがえった。

しっかりしなさいというデイジーの指令を忘れ、おそろしい記憶に取り憑かれたまま ふり向くと、ビーニーとぶつかった。彼女は叫び声を上げ、あたしの体操着をぎゅっとつかんだ。彼女に引っぱられてよろめき、ふたりとも床に倒れた。

転んですごく痛かったけど、ホプキンズ先生の反応には驚かされた。怒鳴ったりしないで、ただあたしたちが倒れているところにやってきて(あたしは反射的に身をすくませた)、こう言ったのだ。「ふたりとも、そそっかしいんだから。さあ、立って」

奇跡だ。でなければ——待って、これって不審な行動よね? デイジーの本に出てくる探偵なら、書き留めておくんじゃない? あたしはホプキンズ先生を見上げ、この人にはきっと何かあると確信した。先生も見つめ返してきて、ほほ笑んだ。

その笑顔の裏には何があるのだろうと考えながら、あたしはなんとか立ち上がろうとした。でも叫び声を上げ、またすぐにどさりと尻もちをついただけだった。足首がひどく痛む。

「あら、たいへん」あいかわらず、こちらが戸惑うほどの楽しげな表情を顔に浮かべながら、ホプキンズ先生は言った。「足首をひねったのね。すぐによくなると思うけど、ダンスはもうやめておきなさい。ビーニー、ちょっと来て。あなたはどこもけがしていないみたいね。さあ、立って。デイジー、どうしたの?」

デイジーはもちろん、あたしが倒れるのを見るとすぐに、走ってそばに来ていた。

「ホプキンズ先生、ヘイゼルを診療所に連れていってもいいですか?」彼女は訊いた。

「ええ、そうね。そうしてちょうだい」先生は答えた。デイジーがホプキンズ先生を慕っているのとおなじように先生もデイジーを好きなことはわかっているけど、たとえデイジーでもそういうことを申し出たら、いつもの先生なら怪しく思ったはず。でも、そうはならなかった。いったいぜんたい、ホプキンズ先生はどうしたの?

「ありがとう、デイジー。さあ、ほかのみんなは授業にもどりましょう!」

その瞬間、あたしたち抜きでダンスがまたはじまった。この一週間で、いちばん驚いた出来事だった——もちろん、ベル先生の死体を見つけたこと以外で。

5

デイジーが引っぱって立たせてくれ、あたしは痛めたほうの足をかばいながら彼女に連れられて、よろよろと室内運動場を出た。

「デイジー」驚いたのと足首が痛いのとで、話すのにも息が切れた。足首の痛みはかなりひどい。「ホプキンズ先生に何かあったはず！　ものすごく奇妙な振る舞いをしているもの！　ついさっきだって、気づいたでしょう？　なんだか怪しい気がする」

デイジーはあたしを睨みつけた。「ヘイゼル。容疑者リストから消した先生に言いがかりをつけるのはやめて」

「言いがかりをつけてるんじゃないの！　あたしはただ――」

「ホプキンズ先生は月曜日の夕方、あずまやにいたの。犯行におよべたはずがない。とにかく、校舎のなかを歩き回って探偵の仕事をするのに、うってつけの口実をつくってくれたことだけは感謝しておく」

「あら、どういたしまして」そう返したものの、言ったことを無視されてあたしはすこしだけ腹を立てていた。「でもいちおう、ミニーに足首を診てもらってからでい い？」ミニーというのは校医のミン先生のことで、校内の診療所にいる。そこはちょっとした病院だ。膝の切り傷から肺炎まで、生徒たちは何かあるとミン先生のところに行く。ふらりと立ち寄って包帯を巻いてもらうこともできるし、ほんとうに具合が悪ければ、何日もそこで休むこともできる。〝診療所〟なんていうと、意地悪なお医者さんがいそうなところに思えるけど、そんなことはなくてずっと居心地がいい。ミン先生はかわいらしい人で、顔をすっぽりとうずめたくなるような、ふくよかな体型をしている。それに、体温計をいじって高熱が出たふりをしても、紅茶を淹れ、お菓子を食べさせてくれる。

診療所に行ったところで何か捜査の役に立つとは思っていなかったけど、蓋をあけてみれば、つぎの重要な手がかりを得ることになった。

診療所に着くと、ミン先生には先客がいた。あたしとデイジーはせまい廊下をうろうろしながら待つことにした。でも、なかで治療を受けているのがキング・ヘンリーだとわかると、彼女とミニーが何を話しているのか、聞き耳を立てずにはいられなかった――じっさいは、何も聞きもらさないようにと、デイジーがあたしを半開きのドアにぐいぐいと押しつけていたのだけど。

最初にはっきりと聞こえたのは、キング・ヘンリーの声だった。「いえ、心配しないでください、ぜんぜん——うっ——痛くありませんから」

ミニーは舌打ちをして言った。「ヘンリエッタったら、無理しないで！　ジョーンズさんは、もっとはやく片づければよかったと、ひどく自分を責めているけど」

「ええ、このところすごく忙しそうでしたものね！」キング・ヘンリーは答えた。「でも、いま片づけてくれています。わたしはただ、落ちていたガラスの破片を踏んでしまっただけで」

「なるほど。彼は何があったと言ってるの？」

「泥棒がはいったと思っているみたいです。きっと、きのうの夜ですよ。何も盗まれなかったようですけど」

「ヘンリエッタ、そんなに心配しないで」泣きそうな声でミニーが言った。「泥棒なんかじゃないわ。もしそうだったとしても、グリフィン校長がすぐに、きちんと対応してくださるから。新棟の廊下って言ったわよね？　よかったじゃない、それって何も被害がないということだもの。だって、あそこの窓に描かれている絵をほんとうにいいと思っている人なんていないわ。でしょう？」

脇腹をつつかれてふり返ると、デイジーがあたしをじっと見つめていた。興奮して目を大きく見開いている。「ヘイゼル！」彼女は声を抑えて言った。「手がかりよ！」

火曜日の夜に割れた窓が、どうして月曜日にベル先生が殺されたことに関係するのかわからない。でもあたしは、ずっと以前に学んでいた。デイジーがこんな表情を浮かべているときは、何も言わないほうがいい。

「重要なことかも」デイジーは話をつづけた。「この件は追って調べないと。ミニーによろしくくって伝えて！」それだけ言うと、あたしがなんの返事もできないうちに、ものすごい勢いで階段を駆けおりていった。

キング・ヘンリーが包帯を巻かれたばかりの足を引きずりながら廊下に出てきたときには、あたしは廊下にひとりでぽつんといた。

ミン先生に足首に包帯を巻いてもらい——楽しい経験ではなかった——ビスケットを食べているあいだ、デイジーは学校じゅうを駆け回ってジョーンズさんを探していた。

前にも言ったけど、ジョーンズさんはディープディーン女子寄宿学校の用務員だ。オーバーオール姿で人目につかないように動き回り、おちびちゃんと見れば睨みつけ、彼女たちを震え上がらせている。ジョーンズさんはおちびちゃんたちのことを、余計に手のかかる大型のネズミだと思っているらしい。古株のラペット先生よりも長くこの学校にいて、グリフィン校長とおなじようにディープディーンの一部になっている。といっても、学校の一般公開日や後援者が来校するときは、どこかに姿を消してしまうけど。

デイジーといっしょにいなくて、たぶんよかったと思う。あたしはジョーンズさんを不安にさせるからだ。あたしと話すとき彼はいつも、ものすごく大きな声を出す。頭の回転が鈍い子を相手に話すみたいに。そして、あたしの左の耳をじっと見つめる。これはとくに奇妙だ。だって彼の片目は、ずっと右側を向いているのだから。一方でジョーンズさんは、デイジーがお気に入りだった。あたしは以前、デイジーのことを完璧なイギリスのお嬢さまと思っていたけど、ジョーンズさんもそういうふうに彼女を見ているのだろう。だからデイジーには、ポケットに入れておいてすこし砕けてしまったお菓子をあげるし、廊下ですれちがうと照れたような笑顔を向けるのだ。

デイジーは、ここだと目星を付けた場所でジョーンズさんをつかまえた。新棟の廊下がちょうど音楽室へ向かって曲がるところで、その手前には彩色ガラスが嵌められた木製のアーチがある。ガラスに描かれているのは、文芸を司る九人の女神たちだ。

白い寝間着姿で、ラファエル前派の絵画でよく見られるように髪を下ろし、水が滴る花束を手に持っている。全員が全員、どことなくテニソン先生に似ている。この九人の女神を彩色ガラスに描いたのは、学校の卒業生で美術家のとある後援者だ。ということは、生徒たちは九人の女神に礼儀正しく接しなければいけないし、歴史を司るクレイオーには足の指が六本あるのに腕は片方しかない、なんて言ってはいけない。

というか、すくなくともかつては、クレイオーの足の指は六本だった。デイジーがそのアーチのところに行くと、何人かの女神はすでにいなくなっていた。羽目板の低いところに、何かが勢いよくぶつかったのだ。足の指が六本あるクレイオーもいなくなっていた。歌と踊りを司るテルプシコラーが青いユリに襲われているところが描かれた部分は、いまはぎざぎざの穴になっている。ジョーンズさんは、アーチの上のボードの破片を叩いて落としていた。

「こんにちは、ジョーンズさん！」

「こんにちは、デイジー。授業に出なくていいのかな？」

「あなたに用があるんです、ジョーンズさん」この上なく親しげな声でデイジーは言った。「泥棒が押し入ったと聞いたから、何かお手伝いしたいと思って」

ジョーンズさんは眉をひそめた。「あー、それがいまは、泥棒ではないと思っていてね。なくなったものは何もないんだよ。あちこち、めちゃくちゃにされているだけで。そのせいでヘンリエッタが足をけがしてしまった、気の毒なことに！　おちびたちの仕業だと思うんだがね」それから彼は、この何日かの学校の状況について長々と文句を言いはじめた。「でもグリフィン校長にそう話しても、心配ないと言うだけなんだ！　そんなことを言うなんて、あきれるね！　ただ、救いがあるとすればこれだ――こっちに来て見てごらん！」彼はデイジーを手招きして羽目板のひとつのところまで呼び、「わかるかい？」と訊いた。「これを壊した人物が何をしたにせよ、すでに天罰を受けたと思うね」

彼が指さし、デイジーはよく見ようと身を屈めた。ガラスの破片に、赤茶けた染みが長々とついていた。

「血だよ！」勝ち誇ったようにジョーンズさんが言った。「そいつもひどい傷を負ったようだ。ああ、その傷が痛めばいいさ。この調子だと、わたしは一日じゅう散らかったガラスやらなんやらを片づけないといけないだろうからね」

そのとき、グリフィン校長がどすどすと新棟の階段をおりてきた。きちんと手入れのされた白い脚は、いつものように絹のストッキングと灰色のツイードのスカートにすっぽりと包まれている。新棟の二階にある校長の執務室からおりてきたらしく、デイジーの姿を見てとても苛立ったようだ。

「デイジー・ウェルズ！」階段を半分ほどおりたところで校長は厳めしく足を止めて言った。「授業に出ないで、こんなところで何をしているの？」

「リード先生に伝言を届けに行くところです」デイジーはとっさに答えた。「ラペット先生からの。つぎの二年生の授業を代わりに受け持ってもらえないか、知りたいそうです。ラペット先生はいま、科学の授業を代行しているじゃないですか、ベル先生がいなくなったから」

グリフィン校長は感心しなかったようだ。「それなら、ジョーンズさんと話してこれ以上時間をむだにしないほうがいいですよね？」校長はぴしゃりと言った。

「そうします、グリフィン校長」デイジーはそう答えたけど、慌てて言い直した。

「いえ、無駄にしません、校長。すみませんでした！」

「では、もう行きなさい」女王のように手をひらひらさせて、グリフィン校長は言った。デイジーは走り去った。

デイジーが希代の嘘つきでいられるのは、とことんまで嘘をつきとおすからだ。診療所で待つあたし――左の足首は包帯できれいに巻かれ、ミン先生からビスケットをもう二枚もらってポケットに入れていた――のところにもどってくるころには、ザ・

ワンはありもしないラペット先生からの依頼を引き受けていた。そしてあたしがよろよろしながら歴史の授業の教室にはいってから五分後には、そもそもラペット先生本人が伝言を届けるよう、じっさいにデイジーに頼んだことになっていた。デイジーがうまく先生にそう思わせたのだ。

「あなたはたいした子ね、デイジー」ラペット先生はそう言うと、豊かな胸の前で腕を組み（その日、先生はカーディガンのボタンを掛けちがえていた。そのせいでいつもよりいっそう不格好だった）、小さな眼鏡の奥からデイジーに目をぱちぱちさせてみせた。「あなたがいなくなったら、この学校はどうなるかしらね？」

「さあ、どうなるでしょうね、先生」デイジーはすまして言った。「でもみんな、なんとかうまくやっていくと思います」

6

「あたしにはわからない」放課後に寮へもどる途中（足首が痛いから、ゆっくりと）、あたしはデイジーに言った。「ジョーンズさんが聞かせてくれた割れた窓の話が、どうして殺人に関係するのか」

「それはね」デイジーはそう言いながら脇に寄り、二年生のおちびちゃんを追いかけるラヴィニアを通した――「第一に、そんなことが起きるのはおかしい。おかしなことはぜんぶ重要な可能性として考えるべきというのは、捜査で何より大切なことでしょう？」

あたしはホプキンズ先生のことを考えたけど、先生の奇妙な振る舞いをデイジーに思いださせたところで、やっぱり相手にされないだろう。

「第二に、なかったことがある。キング・ヘンリー以外は誰も、ガラスの破片でけがをしたという理由でミニーのところに治療に行っていないじゃない」

「どうしてわかるの？」あたしは納得できずに訊いた。

「ヘイゼル」デイジーは言った。「ミン先生が何かを耳にしたら、その話を十回以上はすること、あなただって知ってるでしょう？　まったくおなじようなけがをした誰かが先に診療所に来ていたら、ミニーはキング・ヘンリーのけがを見て、そのことを思いだしたでしょうね。そんな驚くような偶然について話さなかったということは

――」

「たしかに話さなかったけど」あたしは認めた。デイジーが探偵倶楽部の会長であたしが秘書なのは、まさにこういうところが理由なのだろう。

「――彼女はキング・ヘンリー以外、誰の治療もしなかったということ。けがをした人物は、ミニーのところに行かなかったのよ。つまり、そうするのが不安だったから。そしてその人物はこの学校の誰かにちがいない――ほんとうに泥棒だったら、ジョーンズさんは外部から何者かが侵入した証拠を見つけて、そのことを話してくれたはずだもの。だから、わたしはこう考えるの。きのうの夜、殺人犯は月曜日の夜からどこかに隠しておいたベル先生の死体を、校舎の外に移動させようともどってきた。今度も倉庫に置いてあった手押し車を使ったけど、アーチにぶつけてしまい、それでガラスが割れてけがをした、と」

「でも」あたしは言った。「どうして月曜日の夜のうちに移動させなかったの？」

「死体をどうするか、決めなくてはならなかったのよ。たぶん、校舎に隠しておくつもりだったんでしょうね。でもあとになって、それは無理だと気づいたんじゃない？」

「でも、きのうは誰も気づかなかったじゃない！　隠しておくのに、それほど悪い場所だとは思えないけど」

「たしかに」デイジーは言った。「じつは、わたしもそのことを考えていたの。つぎの任務はそれに決まりね。〝ベル先生の死体の隠し場所を探せ〟。まるで宝探しみたい、そう思わない？　スリッパを探せ、ただし死体つきの、みたいに」

「うーん、思わない」あたしは答えた。死体を探すこととスリッパの片方を探すこととはまったくちがうと、よくわかっているから。「デイジー、あたし――」

ここで邪魔がはいった。ビーニーが小走りであたしたちのところへやってきたのだ。

「ハロー」熱っぽくそう言うと、デイジーと並んで跳ねるようにしてついてくる。「何の話をしてるの？」

「えーっと。あたしとデイジーは――」

「ベル先生のことを話してたの」デイジーがやすやすと問題を解決してくれた。

「わあ！」ビーニーはそう言うと、寮生のしるしの赤と青のスカーフを手に巻きつけ、かばんを落としそうになった。「楽しそう。先生はほんとうに誘拐されたのかな、例の東方――っと、ごめんね、ヘイゼル」

ビーニーはこの学校でただひとり、そういうことを口にしたら謝るべきと考えられる子だ。

「先生は辞めたって聞いたけど」ありがとうと思いながら、あたしは言った。

「ちがうわ！」ビーニーは声をあげた。心優しい彼女も、キティに負けないくらいゴシップ好きだった。「だってグリフィン校長は、ベル先生が新しい校長代理になるって発表するつもりだったのよ！　自分を捨てたザ・ワンにすごく腹を立てていたら、話はべつだけど……」

「ふむ。そうかもね」

「あたし、誰かと誰かが言い争っているのはすごくいやなの」悲しそうな顔でビーニーは言った。「だから、先生はギャングに誘拐されてますようにってお願いしたいくらい――というか、それってもっと悪いことかな？」

「ものすごく悪いわよ」デイジーは言った。かばんを肩にかけ直し、元気づけようとしてビーニーの脇を肘でつつきながら。ビーニーはまさに小犬みたいで、ふだんは他人の気持ちにそれほど頓着しないデイジーでさえ、彼女がしょんぼりしているところは見たくないのだ。「ギャングは忠誠心のないメンバーにはナイフを突き刺すって聞いたことがあるわ。それからおそろしいメッセージを残すんですって、そのメンバーの大切な家族に」

ビーニーのおだやかな茶色の目が、恐怖に魅入られたように大きく見開かれた。

「突き刺すとかそういったことは、ロシアではまったくふつうのことみたい。おじさまが言ってた」デイジーは話をつづけた。

「ウェルズ！」ヴァージニア・オヴァートンが声を上げた。あたしたちのそばを通るときに、デイジーの言っていることが聞こえたらしい。「そんなおそろしい嘘を言って！　信じるんじゃありませんよ、マーティノー」

「信じてません」ビーニーはすぐさま答えた。「あたし、まったくだいじょうぶです」

ヴァージニアは鼻をすんすんと鳴らした。「だといいんだけど」それからデイジーに向かって言った。「あなたからは目を離しませんからね、ウェルズ」

寮に歩いてもどりながら、ビーニーは飼っているポニーのボグルズの話をした。家に残してきたから、猛烈に会いたいらしい。お返しにデイジーも、自分のポニーのグラッドストーンのことを話しはじめた。賢くて、百八十センチを超える生け垣を飛び越えたこともあるという。ふたりがおしゃべりをつづけているあいだ、あたしは顔を上げて、すっかり葉の落ちた木の枝と暗くなっていく空を、背の高い寮の建物越しに見た。殺人事件のことが気になって気になって仕方がなかった。

アーチのガラスを割ったのは、ほんとうに殺人犯なの？　もしそうなら、それはベル先生の死体を校舎から移動させているときだった？　それより死体はいまどこにあって、あとこれがいちばん重要なことだけど、犯人は誰なの？　アリバイを確認できたのはマドモワゼル、マクリーン師、ホプキンズ先生の三人で、ラペット先生、パーカー先生、テニソン先生、ザ・ワンについては、まだぜんぜんわかっていない。しかもその四人は、殺人があった時刻に室内運動場の近くにいた。ベル先生を殺したのは、そのなかの誰？

第4部

絞り込まれた容疑者と、口げんか

1

木曜日の朝のお祈りの時間、新棟の廊下の彩色ガラスに描かれた絵にどれほどの価値があるかをこんこんと話し、過ちを認めることの大切さについて厳しく注意したあと、グリフィン校長は名誉あるディープディーン女子寄宿学校の責任者として、ようやく誰もが待ちわびていたニュースを発表した。

「みなさん、もう気づいていると思いますが」校長は演壇から話しはじめた。「ベル先生は今週、ずっといませんでしたね。残念なお知らせですが、先生は学校をお辞めになりました。ふさわしい後任の先生が見つかるまで、ほかの先生方が科学の授業も担当します。ご自身の担当教科に加えて受け持つのですから、みなさんもその点は、心に留めておいてください。このところ、ベル先生がいないことでずいぶんと無責任な噂を耳にしてきましたが、こうしてお知らせしたので、そんな話をもう聞かなくてすむよう望みます」そう言って校長は小さな金縁眼鏡越しに厳しい目つきであたしたちを見下ろし、何人かの生徒は目をそらした。あたしも一瞬、すこしだけ気が咎《とが》めた。

みんなはすぐに校長の言ったことの意味がわかって、あちこちで興奮しながらお互いをつつき合いはじめた。〝無責任な噂〟はまったく止まらなかった。キング・ヘンリーがあたりに視線を走らせる。感情が高ぶっているようで、顔は真っ青だ。足がまだ痛いのかな、とあたしは思った。キング・ヘンリーに睨みつけられてみんなはつつき合うのをやめたけど、それもすこしのあいだだけで、彼女が目を離すとすぐにまたはじめた。

「ほんとに、まだ捜査をつづけなくちゃだめ?」お祈りの時間が終わり、みんなでぞろぞろ歩いているときに、あたしはデイジーに訊いた。

「ばかなこと言わないで、ヘイゼル!」デイジーは小声で言い返してきた。「ベル先生がほんとうは辞めたんじゃないこと、あなただって知ってるじゃない。先生は何も言えないの。だって、死んでいるから。そして、そのことを知っているのはわたしたちだけなのよ。先生の家族のことを考えなさい、ヘイゼル。ほんとうは何があったか、わたしたちが突き止められなかったら、誰ができるっていうの」

こんなふうにベル先生の家族の話を持ちだすところが、デイジーのおそろしいところで――でも、とても彼女らしくもある。そうすれば、あたしがすごく心配するとわかっているのだ。まさに、そのとおり。あたしはベル先生のお母さんのことを考えた。たぶん夫を亡くしていて、ひと部屋きりの寒い部屋にひとりぼっちで住んでいるのだろう。ベル先生がずっとそうだったように、お母さんもまた、貧乏なはず。

そう考えて、あたしはとても動揺した。ただ学校の先生が死んだだけと考えるほうが、ずっとましだった。たとえば、休暇のあいだに学校にやってくると、幽霊になったその先生が廊下をさまよっているとか、生徒のいない教室で授業をしているとか。でも、ベル先生の悲劇のお母さんのことを考えたら、頭から追い出せなくなってしまった。

そしてとうぜん、デイジーにもそのことを気づかれた。

お祈りの時間が終わり、大理石でできたチェスボードみたいな模様の図書室の廊下を二列の灰色の塊になって整然と歩きながら、デイジーもあたしもおとなしくしていた。あたしはベル先生のお母さんのことを考え、ますます動揺していた。デイジーはたぶん殺人事件のことと、おしゃれな帽子のことと、数学の時間にカンニングしたのは誰かということを、同時に考えていた。デイジーという子がほんとうはひとりではなく、三人いるかのように。

談話室の外に立つお目付け役のパーカー先生の横を通りかかったちょうどそのとき、

二列後ろでキティがビーニーに何かささやいた。すると先生は聖書に唾を吐いたところを見つけたとでもいうように、彼女たちに向かって大声でわめきはじめた。

あたしたちの列はその声にびくっとなって立ち止まり、すぐ後ろのふたりは手と手を取り合うと、何事かとそろって興奮気味に首を伸ばした。パーカー先生は両手で髪をかきむしり、怒りで顔を真っ赤にして叫んだ。もちろん、みんなパーカー先生の癇癪《かんしゃく》には慣れていたけど、今回はようすがまったくちがった。学校の恥だと大声でわめきながら、キティとビーニーに二回の居残りを命じ、それからたったいま言ったことを忘れたのか、さらにもう一回の居残りを命じた。

パーカー先生の注意を引かずにすむよう、あたしたちは黙ってじっとしていた。動物園でトラの檻《おり》に入れられたら、きっとそうするように。それでも先生は、ラヴィニアが自分に目を剥いたところを見逃さず、大声で言った。「ほかのみなさんは行きなさい！　急がないとわたしはみなさんを、わたしは――」

でもちょうどこのとき、グリフィン校長が混み合う廊下をやってきて、宥《なだ》めるようにパーカー先生の肩に手を置いた。校長は自分がどこで必要とされているか不気味なくらいにわかっていて、そしてそこに現れる。

グリフィン校長に触れられてパーカー先生ははっと息を呑み、戦意は消えてなくなった。かきむしられた髪まで収まった。

「ほら、早く行きましょう、パーカー先生」校長は明るい声で言った。ふたりでガーデンパーティに参加しているけど、お茶に遅れそう、というみたいに。「さあ、みなさんも行って。でないと授業に遅れるわよ」

それでお終いだった。グリフィン校長に何かするように言われたら、そうしたほうが身のためだから。みんな歩きはじめた。素早く、でも渋々といった感じで。そして廊下はいつもの状態にもどった。でも、隣できっちりと口を閉じて歩いていたデイジーは、あたしに目を大きく見開いてみせた。その意味はわかっている。パーカー先生が、また妙な振る舞いをしたわね。

2

　重要な容疑者で妙な振る舞いをしているのは、パーカー先生だけではない。木曜日の二時間目は英語で、担当はテニソン先生。校長代理になりたがっていたけど、やっぱりベル先生に阻まれたひとりだ。すでに書いたように、テニソン先生はおそろしく退屈で、ものすごく感受性が強い。詩を読んでも動物を見ても、とにかく何かにつけて、大きな目からスポンジを絞ったみたいに涙をあふれさせる。今学期は偉大な詩人について習っているから、あたしたちはほぼ毎回の授業で、先生がいきなり泣きだすことに耐えなければならなかった。

　その日、先生はデイジーにトマス・グレイの「田舎の墓地で詠んだ挽歌」を朗読させていた。口の動きから、彼女がその詩を完全につまらないと思っているのがわかったけど、上手に読んでいた。いつものことだ。はっきりとおちついた声は、本心をうまく隠していた。

でも、デイジーが朗読するうちにあたしは気づいた――本人も気づいたけど、そんな素振りは見せなかった――テニソン先生がいつもより、いっそう涙ぐんでいることに。

「めいめいの狭い室《むろ》に永久に横たわって」お葬式にふさわしい声音で、デイジーは朗読をつづけた。テニソン先生の顔が青白くなる。それどころか、お墓とか死んだ人とかについて触れたところにくると(読まされたことのない人のために言っておくと、「田舎の墓地で詠んだ挽歌」のなかには、そういう箇所がすごくたくさんある)、科学の実験をしているみたいにからだをびくっとさせていた。デイジーがつぎの文を読みはじめた。

碑文《ひぶみ》を書いた壺《つぼ》、生けるが如き像が、果《はた》して
そのやかたに、飛び去る息を呼び返したか。

テニソン先生のからだが激しく震えはじめ、あたしは先生が椅子から転げ落ちるんじゃないかと思った。デイジーが朗読を終えたあとも、しばらくは黙って椅子に座っていたから、あたしたちは本気で心配になってお互いに顔を見合わせはじめた。

「だいじょうぶですか、テニソン先生?」とうとうビーニーが不安げに訊いた。

「ええ、だいじょうぶよ。ありがとう、ビーニー」頬にハンカチを当てながら、テニソン先生は答えた。「デイジーの朗読があまりにもすばらしくて、じっくり浸る時間がほしかったの」

それが言い訳なのはわかった。しかも見え透いている。テニソン先生でも、そこまで詩に思い入れるわけがない。

そこにデイジーが飛びついた。「テニソン先生」彼女は手を挙げながら言った。「質問してもいいですか?」

「トマス・グレイについてですか?」テニソン先生が訊いた。

「いえ。ベル先生のことです」

テニソン先生が手に持っていた詩集を落とし、教壇の上でばさりと音を立てた。生徒たちはみんな、視線をテニソン先生からデイジーに移し、それからまた先生にもどした。

「ベル先生に訊かなくてはならないことがあるんです。でも、もう辞めてしまわれたし、手紙を書くにもどこに出せばいいのかわかりません。先生はベル先生がどこにいるか、ご存じないんですか?」

「ベル先生がどこにいるか、どうしてわたしが知っていると思うの？」テニソン先生は訊いた。その声はすごく小さくて、ほとんどささやくようだった。顔は、グレイの詩に出てくる墓碑みたいに真っ青になっていた。

「それは、よくわからないんですけど」デイジーは呑気に答えた。「どこに行くか、ベル先生は何か言っていたんじゃないかと思って。そう期待していただけです」

テニソン先生の顔が今度は真っ赤になった。その赤みは斑点になって首を伝い降り、襟の高いブラウスのなかに消えた。「デイジー・ウェルズ！」先生は声を上げた。「それとこの詩とは、なんの関係もありません。これからはグレイの詩について話してくれたらありがたいわね。でなければ——でなければ、居残りをして作文の宿題を余計にしてもらいますよ」

あたしたちは口をぽかんとあけてテニソン先生を見ていた。先生が脅すようなことを言うなんて、これまでなかった。前学期に、ラヴィニアがリア王はばかだと言ったときでさえ、ため息をついて傷ついたような顔をしただけだったのに。こんなことは先生らしくないけど、それもこれもデイジーがベル先生の話をしたからだった。

ベル先生の話をしたがらず、お葬式の詩を読んで動揺した。この瞬間、テニソン先生は容疑者リストのいちばん上に移動した。

3

午後には体育の授業があった。あたしはグラウンドで寒さにぶるぶる震えるしかないけど、デイジーやスポーツ好きの子たちは全速力で駆け回り、お互いに歓声を上げている。足首を痛めたという理由のおかげで、あたしはホッケーの試合でディフェンスだけしていればよかった（とはいえ、授業を休むのは許されなかった――それがディープディーンの方針なのだ）から、すくなくともボールが目の前で右に左に飛んでいるあいだは、安心して震えていられた。

ただあいにく、ディフェンスに専念するというのはラヴィニアのすぐ横にいることでもあった。あり得ないと思うかもしれないけど、彼女はあたしよりも運動神経が鈍く、それで彼女はひどくむっつりしている。ホプキンズ先生はラヴィニアのことはすっかりあきらめていて、当のラヴィニアはみんなのことを睨みつけながら、ゴールの近くをぎこちなく動き回るだけだった。

すごくイギリスらしい午後だった。湿気をたっぷり含んだ外気が顔にまとわりつき、体操着は湿って重い。芝生はいちだんと滑りやすい泥の塊になっていた。あたしは腕でからだを抱くようにしてぶるぶると震えていた。でもデイジーは、こんな空模様が大好きだ。彼女がスカートをはためかせながらグラウンドを駆け回り、ゴールに向かって力いっぱいボールを打ちこんでくると、あたしとラヴィニアは身を守るために飛びのかなければならなかった。ホプキンズ先生は歓声を上げ、自分のスティックをぶんぶん振ってデイジーを褒めた。驚くほどご機嫌なのは、あいかわらずだ。

先生のことをよく観察しようとしていると、ラヴィニアが話しかけてきた。

「デイジーって憎たらしいほどかっこいいよね、そう思わない？」そう言って、デイジーがクレメンタインに体当たりしているところをじっと見つめていた。

「デイジーは憎たらしくなんかないわ！」あたしは言った。「デイジーはデイジーなの」

「まあ、そう言うと思った。あんた、まるであの子の奴隷みたい」

「奴隷じゃないわよ！」ひどく腹が立った。「デイジーはあたしの親友だもの」

「ふん」ラヴィニアは鼻を鳴らした。「たいした親友ね。彼女はあんたを利用してるのに――気づいてないの？　それに、あんたが東洋人だから興味を持ってるにすぎないんだから。デイジーのおじさんはスパイなの――だから、外国の人に興味を持つのよ」

ところで、イギリスでは自分の感情を表に出すことが無作法とされているけど、香港ではもっとそう思われている。だから、そのつぎに起こったことには、何よりも悪いことをしたと思うべきだとはわかっている。でもあいにく、そんな気持ちにはまったくなれない。

ボールがまた、グラウンドの上を飛んでいた。デイジーが跳ねるようにしてそれを追い、キティはデイジーにそのボールを打たせないよう、スティックを素早く動かしていた。ボールは跳ね上がってから泥だらけの芝に落ち、ゴールのほうへ転がってきた。ラヴィニアは気づいていない。デイジーがもういちどボールを強く打つと空中で弧を描き、ラヴィニアの右足のすぐそばに落ちた。

それでじゅうぶんだった。あたしはスティックをくるくる回しながらラヴィニアに向かってからだを投げだし、ありったけの力をこめて体当たりした。両手と両脚をもつれさせながら体操着姿でひっくり返ったのは、この一週間で二回目だ。

「痛い！」あたしは悲鳴を上げた。できるだけすさまじく聞こえるように。

それからよろよろと立ち上がった。スティックがしっかりとラヴィニアのお腹に食い込み、膝が腿を押しつぶすよう、気をつけながら。靴が彼女の脚を擦り、泥の痕がついた。ラヴィニアは蹴り返してきた。力いっぱい、痛いほうの足を。そしてあたしはまた、はでに転んだ。

「ひどいじゃない！」ラヴィニアは息を切らしながらそう言い、引っ掻いてきた。試合は中断していて、ホプキンズ先生がこちらに向かって走ってきた。先生の機嫌がよかったのも、ここまでだった。「ヘイゼル、いいかげんにして！」先生は怒鳴った。

「ボールを取ろうとしていたんです」あたしは言った。「そうしたら転んじゃって」ラヴィニアがやっとの思いで立ち上がり、あたしのことも立たせてくれた。「いっしょに転んだだけです」息を弾ませながら彼女は言った。「ヘイゼルのせいじゃありません」こういうところはラヴィニアのいいところだ。とんでもなく意地悪になれるし、けんかのときは凶暴になる。でも、根に持たない。

「そんな嘘、わたしにはまったく通じないわよ」ホプキンズ先生はそう言い、ため息をついた。「ヘイゼル、イギリスではけんかはしないの。みんな文明人だから。今週、あなたがクラスメイトを倒したのは、これで二回目じゃない。もう、制服に着替えなさい。それから、またこういう場面を見かけたら、グリフィン校長のところに行ってもらいますからね。ラヴィニア、試合にもどって。ヘイゼル、行きなさい！」

こんなのは、ほんとうの罰とはいえなかった。つまり、ふだんのホプキンズ先生だったら、もっとひどい罰を与えただろうから。それでもあたしは傷ついた。顔が燃えるように熱くなり、くるりとふり返ってあずまやに向かってどすどすと歩いた。怒りに呑み込まれてしまったみたいだった。どうしてラヴィニアにも罰が与えられないのか、納得がいかない。なんだかんだ言って、彼女だって手を出してきたのに。それに、デイジーのことですごく不愉快なことを言ったのに！　あたしが香港出身だから友だちでいるだけだなんて、そんなの嘘だ。デイジーはそんな子じゃない。それでもやっぱり、すこしだけ心配している自分がいた。ほんとうはそうなの？

あたしは制服に着替えた。胸の奥で、心臓が発電機みたいに大きな音を立てていた。足首がまた痛んだけど、無視した。靴下を履き終わらないうちにあずまやの更衣室の扉が勢いよくあき、あたしは身を屈めた。ホプキンズ先生だと思ったから。でも、吊るされた制服のジャンパースカートの列のあいだから顔をのぞかせたのはホプキンズ先生なんかではなく、デイジーだった。金髪は泥にまみれてごわごわで、片方の頬にも泥がついていた。ジャンパースカートの列を突っ切るようにしてあたしの向かいにあるベンチまでやってくる途中、床にも泥の痕をあちこちに残した。でも、それを気にしているようすはない。

「やあ、ワトソン！」デイジーは言った。「わたしも仲間に入れてくれ。たしかにきみはホプキンズ先生に失礼だったが、探偵倶楽部の会合を開くにはいい機会だと思ってね」

まただ。デイジーはまた、ホプキンズ先生を崇《あが》めている。それは気にしないことにした。「何て言って抜けてきたの？」あたしは訊いた。

「生理がはじまったと言ったら、すぐに抜けさせてくれたわ」デイジーは顔を赤らめることなく言った。世の中にこれ以上、簡単なことなんてないとでもいうように。たぶん、そうなのだろう。彼女にとっては。

「デイジー。ラヴィニアがあたしになんて言ったかわかる？」

「わからない」デイジーは答えた。「今度はどんなすごい嘘を並べたてたの？」

「ラヴィニアはね……あたしが香港出身だからあなたは友だちでいてくれるだけだって言ったの」

一瞬、沈黙があった。「よくも、そんなでたらめを」デイジーは言った。「よくわかってるでしょう、友だちになってって、あなたにしつこく言われて断れなかったからだって」

らよ」

「デイジー！」あたしは声を上げた。

「ごめん。忘れて。わたしがあなたと友だちなのは、学校の誰よりもあなたが賢いか

顔がかっと熱くなった。いままで言われたなかで、いちばんうれしい言葉だった。

「もちろん、わたし以外でってことだけど」

デイジーは〝わたし以外で〟と言わずにはいられないのだ。「それで、その問題が解決したところで、そろそろ本題にはいらない？　きょうのうちにこんな機会がまたあるとは思えないから。準備はいいかな、ワトソン？」

「どうぞ」あたしはそう言うとかばんから事件簿を取り出し、探偵倶楽部の問題に意識を集中させようとした。

「よろしい」デイジーは言った。「それで、すでにいくつか重要なことはわかっているけど、捜査をさらに進めるまえに容疑者について話し合う必要があると思うの。容疑者を絞り込んだところまではいいわね。パーカー先生、テニソン先生、ラペット先生、そしてザ・ワンの四人よ。あとの先生はみんな、ちゃんとしたアリバイがある——まあ本のなかでは、トロンボーンと植木鉢と跳馬の台から卑劣な長距離ミサイルを組み立てるみたいにして、アリバイ工作ができるかもしれない。でも現実の世界で

はまず無理でしょうから」デイジーの言っていることは正しい。

あたしは頷いた。

「だから、容疑者リストのトップはテニソン先生ね」あたしは言った。「先生は、校長代理になりたがっていた。文学倶楽部に参加するために校舎にいたけど、倶楽部は五時二十分には終わってる。その三十分後に、あたしたちは先生が室内運動場のそばにいるのを目撃した。でも、それまではどこにいたのかはわからない。それに、きょうの英語の授業のこともあるし！」

「ちょっとした見物《みもの》だったわよね？」デイジーも同意した。「なんだか後ろめたいところがありそうな振る舞いだった」

「それと、パーカー先生。アリバイのことで嘘をついていた。倶楽部が終わったすぐあとで、キティが校舎にいる先生を見かけてる。殺人を犯す完璧な機会があったってことだわ。ベル先生とザ・ワンの仲を妬んでいたという動機もあるし。それに先週はずっと、校内のあちこちで雷を落として回ってた。あれは、先生なりに良心が咎《とが》めていたのかも。というわけで、犯人の可能性があってアリバイがなさそうなのは、このふたりね。ほかの先生はどうかしら、ザ・ワンとラペット先生は？」

「ザ・ワンから行こう。あの日、彼は放課後も校舎に残って、ソフィ・クローク＝

フィンチリーにピアノを教えていた。でも、それは四時五十分には終わってる。そのあとは自由に動けただろうけど、わたしたちは五時五十分に控室にいるところを目撃したわよね――またもや室内運動場の近くで、犯行が可能な時間だわ。ザ・ワンのことは見張っておかないと」

「つぎは、ラペット先生」あたしは事件簿から顔を上げて言った。「テニソン先生とおなじく、ラペット先生も校長代理になりたがっていた。四時三十分に校長の執務室に行ったけど、そのあとのアリバイはない。でも――いつ校長の執務室から出てきたか、わかってないわよね？　殺人があった時刻のあともそこにいたとしたら、先生のアリバイは完璧ね。グリフィン校長がずっと見張ってたことになるんだもの」

「その調子だ、ワトソン」デイジーは言った。「その点はすぐにでも調べないとね。わたしたち、かなりうまくやってると思う。すでに容疑者を四人にまで絞ったんだから！　これからの捜査も、この調子で行きましょう――アリバイの確認、あるいはアリバイがないことの確認をつづけるの。それから、四人の容疑者のことは、そばにいるときは鷹の目になって見張る、と。警戒を怠ってはだめよ。ああ、それともうひとつ――わたし、すごくいいことを思いついたの。だから、月曜日にベル先生を殺して火曜日に校舎から移動させるまでのあいだ、殺人犯がどこに死体を隠していたか、調べる時間をつくれると思う」

デイジーはさらりとそう言ったので、あたしは冗談だと思った。「ばかなこと言わないでよ。そんなこと、できっこない。校舎のなかはつねに誰かいて、あたしたちは見られているのよ。一日のうちのいつでも」

「たしかにね。でも、そこがわたしの考えのすばらしいところなの。まだ教えられないけど。うまくいかないかもしれないから」

「デイジーったら！　どうして教えられないの？」

「異議は認めないよ、ワトソン！　この倶楽部の会長はわたしでしょう？　ということは、あなたに教えずに計画を立てていいの」

どうしてそうなるのか、わからない。そう言おうと口を開きかけたけど、またしっかりと閉じた。どうせ無駄だから。こういうことでデイジーと言い合っても、すでに山を滑り落ちている雪崩《なだれ》に止まれと言うようなもので、彼女の秘密の計画について何でもいいから知りたいと思っても、どうしようもないのだ。デイジーは自分が話したくなったら話してくれるはず。でなければ、まったく話してくれないかも。

そのことで腹を立てないようにとぐずぐず思っていると、また更衣室の扉があいて、キティやビーニー、それにほかの三年生の子たちがどっとはいってきた。デイジーは大きな声で、エイミー・ジョンソンがケープタウンへ旅行に行ってすごく楽しかったみたい、という話をはじめた。息を吸って心をおちつかせてから、あたしも彼女の話に合わせた。

4

ラヴィニアのこと、それに彼女に言われたことを考えていたら、なんだかへんだけど、以前はデイジーをどう見ていたかを思いだした。去年、あたしがこの学校にやってきたとき、デイジーの成績は同学年のなかではごく平均的で、がり勉でも落ちこぼれでもなかった。英語のエッセイはとてつもなく退屈で、フランス語は時制がめちゃくちゃだった。それに、ハプスブルク家もフン族もごちゃまぜにしていた。先生たちには気に入られていたけど――「デイジー」ラペット先生はある日、小さな眼鏡のレンズ越しにデイジーを見下ろしながら言った。「あなたは魅力的だけど、学校の勉強には向いていないわね」

「わたし、気にしてません」というのがデイジーの返事だった。「インテリ女性にはなりたくないですし。貴族の人と結婚するつもりなので」二年生全員がどっと笑った。ラペット先生はクッションみたいに柔らかそうな胸の前で腕を組んだけど、おもしろがっているようだった。じっさい、デイジーが貴族の誰かと結婚する必要なんてないことは、みんな知っていた。彼女のお父さんはすでに貴族だから。しかも、最高級品と言われるアーミン毛皮のローブと、グロスターシャーの私有地にお屋敷がある、正真正銘の貴族だ。

デイジーを魅力的にしているのはこういうところだ。ほとんどのおちびちゃんたちは、デイジーに〝パッシュ〟している（聞いたことがない人のために言っておくと、〝パッシュ〟というのは学校内で使われる隠語で、なんとも説明しづらい――恋をしているものの、それとはどこかちがうという状態を表す。恋の相手が誰でも、使ってかまわない）。当時のあたしはほかの誰より、立派なデイジー・ウェルズにすっかり夢中だった。ディープディーンに来て最初の学期の途中であの出来事がなければ、ずっと夢中でいたかもしれない。

ある木曜日の午後のこと、ラペット先生はあたしたちにチャールズ一世について教えようと苦労していた。

「もう、いいかげんにして」先生はビーニーにぴしゃりと言った。ビーニーはすでに三回連続で、答えをまちがっていた。「まったく、コイコイ人と話しているほうがましだわ。わたしの頭がすっかりおかしくならないうちに――いいえ、かならずそうなるわ。覚えておきなさいよ――奇跡が起こってデイジーが答えてくれればいいけれど――神よ、忍耐力をお与えください――デイジー、長期議会が召集されたのはいつかしら」

ぼんやりしながら教科書に何かを書いていたデイジーは不意をつかれて顔を上げ、よく考えもしないで答えた。「一六四〇年十一月三十日です」

ラペット先生は口をぽかんとあけてデイジーを見た。「ちょっと――デイジー!」口をぱくぱくさせながらそう言い、驚きのあまりか、どすんと椅子に座り込んだ。「まさにその日ですよ! いやだ、どうしてちゃんと覚えていたの?」

そのとき、あたしはたまたまデイジーのことを見ていたからわかったのだけど、ほんの一瞬、パニックが彼女の顔をよぎった。瞬きをするとそれは消え、今度は目を大きく見開き、どこか驚いたような表情になった。

「え、合ってました?」デイジーは息を弾ませながら訊いた。「わたしったら、ついてる! すごいですよね、ラペット先生! わたし、なんだかんだ言ってちゃんと勉強してるんですよ」

「それはまた珍しいこと」ラペット先生は言った。「では、そのことをエッセイのなかでもういちど書いたら、かなりいいものができるんじゃないかしら」

デイジーはラペット先生に向かって目をぱちぱちさせ、まるでやる気のなさそうな調子で言った。「そんなことをしてもまったく意味ないと思います、先生」

「あら、意味はありますよ」先生はため息をつき、ほかの生徒たちはみんな、デイジーに味方するようにくすくす笑っていた。

授業はつづいたけど、あたしはデイジーが答えたときのことを考えた。彼女は質問の答えがすぐにわかっていた――あたしがどうにか思いだすよりも早く。これがほかの子だったら、がり勉だと思っただろう――でも、デイジー・ウェルズはがり勉ではない。誰もがそのことは知っていた。

それでもやっぱり、デイジーはちゃんと答えがわかっていたと思わずにはいられなかった。たまたま運よく正解だった、という感じではなかったから。それからの何週間か、あたしはどの授業でもデイジーをじっと観察した。そうしているうちに確信するようになった。デイジーは質問されたことは何でもわかっている、と。先生たちからは「がんばりなさい」と思われ、ほかの生徒たちからは〝おちゃめな子〟だと見られる程度に四苦八苦する、よくいる生徒なんかではなく。

デイジーは頭が鈍いと思われたがっているようだった。質問に答えるときに一瞬、黙ったり、ぐずぐずしたりしたけど、それは何か特定のことは覚えなくてもいいと自分で決めていたからだった。つまり、みんながパッシュしていたデイジー・ウェルズという子はまったくの偽物だけど、それもじつは彼女のとても賢い一面だったのだ。あたしは彼女の観察をつづけた。走り回っているところ、声を上げてはしゃいでいるところ、くるくると側転をしているところ、土曜日の聖シモンズ学園とのラクロスの試合のこと以外は何も考えていないように見えるところ。そうして、わかるようになってきた。デイジーのなかには、つねにべつのデイジーがいることが。デイジーという子は、ガイ・フォークスの陰謀に手を貸した人全員の名前だけでなく、五年生のベリンダ・ヴァンスが校舎に遅くまで居残っている理由も、エルシー・ドルー＝ピーターズが何と言ってヘザー・モンテフィオーレを泣かせたかも知っている。彼女はつねに、みんなの情報を集めているのだ——それで脅迫するとか、そういうひどいことをするためではない。そんなことはデイジーらしくない——ただ、いろんなことを知っておきたいから。

デイジーはいつも、いろんなことを知っていないと気がすまないのだ。

5

体育の授業のあとで寮にもどると、デイジーはすぐに秘密の計画に取りかかった。寮の食堂ではアフタヌーンティが開かれ、倶楽部活動のない生徒は全員、参加する。木曜日の紅茶のお供はクリームバンズだ。あたしはふたつも食べて満足していたけど、デイジーは紅茶を飲むばかりで何も食べず、五年生のアリス・マーガトロイドとすっかり話し込んでいた。おかしなことに。アリスにはいろんな噂——たとえば、お菓子箱のなかにタバコを隠しているとか——があったけど、そもそも学年がちがう生徒がアフタヌーンティの時間をいっしょに過ごすというだけで、ふつうではない。ほかの生徒たちがあのふたりはどうしたのかと気にしはじめると、デイジーはアリスと頷き合ってから、三年生のテーブルにもどってきて椅子に座った。彼女はキティを肘でついて何かをささやき、それからキティはビーニーに何かをささやいた。

「ちょっと聞いて！」ビーニーはあたしのほうに身を乗りだしてひそひそと話した。

「今夜は真夜中のお楽しみ会よ！　デイジーがそう言ってた」

あたしはラヴィニアの脇をつついてデイジーからのメッセージを伝えたけど、内心では驚いていた。秘密の計画で忙しいくせに、真夜中のお楽しみ会を開く時間なんてあるのかしら？　お楽しみ会を開くには、決めなくてはいけないことが山ほどある――どの部屋の子たちにどんないたずらをするか、どんなケーキを持ってきてと頼むか、枕の下に入れる目覚まし時計は何時にセットするか、といったことを。すると、秘密厳守が問題になってくる。ディープディーン女子寄宿学校で真夜中のお楽しみ会を開くときは、何ひとつ漏らさないことが大切だと、あたしは学んでいた。そうしないと、いたずらされると知ったほかの部屋の子たちは対策を練るし――もっと悪いことに、向こうもいたずらを仕掛けてくるから。でもその日の午後は、ひそひそ話で伝えた指令のあとにデイジーがまたべつの指令を出し、おなじ部屋のあたしたち五人はすぐに、するべきことをちゃんと頭に入れた。

その夜のお楽しみ会については、あたしたちは完璧に口をつぐんでいた。とはいえ、当番の監督生（その日の夜はキング・ヘンリーだった）から寝るようにと言われると、ビーニーは歯ブラシに向かってくすくすと笑いだした。ビーニーを黙らせるのにデイジーは厳めしくウィンクしなければならなかったけど、運がいいことに、キング・ヘンリーは何かに気を取られていて気づかなかった。それからはみんな、おとなしくベッドに横になった。キング・ヘンリーは電気を消し、ドアを閉めた。ラヴィニアのベッドを照らしていた四角い黄色い灯りが消え、部屋は真っ暗になった。

あたしはすぐに眠ってしまったにちがいない。

みんなが足を引きずる音で目が覚めた。どすんという音がしたかと思うとビーニーがくすくす笑う声が聞こえ、ラヴィニアがしーっと言った。「ビーニー！　そんなふうにぶつかってこないでよ、うっかり屋さんなんだから！」

「ごめん、ラヴィニア」ビーニーは小さな声で謝り、今度はべつの何かにぶつかった。

あたしはからだを起こした。部屋の奥のカーテンがあいていて、月明かりのなか（といっても、かなり薄暗かった。月はほとんど雲に隠れていたから）、みんながデイジーのベッドの周りに集まっているのがわかった。そこに行くまでにビーニーはラヴィニアにぶつかり、いっしょに転んだにちがいない。いまはふたりとも床にうずくまって、落としたケーキを拾っている。

あたしはベッドから出るとスリッパを履き、お菓子箱をあけた。前の週に、小包をふたつ受け取っていた。ひとつは〈フォートナム＆メイソン〉の薄い緑色と金色のギフトボックスで、添えられたメッセージには〝お父さんより。お母さんには内緒だ〟と書いてあった。もうひとつは、切手が一面に貼られた茶色の紙に包まれていた。わが家の運転手の几帳面な字で書かれたメッセージには、〝お母さまからの贈り物です。お父さまには内緒に、とのことです〟とあった。母はいつも召使いに代筆させる――どうしてかはわからないけど。父に教わったから、自分でも字は完璧に書けるのに。

茶色の紙の小包には、わが家の台所でつくられた、レンコンの餡《あん》入りの月餅がいっぱいにはいっていた。あたしの大好物だ。口に入れると餡は甘くてねっとりして、このイギリスではまず食べられない。でもやっぱり、母がこれを送ってこなければよかったのにとも思った。ラヴィニアがこれを見て、そのあと何週間も、あたしが異教徒のパイを食べていたとみんなに話して回ったことがあったから。ありがたいことに、〈フォートナム＆メイソン〉の箱にはちゃんとしたイギリスのお菓子である、くるみのケーキがはいっていた。これなら、ラヴィニアだってばかにできないはず。あたしはくるみのケーキをひとつ取り出すと、月餅はぜんぶお菓子箱にもどし、アンジェラ・ブラジルの本の下に隠した。それからお楽しみ会に加わった。

「こっちよ」デイジーが懐中電灯をわたしの顔に向けて振りながら、小さな声で呼んだ。「何を持ってきたの？」

「くるみのケーキ」あたしも小さな声で答えた。

「いいじゃない。それも、ほかのお菓子といっしょに置いておいて。ビーニーとラヴィニアが来たらはじめるわよ――ビーニー、こっち」

「ごめん」ビーニーはひそひそと言い、急いでこちらに歩いてきた。「チョコレートケーキを持ってきたわよ。それと牛タンも。あればいいかな、と思って」

「いいに決まってるじゃない」デイジーはもったいぶったように言った。「さあ、食べましょう――おなかがぺこぺこだわ」

しばらく、みんなしずかに食べた。

「牛タンをちょうだい」口をケーキでいっぱいにしたまま、デイジーが言った。

(あたしは内心で、イギリス人の肉の食べ方は理解できないと思っていた――ソースのかかっていないつまらない塊は、どれもこれもまったくおなじ味だ――けど、素早く飲みこみ、それから「おいしい！」と言うべきだと学んでいた)

ラヴィニアが牛タンのはいった容器をデイジーに渡しながら言った。「牛タンはチョコレートケーキに合うわね。そう思わない人もいるかもしれないけど、でもほんと、おいしい。試してみて」

「わたしはビスケットといっしょに食べるのが好き」キティが口をもぐもぐさせなが

ら言った。「それでデイジー、きょうはどんないたずらをするの？」

「えっと」デイジーは言った。「じつは、すでに仕掛けてあるの。もうひとつの三年生の部屋にはまさにいま、すごく冷たい水のはいったバケツがあって、洗面所のドアの上に危なっかしく載っているわ。明日の朝、シャワーを浴びに洗面所に行ったら、あの子たち、そりゃあ驚くでしょうね」

あたしたちはおもしろがってくすくす笑った。その部屋の子たちは、起床の鐘が鳴るとすぐに跳び起きてシャワーを浴びる。そうすればいちばんに朝食の席につけるから、寮母さんがその部屋に点数をつけてくれるのだ。それがほんとうに癪《しゃく》にさわるから、あたしたちはみんな、何かやり返したくてうずうずしていた。

「でも、ほかにも何かしたいな」キティが言った。「いま、ここで。でないと、ちゃんとしたお楽しみ会にならないじゃない」

「二年生のときだったらね」デイジーはぶっきらぼうに言った。「わたしたち、ぞっとするようなことばかりしてたの、覚えてる？　ほんと、何もかもすごくばかげてた。いまはもう、そんなことはできないわ。でも――」

「あら、どうしてできないの？」キティが声を上げて訊いた。「ビーニーをまた空中浮遊させようよ――前にやったときのこと、覚えてるでしょう？」

「もう、やめて」ビーニーはうめくように言った。「どうしていつもあたしなの？空中浮遊なんて、いやなんだから――」

「だって、あんたはいちばん体が小さいじゃない、お豆ちゃん」ラヴィニアが言った。

「それに、きゃあきゃあ声を上げるのがおもしろくって」

「あら、あたしはそんなことしない」毅然としたところを見せようとビーニーが言った。「声を上げたりしない。そうさせようとしたって無駄よ」

「でもね」キティは言った。「あのウィジャ・ボード、まだお菓子箱の奥にしまってあるの。やろうと思えば、すぐにでもできる。ビーニーさえよければ」

「ちょっと、いやだ」ビーニーは答えた。「交霊会はやめて、お願い。気味が悪いもの」

「なら、空中浮遊はいやなんて言わなければよかったのに」ラヴィニアが言った。

「キティ、ボードを出して」

「お願い」ビーニーはまたうめくように言った。「お願いだから、やめて！」

「しずかに！」キティは言った。「寮母さんが起きちゃう！」

ふたりとも、すぐに黙った。怒った寮母さんにお楽しみ会を台なしにされるのは、みんないやだった。

そのときふと、デイジーがこの話にぜんぜん乗ってきていないことに気づいた。彼女は膝を折り曲げて座ったまま、ふたりが言い合っているところをじっと見ていた。あたしにははっきりとわかる。こういうときのデイジーは何かを企んでいる、と。

キティはたっぷり一分、お菓子箱のなかを引っ掻き回したあとでようやくお目当てのものを見つけ、満足げな声を出した。彼女が取り出したウィジャ・ボードは、交霊会倶楽部で使っていたものだ。くねくねした文字と数字が書いてあるただの赤い厚紙だけど、ちょうど真ん中の黄色い目玉のところに角が鋭く尖った三角形のカウンターがあって、始点を指していた。厚紙から見上げてくる黄色い目玉が、あたしはいつも苦手だった。じっと見られているみたいだから。それにほんとうのことを言えば、交霊会についてはあたしもビーニーとまったくおなじ意見だった。デイジーにはそんなことは絶対に言わないけど。

とにかく、デイジーは懐中電灯をバランスよく膝に載せ、明かりがボードを照らすようにした。それから決まった手順どおり、あたしたちは指をカウンターに置いた。しばらくは何も起こらなかった。あたしはみんなが呼吸する音に耳を傾け、カウンターをじっと睨みつけていた。その下の黄色い目玉が、あたしに向かってきらりと光った気がした。

するといきなり、カウンターが動いた。キティは小さく悲鳴を上げ、みんなも飛び上がった。カウンターは細かく動き、懐中電灯の光はゆらゆら揺れた。

「もう、やめよう」ビーニーが消えそうな声で言ったけど、みんなはカウンターがボードの上のほうに滑っていくところを見つめていた。「もう、やめよう。こんなこと、もうやめよう。もう――」

「黙ってて、ビーニー」ラヴィニアがきつい声で言うと、ビーニーはしずかになった。

カウンターはわずかに跳ねて、〝H〟のところで止まった。

「Hよ！」デイジーが言った。「とうとう何かがわかるのね！　ヘイゼル、早くメモして！」

あたしは椅子に深く座り、事件簿をさっとつかんだ。あの黄色い目玉を見ずにすむのは、すごくありがたかった。

まず、〝H〟と書いた。

そうしているあいだにもカウンターは左に動いて〝E〟を指し、いまはまた右のほうにもどっていた。つぎにどこで止まるのか待つまでもなく、あたしにはわかった――〝地獄《HELL》〟の〝L〟に決まっている。それから無意識に〝L〟をもうひとつ書こうとしていたそのとき、カウンターはぐいと引っぱられたように大きく左のほうへ飛んで、まぎれもなく〝P〟のところに落ちた。

ビーニーは小さな悲鳴を上げ、キティは「しーっ」と言った。あたしの口のなかはからからになった。でも、まだ終わりではなかった。カウンターは右に動いて〝M〟〝U〟〝R〟と順に指していき、それから〝D〟と〝E〟にもどると、つぎに〝R〟を差してようやく止まった。

〝助けて《HELP》〟〝殺人《MURDER》〟

あたしたちはお互いに顔を見回した。みんな真っ青になっていた。デイジーでさえも——とはいえ、デイジーがほんとうは何を考えているのかを分析しても何の意味もない。

ようやくキティが口を開いた。

「誰なの？」そう、ささやくように言った。「あなたは誰？」

カウンターはふらふらしてから、また動きはじめた。今度はゆっくりと。

〝ベ・ル・先——〟

一瞬、恐怖で凍りついたけど——すぐに何がどうなっているのかわかった。言うまでもない。デイジーがカウンターを動かしているのだ。おかしなことに、裏切られたような気がした——父が九龍半島へサーカスを見に連れて行ってくれたことがあったけど、そこにいた人魚は、毛をむしられて魚の尾びれをつけられた、ただのかわいそうな小ザルだとわかったときも、ちょうどこんな気持ちになったものだ。ベル先生が幽霊になってもどってきて追い回されるのもいやだけど、いまのこの幽霊がじつはデイジーだとわかって、むっとした。もう、秘密の計画ってこのことだったのね！　先に話しておいてくれればいいのに。

カウンターはまだ動いていた。

「ベル先生！」キティは嬉々として言った。彼女はいつも、あの世と交信したがっていたから。「でも、先生は辞めただけで――死んでないんですよね」

〝いいえ。死んだの〟

ビーニーは悲鳴を上げた。

「しずかにして、ビーニー！　寮母さんが来ちゃうでしょう！　いったい――」

〝時間がないの。助けて。殺人〟

「殺されたということですか？」

〝殺人〟

「誰が？」

〝誰に〟

「キティは、〝誰に〟と訊きたかったんだと思います」デイジーが言った。自分ではすごくおもしろいと思っているはず。

「ほんとうにベル先生だわ！」ビーニーは消えそうな声で言った。「そんな……」そして彼女は気を失い、とてもしずかにキティの肩に倒れかかった。

〝時間がないの。犯人はわからない。ゆっくり休めない〟

「でも、あたしたちに何かできますか？」

〝殺人のことをみんなに伝えて。助けて――Q・T・B・N・2〟――

そのあと、カウンターはボードの下のほうから外に滑り出たから、何が言いたいのか誰にもわからなくなった。ビーニーは意識を取りもどしていて、いまは声もなく泣いている。

「みんな、赤ちゃんね。わたしはぜんぜん怖くなかったけど」ラヴィニアはそう言うと自分のベッドにもぐり込み、頭まですっぽりと毛布をかぶった。これ以上、何もしゃべるつもりはないようだった。

真夜中のお楽しみ会はこれでお終いらしく、あたしも自分のベッドにもどった。ビーニーはひとりで寝たがらず、安心して眠れるように、キティのベッドに入れてもらわなければならなかった。ふたりとも、毛布の下でこそこそと話していた。

あたしはまた眠ろうと、目を閉じた。するととつぜん、マットレスの右側が軋《きし》んで沈み、誰かが上掛けのなかにもぐり込んできたので、思わず息を呑んだ。

「おつかれさま」デイジーが耳もとでささやいた。

「ちょっと！」体をくねらせながら、あたしは小声で言った。「腕が下敷きになってるんだけど」

「気にしないで」デイジーもできるかぎりの小声で答えた。「どうだった？　わたし、うまくやったでしょう？」

「すごくいやな感じだった。なんのためにあんなことをしたの？」

「わからないの？　これしか方法がなかったのよ。ベル先生が辞めたことについて、グリフィン校長が何を言おうとかまわない。でもこれで、あしたにはベル先生が殺されたという話は学校じゅうに広まっているわ。そうしたら犯人はびっくりしてパニックになって――かならず何か行動を起こすはず。わたしたちをその殺人犯のところへ導いてくれるような行動をね。それに、何かを知っている子や、何かを見た子や、容疑者の誰かのアリバイを知っている子が名乗り出てくるかもしれない。わたしたちは見守るだけでいいのよ。それにこの計画のいちばんいい点は、わたしはまったく無関係に見えること。言うまでもないけど、自分でもすごく賢いと思ってるわ」

6

殺人犯がパニックになるという考えは、まったく気に入らなかった。そのせいで追われることになったらどうするの？　あたしはまたもや恐怖で眠れない夜を過ごし、金曜日の朝に目が覚めたときは、きょうはどんな日になるのかと思って胃がきりきり痛んだ。

ベッドの上でからだを起こしていると、起床の鐘が鳴ってすぐに、もうひとつの三年生の部屋から悲鳴が聞こえてきた。もちろん、洗面所に仕掛けておいたバケツの冷水を浴びたからだ。おかげでみんな、きのうの交霊会のことを思いだした。朝食の席につくころには、キティはすでに五人に、ベル先生が幽霊になって現れたと話していた。その話は山火事みたいに食堂に広がり、デイジーは得意げにそのようすを見ていた。あたしは彼女のことをぶんぶんと揺すりたかった。そのせいでふたりとも、危険にさらされているのだから――でもとうぜん、デイジーはそんなふうに考えていない。

自分は賢いと思い、殺人事件の解決に一役買っていると思っているだけだ。それだけに、デイジーのいい気分を台無しにするようなことが起こって、あたしは思わずよろこびそうになった。

「聖チェイター校との試合の準備はできてる?」トーストをかじりながら、デイジーはクレメンタインに訊いた。デイジーはこうして、水入りバケツの件で仲直りしようとしているのだろう。「月曜日の夕方にあずまやで作戦会議をしたとき、ホプキンズ先生はすごくいいアドバイスをしてくれたって聞いたけど」

クレメンタインは鼻を鳴らして言った。「準備はできてるけど、ホプキンズ先生のおかげじゃないわ。だって先生はあの日、作戦会議が半分も終わらないうちに、手紙を書かないといけないとかなんとかへんな言い訳をして、校舎にもどってしまったの。手紙って! うちの学校は四年も聖チェイター校には負けっぱなしなのに! そのあとは、何か言ってくれるのは監督生しかいなくて、それでも会議はつづけなくちゃならなかったんだから」

あたしは朝食の席で驚きの声を上げてしまった。そうしないではいられなかった。これまでの捜査ではずっと確かだったホプキンズ先生のアリバイが、がらがらと崩れたのだから。殺人のあった時刻、先生は校舎にいた。先生の奇妙な振る舞いの何もかもが急に、ものすごく裏がありそうに思えてきた。

デイジーもあたしとおなじくらいショックを受けたはずだけど、目をぱちぱちさせただけで、こう訊いた。

「ホプキンズ先生は月曜日の夕方、校舎にもどったの？」

「ええ、そうよ」トーストを口いっぱいに頬張りながら、クレメンタインは答えた。

「ほんと、チームのみんなはかんかんに怒ってた。わかるでしょう？」

おなじテーブルの子たちは、口々に「わかるわ」というようなことを言っていた。あたしはビーニーがよくするように、ぴょんぴょん跳びはねて叫びたかった。ホプキンズ先生が犯人かもしれない！　自分のせいでベル先生がザ・ワンに捨てられたみたいに、今度はベル先生のせいで自分がザ・ワンに捨てられると心配していたとしたら？　それに、先生はすごく力があるから（ホッケーの試合中に、思い切りスティックを振っているところを思い浮かべた）、ベル先生をバルコニーから突き落とすのも簡単にできたはず。でも、あたしは自分でもわからないでいた。ホプキンズ先生を怪しんでいたことがやっぱり正しかったとわかってうれしいのか、事件がいっそうこんがらかってじれったく思っているのか……もしかしたら、怖いだけなのかも。でもデイジーは、ただ苛立っていた。

「ホプキンズ先生にアリバイがないことが、どうしてそんなに気になるの？」校舎に向かって歩きながら、あたしはデイジーに訊いた。「動機があって、ものすごく奇妙な振る舞いをずっとしてるんだから、先生が容疑者でもおかしくないんじゃない？」

デイジーはあたしをじろりと睨んだ。「わかってるくせに！　先生は犯人じゃないからよ。わたしは知ってるの。だからいまあらためて、先生を容疑者リストから消さないとね。とにかく、きちんとしておかないと」

「ホプキンズ先生の名前をリストから消したいのは、あなたが先生のことを好きで、犯人であってほしくないからでしょう！」

「それのどこがいけないのかわからないんだけど！」

「デイジー、証拠を追わないと、ちゃんとした探偵にはなれないわよ！」あたしは言った。「先生が犯人だったらどうするの？」

「ホプキンズ先生は人殺しなんかしていない！　とにかく、探偵倶楽部の会長はわたしなのよ。まさか忘れてないわよね？」

「それが何？　あたしのこと、学校の誰よりも賢いって言ったじゃない」

「わたし以外でね！　それに、ホプキンズ先生が殺したとは思っていないとも言ったわ！」

あたしたちは睨み合った。

「じゃあ、好きにするといいわ」とうとうデイジーが言った。「きょうの午前中は、パーカー先生だけじゃなくホプキンズ先生も見張りなさいよ。それで満足するなら。あとは、ザ・ワンやラペット先生も。そこまで頑固に言うんだから。わたしはテニソン先生を見張る」

「わかった、ホプキンズ先生のことはちゃんと見張るね」あたしは怒って言った。デイジーには時々、本気で腹が立つ。「見てるといいわ……ホプキンズ先生もほかの容疑者の先生たちも見張って、あたしがどれほど優秀な探偵か教えてあげる」

「どうしてもと言うなら、どうぞそうして」デイジーはため息をついた。「でも、わたしがテニソン先生の犯行だと突き止めても、聞いてなかったなんて言わないでね」

ふたりともかっかしながら、旧棟の玄関を通った。

7

残念ながら、デイジーのことも彼女のやっかいな指令のことも、無視するのはむずかしかった。お祈りの時間が終わるまでには、デイジーの仕組んだ幽霊話は学校じゅうに広まっていた。ベル先生はね、とみんなが言い合っている。誘拐されたんじゃないの。殺されたのよ。

ほかの子たちがそう話すのを耳にすると、なんだかへんな気がした。なぜだかわからないけど、苛立ちさえした。あたしたちの事件なのに。デイジーったら、学校じゅうのみんなにばらすなんて。

デイジーの捜査がまちがった方向に進んでいると示すには、探偵としての自分の任務に集中するしかなかった。だからお祈りの時間のあと、ラペット先生とパーカー先生が談話室に向かうところを見かけると、あたしはホプキンズ先生のうしろにつづいている二年生の列に紛れた。先生は跳ねるようにして楽しそうに歩きながら、ひとりのおちびちゃんの背中を叩いたりさえしていた——またもや、やけに幸せそうだ。でも、あたしがそう思い込んでるだけ？

そんなことを考えていると、向こうからザ・ワンが角を曲がってやってきた。彼はホプキンズ先生を見るとすごく恥ずかしそうに顔を赤らめ、ホプキンズ先生のほうはいきなり足を止めたから髪が跳ね、それから甲高い奇妙な声を上げた。ネズミが殺されるときの声みたいだった。二年生たちは好奇心をむき出しにして、ふたりの顔を交互にじっと見ている。あたしも興味津津だった。先生のこの態度は、罪深い秘密を持っている証拠なの？　そのとき授業開始の鐘が鳴って、あたしはホームルームへと急いだ。

なかにはいるところで、デイジーと鉢合わせした。

「女性教諭用のお手洗いまでテニソン先生のあとを尾けたわ」デイジーは冷静に言った。「先生はそこに閉じこもってた。もちろんわたしははいれないけど、先生が泣いてる声が聞こえたの。ものすごく怪しいわね」

「ホプキンズ先生も怪しいわよ」あたしは言った。「ザ・ワンに会ったら、すっかりおかしくなってた」

デイジーはすこしの興味も見せなかった。あたしにはわかった。

その日の午前中はずっと、いちどに二十もの場所にいようとするみたいにして過ごした。ひとりのあとを尾けるだけでも、思っていた以上にたいへんだった。それが四人ともなると、言うまでもない。あたしは授業と授業のあいだに走り回り、ホプキンズ先生とザ・ワンとパーカー先生とラペット先生をつねに視界に入れておくようにし、そうしているあいだはなんとか息を切らさないようにがんばった。

ホプキンズ先生はずっと、ものすごく楽しそうにしていて、ぽんぽん跳ねるボールみたいに学校じゅうをスキップして回っていたけど、先生がそうするにつれ、あたしははっきりと確信するようになった。あれはわざとだ、と。そのあとはもう、午前中にふたりが顔を合わせることはなかったけど、あたしにとってはあの一回でじゅうぶんな証拠だった。

パーカー先生のあとを尾けるのはずっと楽だった——というのも、先生が何かにひどく悩まされているのは、火を見るよりあきらかだったから。怖いくらいに顔をしかめながら大股でどすどすと歩き、手を何度も髪に走らせていた。月曜日の夕方の出来事のせいで動揺しているから（すくなくとも、ベル先生と口論していたことはほぼまちがいないと思っている）？　それとも何かべつの理由があるの？　新しく広まった噂が気になっているとか？

ラペット先生はいちど、生徒たちにぶつかりそうになったけど、そのあとはみんなのことをちゃんと見ながら、ゆっくりと歩いた。髪は朝にきちんと梳《と》かしたようには見えず、カーディガンのボタンはまたもや、胸のところで掛けちがえている。この何日か、ずっとこんな調子だ――はっきり言えば、火曜日からずっと。どうしたんだろう？　グリフィン校長のために、ベル先生がふだんしていた秘書の仕事をしていることは知っているけど、それだけでてんてこ舞いになるなんてことは、絶対になさそうじゃない？

おやつ休憩のとき、ホプキンズ先生とラペット先生はまた、談話室に姿を消した。でも、パーカー先生は図書室の廊下をさっそうと歩いていた。あたしは生徒たちのあいだを縫って歩く、セーターと茶色のスカート姿の先生の小さな背中を追いかけた。足を止めたときには、先生はちょうどザ・ワンの控室の前のステップをのぼり、ドアをノックしてからなかにはいるところだった。

これはまた、おもしろいことになりそう。

あたしは二年生のおちびちゃんたちのあいだをすこしずつ進み、誰かと待ち合わせをしているみたいに腕時計を見てから大きなため息をつくと、ザ・ワンの控室のいちばん上のステップに腰を下ろした。ぼんやりと前方に目をやりながら、ドアの蝶番《ちょうつがい》のところに届くよう、頭を後ろにもたせかけた。そしてさらに偽装工作としてかばんからアーサー・ランサムの『ツバメ号とアマゾン号』を取り出して膝の上に広げ、読んでいるふりをする。でも目は文章を追わず、背後の部屋のなかで何が起こっているのか、全力で聞き耳を立てた。

まず、ザ・ワンの声が聞こえた。ほかの人の声だったら、腹を立てていたと言ったかもしれない。

「……ぼくがこの件と関わっていると思われるのは心外だ」

「わたしにはわかってるんです！」パーカー先生がザ・ワンを遮って言った。ほんとうに怒っていた。半狂乱と言ってもいいくらいに。「ジョアンが教えてくれたの――あなたと彼女は――」

（一瞬、ジョアンという人がなんの関係があるのかと思ったけど、すぐにそれはベル先生の名前だと思いだした）

「いいかい、きみはまちがっている！」ザ・ワンが大声を上げたからあたしはびくっとなり、こむらがえりを起こしたふりをした。

「まちがってないわ」パーカー先生はそう言ったけど、声はどんどん小さくなり、ほとんど聞こえなくなった。「ジョアンがあなたとよりをもどしたのは知ってる。それを認めてほしいの。だから、教えてくれないと――」

どすん、と大きな鈍い音がした。「教えることは何もない！」ザ・ワンは声を張り上げていた。「きみにそんなことを言う権利はない！　いますぐ、ここから出て行ってくれ！」

「そうしますとも！」パーカー先生も叫び返した。「でも、きっと後悔するわよ！　わたしはまたもどってきますから――いいわね！」

『ツバメ号とアマゾン号』を楽しく読んでいるように見せながら、あたしは慌ててステップをおりた。その数秒後にパーカー先生が勢いよくドアをあけたときには、ステップのいちばん下の段に座り、何食わぬ顔で夢中になって本を読んでいた。

そんなに心配することはなかった。先生はあたしに気づくどころか、押しのけるようにして控室を出ると、廊下をずんずんと歩いていった。すると、ホプキンズ先生とあやうくぶつかりそうになり、パーカー先生の髪はますます揺れた。ホプキンズ先生はちょうど、廊下の反対からやってきたところだ。ザ・ワンに会いにいくの？　あたしはこのまま残ってどこに行くかたしかめようとした――けど、思ったとおり、ホプキンズ先生はザ・ワンの控室のステップをのぼりはじめた。

でもちょうどそのとき、おやつ休憩の終わりを知らせる鐘が鳴った。鐘に文句を言いながら、あたしは『ツバメ号とアマゾン号』をかばんにもどし、その場をあとにした。さっき耳にした話はどういう意味だろう？　ホプキンズ先生とザ・ワンはいっしょに何かを企んでいるの？　パーカー先生はふたりのことで、何かとんでもないことに気づいてしまったの？　新しい噂を聞いて、パーカー先生はふたりを脅迫しようとしているの？　歴史の授業に向かいながら、ついに重要な情報をつかんだからデイジーに知らせないと、と考えていた。すごく役に立ちそうだから、彼女だって無視するわけにはいかないだろう。

8

デイジーには出し抜かれると、わかっていてもよかったのに。歴史の授業のとき、みんながすでに立ち上がってラペット先生を迎えようとしているところへ、デイジーは駆け込んできた。

「これはこれは、よくいらしてくださいましたね、デイジー」ラペット先生は言った。そ
あいかわらず動揺しているようだし、カーディガンのボタンも掛けちがえている。そ
れに近くにいるからわかるけど、食後にお酒を一杯飲んだみたいなにおいをかすかに漂わせている。隣ではキティがビーニーに「また飲みすぎたみたいね」と、声に出さずに言っていた。

「すみませんでした」デイジーは反省しているふりをした。「これからは遅れないようにします。ところで、ラペット先生？」

「なんですか、デイジー？」ラペット先生はそう言い、教壇に両手をついてからだを

支えた。

「月曜日の夕方に落とし物を集めていたのは、先生でしたっけ。じつはわたし、すごく大切な万年筆をなくしてしまって、それで――」

ラペット先生は深くため息をついた。「わかりました、デイジー。そんなに大きな声でしゃべらなくても聞こえます。偶然だけど、あの日の夕方、生徒の持ち物を没収したり落とし物を集めたりしていたのは、ベル先生でした」（みんなはベル先生の名前を聞いて、身をすくませた）「でも、お辞めになるまえに渡されたものはありませんよ。わたしはその日、グリフィン校長の執務室で重要な課題について話し合っていました。夕方はずっと」

「あら」デイジーはそう言うとあたしのほうをこっそりと見て、勝ち誇ったような表情をした。「ということは――グリフィン校長のところにずっといたんですか？」

「いいかげんになさい、デイジー」額《ひたい》を片手でつかむようにしながら、先生はきつい声で言った。「話を聞いていなかったの？　ええ、わたしは午後はずっと、グリフィン校長の執務室にいました。ところで、それとあなたの万年筆がどう関係するの？」

つまり、とあたしは心のなかで思った。それはラペット先生のためにはなったということね。こんなふうにアリバイを聞きだすなんて、デイジーはなんてうまいことをするのだろう。それは認める。でも、いまさらそんなことを言っても意味はない。ラペット先生は授業のあいだずっと（すこし無理をしているみたいだったけど）、デイジーから目を離さずにいた。あたしはといえば、ドア越しに聞いたパーカー先生とザ・ワンの口論のことをデイジーに伝えられずにいたから、音楽の授業のとき、ザ・ワンを見張らなくてはいけない新たな理由を知る探偵倶楽部のメンバーは、あたしだけだった。

おかげで、ちゃんと見張ることができた。ハンサムな顔をしかめながら、ザ・ワンはなんとかピアノで一曲弾いたけど、キティとラヴィニアをまちがえ、宿題を出すのを忘れ、タンバリンにつまずき、それから授業の終わりに「おやすみなさい」と言った——まだ昼の一時なのに。ビーニーでさえ、どこかおかしいと気づいた。

「ひょっとして、ベル先生が死んで悲しんでいるのかな」昼食の時間に旧棟の玄関を出るときにビーニーは言った。

間が悪いことに、そのときたまたまラペット先生が通りかかった。やっぱり、いらいらしているようだった。

「ビーニー！」先生はぴしゃりと言った。ビーニーはおそろしさで固まった。「もうたくさん！　これ以上、根拠のないばかげた噂話をくり返したら、三年生全員に来週いっぱい、居残りをしてもらいますよ。いいですね？」

「はい、ラペット先生」ビーニーはごくりと唾を呑んで言った。「すみませんでした」

わたしたちは黙りこくって寮まで歩いた。うっかり噂を広めてしまわないように。

というわけでビーニーがずっとそばにいたから……ここでもまた、デイジーと話す機会はなかった。

とはいえ、ある意味ではこれはいいことだった。邪魔されたり反対意見を言われたりしないで、自由にザ・ワンのことを考えられるのだから。彼はまさに、脅迫されている人そのものの態度をしていた。考えれば考えるほど、あたしが聞いた口論は、脅迫だったとしか説明のしようがない気がしてきた。ザ・ワンはベル先生が殺されたことで何かを知っているし――あたしが見たふたりのようすからすると、彼とホプキンズ先生はどちらも、何かを知っているように思える――パーカー先生は、ふたりが何か知っていることを知っている。ザ・ワンはほんとうに殺人犯なの？　ひょっとしたら、ホプキンズ先生をかばっているだけなのかもしれない。月曜日の夕方、ホプキンズ先生が慌てて校舎へもどったのは、ベル先生を殺すためでは？　デイジーはホプキンズ先生の無実を固く信じているけど、もはやこれまでね！

あたしは自分の出した結論にすごく満足していた。すくなくとも、重要な証拠を見つけたのはこのあたしで、デイジーはそのあとを追うことになるはずだから。

でも、デイジーはあたしをコーナーに追いつめた。

「いっしょに来て」昼食が終わったとたん、デイジーに命じられた。「ようやく計画の準備ができたの」

「デイジー、おやつ休憩のときに聞いたことを伝えておかないと。パーカー先生はザ・ワンを脅迫していると思う。ほんとうよ！　ザ・ワンとホプキンズ先生は――」

「しーっ」デイジーは言った。「部屋で聞く」

部屋にもどると、そこには誰もいなかった。ふたりであたしのベッドにまっすぐに向かい、顔を見合わせて腰を下ろした。

「デイジー」座るとすぐに、もういちど言った。「とにかく聞いて。ザ・ワンとホプキンズ先生は共犯よ。ベル先生が殺された直後、ザ・ワンが校舎にいたことはわかってるわね。それに、ホプキンズ先生がホッケーの作戦会議の途中で校舎にもどったことも。ふたりのうち、どちらかが殺したのかもしれない。もしかしたら、ふたりでいっしょに。それで、パーカー先生はどういうわけかそのことを知って、いま、ふたりのことを脅迫してるの！　おやつ休憩のときに、パーカー先生がザ・ワンの控室に行って言い争っているのを聞いたんだから」

「ヘイゼルったら」デイジーは言った。信じられない。あたしの話をまともに聞いていない。「どうしてパーカー先生がザ・ワンを脅迫しているとわかったの？　じっさいにお金でも要求してた？」

「それはわからないけど」あたしは答えた。「でも――」

「ほらね。パーカー先生は、ザ・ワンがベル先生を捨てたことをすごく怒ってるの――それはもう、わかってるじゃない。パーカー先生はそのことでまた、彼に何か言っただけなんじゃないかしら。とにかく、そんなことはどうでもいいわ。それより、もっとずっと重要なものを見てほしいんだけど」

デイジーは教科書を入れたかばんの奥を探って小さな瓶を取り出すと、振ってみせた。あたしがすごく感心してとうぜんと思っているみたいに、にやにや笑いながら。あたしは感心しなかった。それより、デイジーに向かって叫びたかった。話を聞いて、と。

「今度は何？」あたしは不機嫌な声で訊いた。

「吐根剤よ」デイジーは答えた。「アリス・マーガトロイドからもらったの」あたしの顔に浮かんだ表情を見て、デイジーはつづけた。「やだ、もう。あなた、出身はどこだっけ？　どの病院にもあるものよ。食べてはいけないものを食べたとき、ナニーに飲まされたでしょう。たしかに、ひどく気持ちが悪くなるわ。でも、まさにそれが目的なの」

何を言っているのかわからなかったし、それを飲みたいとも思わなかった。あたしはなおも不機嫌なままだった。どうしてデイジーのばかばかしい考えのほうが、あたしがつかんだ完璧な手がかりよりも重要なの？

「わからない？」デイジーはあいかわらず、自分の考えを乗せた列車を前へ前へと走らせている。「ベル先生の件で手がかりを探すなら、校舎に忍び込まないといけないでしょう。それも、先生たちから何をしているのかと疑われないときに――あと、もっと重要なのは、殺人犯に気づかれないようにすること。つまりそれは夜で、手っ取り早くそうするには、診療所にいればいいのよ。この吐根剤を飲めば、病気のふりをする必要はない――どこから見ても具合が悪そうになるし、ミニーはひと晩じゅう、わたしたちを診療所にいさせないといけなくなるから。そしたらあとは彼女が寝るのを待てばいいだけで、わたしたちはどこへでも好きなところへ行ける」

「でも、どこもかしこも鍵がかかってるんじゃない？」あたしは反論した。

「ジョーンズさんの鍵があれば問題ないでしょう、おばかさん」

「わかった」あたしは答えた。「わかった、その話に乗る。でも、ホプキンズ先生とザ・ワンが殺人に関わっていない理由を説明してくれたら、ね」

「だって、殺したのはテニソン先生だもの、決まってるじゃない。そうそう。きょう、わたしが見つけたこと、まだ話してなかったわね？」

「うん」あたしはかっかしながら言った。「まだ、聞いてない」

「テニソン先生は完全におかしくなってる。〝このいまいましい染み、消えて！〟なんて呟きながら廊下をうろついているくらいだから。交霊会のことで動揺したんでしょうね。尾行していたとき、ある上級生が先生の肩を叩いたんだけど、身をすくませてたのよ。でも、重要なのはこっち。わたしは図書室の廊下にいたの。みんなのおしゃべりを聞くのに、うってつけの場所でしょう。そしたらグリフィン校長がテニソン先生のところに来て、〝テニソン先生、お話があります。例の計画だけど、また手伝ってちょうだい。あなたが月曜日の夜にもっと早く執務室に来てくれていたら、ちゃんと終わらせられたのに〟と言ったの。

そうしたらテニソン先生は〝ええ、でもその埋め合わせは火曜日と水曜日にしたじゃないですか〟と、神経質そうに答えてた。

校長は〝それが、そうでもなくて。終わらせなくてはならない仕事が、まだすこし残ってるの〟って。ほんとうの話、テニソン先生の顔はシーツみたいに真っ白だった。

からだなんてぶるぶる震えてたし。それでも校長は〝また時間を取ってもらえる？あとすこし、やってもらいたいことがあるの――今夜はどう？〟と言ってたわ」

「それがどうしたの？」あたしは訊いた。「校長とテニソン先生は今日の午後、授業が終わってからいっしょに帳簿でもつけるんでしょう。殺人とはなんの関係もないじゃない」

「ヘイゼル」目をぐるりと回しながらデイジーは言った。「あなたって時々、ほんとに鈍くなるわね。グリフィン校長はね、月曜日の夜にテニソン先生と約束があったのに、テニソン先生はその約束に遅れたのよ。テニソン先生は五時二十分まで英語倶楽部の指導をするから、校長との約束はそれ以降だったはず――ちょうど、ベル先生が殺されたころってこと。それに、校長が月曜日の話をしたときのテニソン先生の反応が鍵だと思うの。ヘイゼル、あれは先生の良心の表れなの！　テニソン先生が殺したのよ！」

「あなたがそう言うならそうなのかも」あたしは言った。まだ、むっとしていた。まただ。デイジーはまた、自分の意見こそが重要だと思っている。

「もう、ヘイゼル。そんなこと言わないで」あたしの肩に頭を乗せ、大きく目を見開いて見上げてくる。「ヘイゼル、ヘイゼル、ヘイゼル、ヘイゼルったら

「――」

「やめて！」あたしはデイジーを睨みながら言った。「笑ってるんじゃないからね」

「ううん、笑ってる」デイジーはそう言ってベッドからぴょんと飛ぶようにして降り、あたしの腕をつかんだ。「さあ、はやく階下《した》に行きましょう。あのふたり、どこに行ったのかしらって寮母さんに言われないうちに。そうそう。フランス語の授業のまえに旧棟のクロークで待ってるから。そこで、この気味の悪い液体を飲むわよ」

デイジーはあたしに向かってこれ見よがしに吐根剤の瓶を掲げ、それから教科書のはいったかばんにもどすと、急ぎ足で部屋を出て行った。

9

デイジーにはほんとうに我慢ならないときがあるけど、あたしがディープディーン女子寄宿学校に来てはじめての夜の出来事を思えば、驚くことではない。

グラウンドでの初対面のあと、あたしは寒さのあまり全身をピンクにして震えながら寮にもどった。高くて寒々とした壁に囲まれた、二年生の部屋に。灰色のベッドに腰を下ろし、あたりを見回した。いくつも並ぶベッドの形はどれもまったくおなじだし、その上の灰色の毛布はひどくちくちくちくしそうだった。そのようすにあたしはものすごく気が滅入って、じつはこの学校の経営はそれほどうまくいっていないのかもしれない、と思ったことを覚えている（イギリスでは、ものすごくお金持ちだと示すことは、ものすごく貧しいから暖房設備を整えたり新しい靴を買ったりする余裕がないふりをすることだと、そのときはわかっていなかった）。

メイドがトランクからあたしの私物を出し、ベッドの横にある傷だらけのタンスの引き出しに、きちんとたたんでしまってくれていた。税関の札《ふだ》がまだあちこちに貼られたトランクは空《から》っぽで、開いたまま絨毯の上に置いてあった。それを見るとあたしは自分もまた空っぽで、場違いなところにいるような気がした。おなじ部屋の子たちは奥のほうに集まって、あたしを無視していた。すると、そのなかのひとりが急にふり返った。体育のときにぶつかった、長い金髪の子だった。その子はあたしのほうに歩いてきた。ほかの子たちもあとにつづき、彼女のうしろに集まった。カラスの集団か、四つの頭と八つのぎらぎらと睨みつけるような目を持つモンスターみたいだった。

「よろしくね、よそ者ちゃん」デイジーは言った――そう、その金髪の子はもちろん、デイジーだった。

「よろしく」あたしはもじもじしながら言った。

ほかの子たちはみんな笑った。「この子、英語が話せる!」あとでキティだとわかった子が小さな声で言った。「ラヴィニア、五十シリング払ってね」

「よそ者ちゃん」デイジーはつづけた。「わたしたち、ゲームをするの。みんなで話し合って、あなたも入れてあげることにしたわ――それって、めったにないことよ」

あたしの心臓は飛び上がりそうになった。「ほんとうのことを言うとテストなんだけど――誰がいちばん長くそのトランクのなかにはいっていられるか、競争するの。キティは十分以上はいっていられる子なんていないと思ってるけど、わたしは簡単にできる気がする。それで、最初はあなたにやってほしいの。だって、あなたのトランクなんだし。どうかな？」

いま思えば、どうしてあんな言葉に引っかかったのか、よくわからない。でもそのときは、ただわくわくしていた。さっそく友だちができるかもしれないと思って――それに、すごくかわいい子があたしと友だちになりたがっていると思って。だからあたしは頷いた。

「よかった。それじゃあ」デイジーは言った。「なかにはいって」ほかの子たちが息を止めて見守るなか、あたしはトランクにはいって両腕で膝を抱えた。

「さて、閉めるわよ。そうしないと、ちゃんとしたテストにならないでしょう？　ラヴィニア、時間を計って。忘れないで、よそ者ちゃん。できるかぎり、そこにはいっていないとだめよ。わかった？」

両手をぎゅっと握りしめ、あたしはまた頷いた。あたしは暗闇が大嫌いだ。あのころはいまより、もっと嫌いだった。でも、どこから見ても完璧な子に、そんなことは言いたくなかった。

デイジーはあたしの上に身を屈めた。あまりにもくっついてくるから、額《ひたい》に息がかかった。「がんばってね、よそ者ちゃん」彼女はささやくようにそう言い、トランクの蓋が閉まって、あたしは暗闇に残された。くすくす笑う声と、かちりと鍵のかかる音がした。すると、くすくす笑う声は大笑いになり、足をどんどん踏みならす音も聞こえてきた。その音はだんだんと小さくなり、階段をおりていくもっと騒々しいいくつもの足音の一部になった。階下《した》のほうで鐘が鳴ると、足音のスピードは急に上がった。そして最後には、足音は聞こえなくなった。

部屋はすごくしずかだった。トランクのなかで丸まりながら、あたしは何かがおかしいと思いはじめた。鐘の音は食事の合図だと聞いていたし、食事には絶対に遅れてはいけないことも知っていた。それにお腹がすいていた。でも、と思った。最後までつづけるようにと言われたじゃない。だから最後までやろう。あたしはイギリスにいるのだし、それにイギリスでは、おとなしくしていろんなことに耐えなくてはいけないことも知っている。

だから、あたしはトランクのなかに留まった。寮母さんに見つけられたのは三時間後で、ようやくあたしを見つけた彼女は、熱々のフライになるかというくらい激しく怒った。誰に言われてこんなことをしたのかと訊かれたけど——それを言えば、あたしは裏切り者になるとわかっていた。それから一週間、あたしは昼食の時間は寮母さんの隣に座り、靴下の穴を繕って過ごした——でも、その価値はあった。デイジーがあたしの背中をばんばん叩いて、感心したようにこう言ったのだ。「よくやったわ、よそ者ちゃん」

あれ以来、あたしはどうしてと絶えず訊きながら、デイジーのためにずっとトランクにはいっているようなものだった。でも、そうすることにほんとうに意味があるのかと、今回、はじめて思った。

第5部

真夜中の大捜査

1

その金曜日の午後、あたしはデイジーよりも先に待ち合わせ場所の旧棟のクロークに行った。あたしは決めていた。デイジーのことはしばらく大目に見ようと――すくなくとも、彼女の計画についてもうすこしわかるまでは。灰色のコートがびっしりと並んだ陰で前屈みになって足首を擦り、これからすることを考えてだんだんと緊張してきたところで、デイジーの声が聞こえた。「ヘイゼル、どこ！」

「ここ！」自分のコートが掛かったラックの端から顔をひょっこり出し、小さな声で返事をした。

「うまく隠れたね、ワトソン」デイジーはそう言って、隣にどすんと腰を下ろした。そして例の小さな瓶を仰々しい仕草でかばんから取り出し、ふたりの前に掲げた。

「さて、捜査をはじめる準備はできているかな？」

あたしたちは瓶を見つめた。捜査の準備はちゃんとできていたけど、まず診療所に行きたいかと訊かれたら、わからなかった。

「飲みすぎないように気をつけないとね」デイジーは言った。「毒になることがあると、ナニーが言ってた」

「飲みすぎって、どれくらい？」

「さあ、どれくらいかな」デイジーは楽しそうだった。「一気に飲んで、あとは祈りましょう。では、乾杯！」

デイジーはぐいっとひと口飲んで、顔をしかめた。瓶を渡され、あたしもびくびくしながら、軽くひと口飲んだ。どろりとして砂糖みたいに甘く、思っていた味とはぜんぜんちがった。

「さあ、水を飲むわよ。急いで」デイジーは言った。慌てて彼女のあとにつづいて水道の蛇口から水を飲んだけど、そのあとも口のなかは、砂糖のせいでべとべとしていた。

「つぎはどうするの？」あたしは訊いた。

「待つの。長くはかからないはずだから。心配しないで、そんなにひどいことにはならないわよ」

2

そんなの嘘だった。

フランス語の授業に行くと、椅子に腰を下ろさないうちからお腹がありえないくらいにジャンプをはじめ、からだのなかを吐き気がせり上がってきた。あたしはおそろしくなって、手で口をさっと覆った。

「あの、マドモワゼル」隣でデイジーが、芝居がかった声を上げた。「吐きそうです!」

そして彼女は盛大に吐いた。つづいて、あたしも。でも、みんなすでにデイジーの周りに集まっていたから、それほど注目されずにすんだ。あたしもデイジーも、すぐに診療所に連れて行かれ、むかつくような嘔吐の痕だけが残された。診療所に着くと、ミン先生はひと目見るなりあたしたちの顔の下にバケツを置いて、好きなだけ吐かせてくれた。

「すくなくとも、作法の授業には出ないですむわね」一時間後、吐き気の合間にあたしは言った。頭に何冊も本を積み上げて一時間も歩き回る作法の授業は大嫌いだった。「作法の授業はべつにいやじゃない」バケツに顔を突っ込んだまま、デイジーはうつろな声で言った。

「あなたはそうかもしれないけど、あたしは嫌いなの」そう言って、あたしはまた吐いた。

でも、作法の授業に出なくていいからといって、楽になるわけではない。あたしは何時間も吐きつづけた。お茶の時間も、夕食の時間もずっと。お茶を飲みたいとか何かを食べたいとかは、ぜんぜん思わなかったけど。胃が裏返しになったみたいな気がしていたから。

「ほんとうのことを言うとね、これは記憶にあるよりもずっとひどいわ」デイジーは喘《あえ》ぎながら言った。「なんだって差し出すから、この吐き気を止めてくれないかな。そうしたら、おやつのパンを食べられるのに」

おやつのパンのことを考えてあたしはまた吐き、それからデイジーも吐いた。まったくひどい気分だった。だからこそ、とくにひどい吐き気が襲ってきたときに思った。こんな目にあったんだから、きっと決定的な手がかりを見つけられる、と。

「ふたりとも、ひと晩ここにいたほうがいいわね」ようすを見に来たミニーが言った。「寝るときに必要なものならいろいろあるから、それを使いなさい。まったく、そんなにひどい食あたりを起こすなんて、何を食べたの？」

何時間も吐きつづけて、ようやく吐き気は収まった。あたしは上体を起こせるようになり、ミニーが置いていってくれた寝間着にどうにか着替えた。でも、ズボンの丈は長すぎるし、腰回りは窮屈だった。顔は真っ青だし、髪は汗で湿って見られたものじゃないし、診療所の鏡に映った自分の姿は、具合の悪い巨大な赤ん坊みたいだった。でももちろん、寝間着はデイジーにはぴったりで、具合が悪くても彼女は頬がピンクになって目が潤んだだけだった。かわいい中国の人形みたいに。

あたしは白いシーツが敷いてある、ひんやりとしたベッドに滑り込んだ。誰かにからだを力任せに絞られたような感じがして、とにかく眠りたかった。何年も何年も。

でも、デイジーはべつのことを考えていた。

「ミニーが眠ったら、すぐにはじめるわよ」デイジーは隣のベッドから、そうささやいてきた。六時間も具合が悪かったなんてことをまったく感じさせない声だった。

「わかった」あたしは返事をすると寝返りを打って、そのまま眠ってしまった。

3

激しくからだを揺すられて目を覚ましたのは、ほんの一瞬あとのことのように思えた。目をあけると、陰になったデイジーの顔がぼんやりと浮かんでいた。

「起きて、のんびり屋さん！」デイジーはひそひそと言った。「時間よ！」

もごもごと何かをつぶやき、まだ胃を絞られているように感じながら、あたしはからだを起こしてガウンをはおった。ありがたいことに、ミニーがベッドの足もとに掛けておいてくれたのだ。

「ジョーンズさんの合い鍵はもう手に入れてあるわ」デイジーはそう言って、鍵の束をあたしの目の前でじゃらじゃらと振った。「あなたがクロークで待っているあいだに、取りに行ったの。ジョーンズさんはなくなってることに絶対に気づかないわ――前に何回も、拝借したことがあるから」

「それはよかったわね」あたしは言った。反論しないよう、あいかわらず自分を抑えていた。

「不機嫌屋さん」舌を突き出しながらデイジーは言った。「機嫌を直して。さあ、はじめましょう」

診療所を抜け出すのはすごく簡単だった。デイジーがかばんの奥に隠していた懐中電灯を手に、あたしたちは正面玄関の扉をあけてこっそりと外に出た。

「どこに行くの？」真っ暗な廊下を見回しながら訊いた。からだが震えて仕方なかった。いまのところ人の気配はなくてあたしたちしかいないけど、もし殺人犯が――デイジーの流した噂のせいで不安になった殺人犯が――現れたらどうなるの？

「室内運動場よ、決まってるじゃない」デイジーは言った。「犯行現場に行くの。気をつけてね――懐中電灯は低く持って。誰かに灯りを見られるわけにはいかないから」

またからだが震えたけど、あたしは歩きはじめた。

4

うなじがぞくぞくした。あたしたちは室内運動場に向かっている。殺人のあったところへ。夜の暗闇のなかで怖いのは殺人犯だけではなかった――ここでまた子どもじみたばかばかしい不安が、いっそう強く押し寄せてきた。ヴェリティの幽霊はまだ室内運動場をさまよっているし、ベル先生も彼女の仲間に加わったかもしれない、と。

あたしはデイジーの背中にぴたりとくっついたまま、きょろきょろしないようにして、懐中電灯が行く先に落とす、ゆらゆら揺れる小さな丸い光にじっと目を据えていた。その光が明るすぎるように思えてこわかった。誰かに気づかれたらどうしよう？

ようやく室内運動場の扉までたどり着いたけど、デイジーはそのまま右に曲がって、バルコニーへつづく木製の急な階段をのぼりはじめた。すぐに、誰もいない室内運動場が眼下に広がった。

こんなことはしたくなかった。最高の気分のときでも高いところは苦手なのに、夜の室内運動場なんて身の毛がよだつくらいおそろしかった。暗くてぼんやりとしか見えず、端のほうは黒い陰になっている。ベル先生もこんな光景を見ていたのだろうか、とあたしは思った。ここから落ちる直前に。するととつぜん、下に見える床がとても遠くなり、木製のベンチが何列も並ぶバルコニーが目の前で揺れたように思えた。

「どうしてここに来たの？」手すりをつかみながら訊いた。

「鈍いわね、ヘイゼル。犯罪を再現するのよ」

「でも、何があったかはわかってるじゃない。ベル先生はバルコニーから突き落とされた。まさか――へんなことを考えてないわよね……？」ここで見てるから、あなた、飛び降りて。デイジーがそう言うんじゃないかと一瞬本気で思って、あたしは震え上がった。

「もう、おばかさんなんだから、ヘイゼル。ほんとうに何かを落とすなんてこと、するわけないじゃない。まったく！　下に行って、ベル先生を見つけた正確な場所を教えてほしいの。わたしはここで確認するから」

心からほっとしながら下におりたけど、室内運動場にまた行くと思うと、これまで以上に鳥肌が立った。月曜日の夕方も、ちょうどこんなふうだった――もちろん、今夜はベル先生は倒れていないけど。あたしはベル先生を見つけた場所まで行って、バルコニーから覗くデイジーを見上げた。ここからはデイジーの顔しか見えない。顔の周りに金髪がかかり、目はあたしのことをじっと見ている。その彼女が一瞬、あたしが考えるヴェリティ・エイブラハムの幽霊そっくりに見えて、心臓が跳ね上がった。

「準備はいい？」デイジーが呼びかけた。「先生はどうやって倒れてたの？」

「腕は後ろに回ってた、こんなふうに」あたしはおなじ格好をしてみせようとした。「からだをすこし丸めてて――」

「ちょっと、いいかげんにして」デイジーは呆れたように言った。「じっさいにそこで倒れてみせてよ。そうしないと、ちゃんとわからないじゃない」

そんなこと言われても、絶対にいやだ。死んだベル先生のまねをするなんて完全にまちがっているし、ひどくおそろしい気がした。でも、デイジーはこちらをじっと見下ろしていて、言うとおりにするほかはないこともわかっていた。あたしはしぶしぶ木の床に横たわり、見つけたときのベル先生とおなじ体勢をとった。目は閉じていたけど、デイジーの懐中電灯の光が睫毛をかすめるのがわかる。

「もう、いい？」しばらくしてから訊いた。

「完璧」耳元でデイジーの声が聞こえ、あたしは驚いてぱっと目をあけた。彼女はすぐ横で身を屈め、壁とバルコニーの端を見上げていた。

「ベル先生が倒れていたのは、ちょうどここなのね？」あたしの顔をじっと見ながらデイジーが訊く。

「そう、まさにここ。ということは？」

「ということは、先生が倒れていた体勢からすると、背中から手すりを越えて落ちたにちがいないわね」

「自分を殺そうとする人の顔を見ながら」あたしはからだを震わせた。不意に、両手が伸びてきてベル先生をバルコニーから突き落とす映像が頭のなかに浮かんだ。

「そのとおりよ、ヘイゼル。犯罪の再現をつづけましょう。犯人はたったいま、ベル先生を殺した。先生は床に倒れている。つぎはどうする？」

「死体を隠す場所を探す」あたしは言った。

「ええ、そうね。あなたがここに来たときにまだ死体があったということは、殺人が行われた直後だったと考えられる。そして、もどってきたときにはなくなっていたということは――犯人は死体といっしょに、どこかすぐ近くに隠れていたと考えられる。倉庫にちがいないわ、前に言ったみたいに――ということは、やだ、あなたが最初に来たときも、犯人はそこに隠れていたのよ！」

口のなかがからからになった。室内運動場に駆け込んだときのことを思いだす。誰ひとりいなかったし、すごくしずかだったのに――殺人犯が一メートルも離れていないところにいたなんて！

「でも、死体も倉庫にあったとはかぎらないじゃない！」あたしは言った。

デイジーはぐるりと目を回した。「たしかに、そうとはかぎらない。体操着といっしょに死体があれば、火曜日の体育の授業の前に着替えた子たちが気づいたでしょうから。でも、それでいいの。ここは一時的な隠し場所として使われたにすぎないのよ。それ以外に考えられない。それに、おとといになってアーチのガラスが割れたでしょう？　あれは絶対、ジョーンズさんがここに置いている手押し車のせいで割れたのよ。全体的に見て、今回の事件でこの倉庫はものすごく重要だわ。すぐになかを確認しないと。行くわよ！」

指が食い込むほどきつく腕をつかまれ、あたしはデイジーに引きずられるようにしてよろよろしながら室内運動場を横切り、カビくさい倉庫へ向かった。からだじゅうがじっとり冷えたような気がした。また具合が悪くなりそうだった。倉庫のなかを覗くなんていやだ。

でも、あたしに選択の余地はなかった。デイジーは扉をあけ、懐中電灯でぐるりと内部を照らした。いつもと何も変わらないように見えた――白い壁にはクモの巣がかかり、フェンシング用の白い防具や、バドミントンのラケットにラクロスのマレット、それに器械体操のマットや体操着が山と積まれているだけだ――けど、それでも怖かった。

手押し車はもう誰も着ない体操着に埋もれて、ドアのそばに何気なく置いてあった。デイジーはまっすぐにそこに行き、ひどく興奮しながら体操着を次つぎに取り除きはじめた。あたしはべつのところで、山積みになっている体操着を調べた。もう誰も着ないというだけで、とくに問題のない体操着でありますようにと願いながら。

間が悪いことに、体操着の山が崩れ落ちて床じゅうに散らばり、そのなかの一枚の前面に、長くて黒っぽい染みがべっとりと付いているのに気づいた。懐中電灯を当てると、光のなかでそれは赤茶けて見えた。いま見ているものは現実じゃない。そう思いながら立ちつくしていると、デイジーがひっと息を呑んだ。

「見つけた！」彼女は声を上げた。「思ったとおり、手押し車に血が付いてた！　言ったでしょう、ヘイゼル。見て！」

あたしはふり返り、血の付いた体操着を掲げた。

5

どうしてあたしがもっと興奮しないのか、デイジーには理解できなかったようだ。

「ワトソン！」すごくうれしそうにあたしの脇腹を指でつっつきながら、彼女は声を上げた。「捜査は前進した！　真相に近づきつつある！」

あたしは唇を噛んだ。〝ベル先生殺人事件〟はやっぱり現実だったと、ひしひしと感じていた。先生はほんとうに死んでいて、もうもどってこない。あたしは本物の血が付いた体操着を——殺人犯が、床に付いた先生の血を拭き取るのに使ったにちがいない体操着を——手に持っているし、デイジーはその殺人犯が死体を隠し場所へ運ぶのに使ったにちがいない、先生の血が付いた手押し車を見つけたのだから。

でも、デイジーはなおも前に進もうとしていた。〝お菓子箱の謎事件〟を捜査していたときみたいに、わくわくしている——あのときの謎はお菓子箱から消えた〈ブルズ・アイズ〉というキャンディだったけど、今回はそのキャンディがベル先生になっただけ、というみたいに。「真相はすぐそこよ！」デイジーはまた声を上げた。「真相にものすごく近づいたの！　手がかりを見つけたからには、あとはちゃんとそれを追わないとね。手押し車と血の付いた体操着があるのに、ベル先生の死体はない。では、どこにいったのか？　殺人犯は死体を、月曜日の夕方から火曜日の夜までのあいだに、校舎のどこかに隠したはず。それからもどってきて、もっと安全なところに移そうとした。校舎から離れたところに。だから、これからは頭を使わないと。殺人犯とおなじ気持ちになるの。死体をこのディープディーン女子寄宿学校に隠すなら、あなたならどうする？」

「そもそもあたしは、人殺しなんてしない」あたしは答えた。

「わかった。頭は使わなくていい。考えて。安全で、安心なところでないとだめよ」

「そんなところ、この学校にはなさそう」あたしは言った。ほんとうに、その条件に当てはまりそうな場所はひとつも思いつけなかった。この学校で安全で安心なところ？　ずっと不機嫌でいたら――こんなふうに怯えていなかったら――ただ、「考えるのなんて、いや」と言っていたところだ。

デイジーは眉をひそめた。「そうね、わたしもそう思う。あるはずないわよね？　とりあえず、この何年かは。何年もよ！　あそこが閉鎖されてからずっと――」

デイジーが固まった。何かを思いついたらしい。頭のなかで花火が打ち上がったみたいに。

「ヘイゼル！　わたしたち、ひどいおばかさんだったわ！　そのことを思いつかなかったなんて！　もう、自分のお尻を蹴とばしてもいいくらい！」それ以上の説明はなく、あたしはデイジーに腕をつかまれ、引きずられながら室内運動場に向かった。駆け足であとをついていくしかなかった。そうしないと転んでしまいそうだった。

「思いつかなかったって何を？」ふたりで足早に歩くあいだ、息を切らしながら訊いた。「なんのこと？」

「すぐにわかるから」デイジーは大きな声で答えた。「行くわよ、ほら早く！」

デイジーに腕を取られて廊下に出たとたん、今度は左に引きずられ、ホールの裏側にあるちいさな通路に連れて行かれた。ディープディーン女子寄宿学校が最初に建てられたときは、ホールと旧棟を結ぶ地下トンネルがあって、雨が降っても生徒たちは濡れることなくお祈りに行けたらしい。でもずっと前、図書室の廊下が造られたときに塞がれ、いまこの通路は、あかずの扉につながっているだけだ。

ようやく、デイジーの考えがわかった。

「ああ！」急に足を止めたから、デイジーはあたしの手首を捻るところだった。

「ね、あなたもそう思うでしょう？」デイジーはくるりとふり返り、あたしから手を離した。「ここにちがいないわ！　ここよりうってつけの場所なんて、ほかにないもの」

「でも、誰もなかにはいれないじゃない！」

「ジョーンズさんははいれる。それに、学校のことをよく知ってる人なら、彼の合い鍵を拝借することもできる。わたしがしたみたいに。絶対ここだと思うわ、ヘイゼル！　わたしたち、死体をどうやって移動させたか突き止めたのよ！」

あたしはまたベル先生のことを考え、おちつかなげに言った。「先生の死体はここにはもうないと言い切れる？」

「言ったでしょう、ここにはないって。いまはもう、校舎から移されてるわ。でも、死体がここにあるとしても――まあ、動物の死骸はたくさん見てきたけど、そんなに気持ち悪くないわよ。ただそこにある、というだけ」ついこのあいだ先生の死体を見たけど、死んだ動物とは似ても似つかなかった。そう言おうかと思った。でもデイジーはすでに、どの鍵が扉の鍵穴に合うかを試していた。あけるのはむずかしいかと思ったけど、彼女はちゃんと正しい鍵を見つけた。きちんとオイルが差してあったらしく、かちりと小さな音を立てて錠は滑らかに回り、扉は向こう側に開いた。

「どう？」デイジーは得意げに言った。「最近、ここに来た人がいるわね」

デイジーが懐中電灯で戸口を照らすと、レンガや破れたクモの巣が落ちているのが見えた。そして、暗闇へとつづくステップがあった。埃っぽかったけど、積もり方は平らではなく、擦れて薄くなっているところもあった。真ん中はすっかりなくなっていて、うねうねした跡がついていた。

デイジーはあたしの手を取ってぎゅっと握った。あたしも握り返した。彼女の手のひらは冷たくて乾いていたけど、あたしは手に汗をかいていて、そのことを気づかれたらどうしようとひどく心配になった。でも、何も言われなかった。あたしたちはトンネルへと下りていった。手をつないだまま、懐中電灯で暗闇を照らしながら。

「床をちゃんと見て」デイジーは埃のなかを優雅に進んだ。「こんな跡がついたのは、ベル先生を引きずったからね」

彼女はものすごく気軽にそう言った！ あたしは擦れたところを歩かないよう、懐中電灯で照らした。そのとき、横向きの靴跡に気づいた。何かを引きずった跡とおなじように、はっきりと残っている。「見て！」あたしが指で示すとデイジーは興奮して金切り声を上げ、その靴跡に飛びついた。

ナイトガウンのポケットから紐みたいなものと鉛筆を取り出し、デイジーは靴跡の上に屈みこんだ。あたしは隣に膝をついて懐中電灯で照らし、彼女は跡に合わせて紐を置くと、鉛筆で手際よくしるしをつけた。靴跡はフラットシューズの形で、すごく長かった。

「男の人ね！」あたしは叫んだ。「ザ・ワンよ、そうにちがいない！ あたし、彼はこの事件に何か関係あるって言ったわよね？」

デイジーは憐れむような目をして言った。「何か気づかない、ヘイゼル？ これは男性用の靴の跡じゃない。踵《かかと》の部分を見て、それにつま先も。魅力的とはいえないけど、女性用の靴よ。それに、誰のものかちゃんとわかった」

「誰？」あたしは訊いた。「ベル先生？」

「ヘイゼル。そんなばかな質問をするなんて。聞かなかったことにしてあげる。あなた、テニソン先生が大きな靴を履いているのに気づいてないの？」

胃がよじれた。その足跡はまさに、絶対に見つけたくなかったもの――テニソン先生が犯人だというデイジーの推理を裏付ける証拠だったのだ。

「テニソン先生なのね？」

「あした、先生の靴を見てごらんなさい。とにかく大きいから。それに先生は、靴は二足しか持っていない。これはその巨大な二足のうち、青いほうの跡ね。あなたも見たことあるでしょう、つま先の丸い靴よ」

「でも——誰かが先生の靴を履いてたかもしれないじゃない？」あたしはなおも言い張った。それくらい、この足跡はザ・ワンのものに思えていたから。

「もう、おめでたい子ね、ヘイゼル。そんなばかばかしいこと、現実ではあり得ないの。まさか、誰かが先生の下宿に忍び込んで靴を盗み、それを履いてもう使われていない地下トンネルを通った、なんて考えてるんじゃないでしょうね？」

顔がかっと熱くなり、自分がすごくまぬけになったような気がした。ここが真っ暗でよかった。

「先に進みましょう」デイジーはそう言って立ち上がり、丸めた紐をポケットにもどした。「あんまり長いこと、診療所を離れているわけにもいかないから。それに、証明しなくちゃいけないことはほかにもあるわ。足跡だけじゃ、じゅうぶんとはいえないもの」

デイジーはまたトンネルを歩きはじめた。埃につけられた跡に沿って、慎重に。あたしも彼女につづいた。

その夜は、すべてがデイジーの思うように進んだみたいだった。体操着や手押し車のほかにも証拠が必要だと思っていたら、まさに望むとおりのものを見つけたのだから。歓声が聞こえたので目をやると、デイジーがレンガの壁に懐中電灯を当てていた。でこぼこしている下のほうに、何か小さくて白いものがついている。目の粗い無地の白い布片だ。ふたりともすぐに、それが何かわかった。

「ベル先生の実験衣！」デイジーがささやくように言った。「これで、先生の死体がすこしのあいだはここに置かれていたことがわかったわね。それに、ちょっと見て！」デイジーはすでに、飛びつくようにして元は実験衣だった布片を拾い上げて埃を払い落としていたけど、いま懐中電灯の照らす光のなかには、何かきらきら光るものがあった。「イヤリングだわ！　長くてかわいらしい、金のイヤリング。証拠が雨みたいに降ってくるわね！　まあ、これはベル先生のものではないけど」

あたしも仕方なく、同意のしるしに何度か頷いた。たしかにベル先生は、いまデイジーが手にしているような、華奢《きゃしゃ》な金のイヤリングをつけることはなかっただろう。

「テニソン先生のものよ、絶対」デイジーは言った。

「どの先生のものでもあり得るわ」あたしは指摘した。ベル先生はイヤリングをつけるタイプではなかったけど、ほかのほとんどの女の先生はつけている。この金のイヤリングは涙の形が二連になったかわいらしいデザインで――こういう感じのイヤリングをつけているラペット先生もパーカー先生もホプキンズ先生も、それにテニソン先生も、簡単に思い浮かべることができた。

「ほぼ新品ね」デイジーはじっくり見ながら言った。「それに、品質もよさそう。これがテニソン先生のものではないと証明はできないし、このイヤリングとさっきの靴とをあわせて考えると、状況は先生にとってものすごく不利になるわね」

あなたの考えはまだ偏ってる。そう反論したかったけど、いろんな証拠を見せられたら、口を閉じているしかなかった。デイジーは正しい。あたしには、このイヤリングの持ち主がテニソン先生でないと証明できないかもしれないけど、一方でデイジーは、大きさを測ったあの紐を先生の靴と比べることはできるだろう。重要なのは犯人を突き止めることで、それが誰かは問題じゃない、とあたしは自分に言い聞かせた。でも、心の奥の不安は消えないままだった。

さらにトンネルの先に進んだけど、それ以上、手がかりは見つからなかった。それに、死体も。すごくほっとした。ベル先生はいなくなっていた。

あたしは紐と実験衣の布片とイヤリングを、血の付いた体操着で包んだ。そのあいだデイジーは、懐中電灯を持ってくれていた。それからふたりでトンネルをのろのろと歩いて、診療所にもどりはじめた。夜の大冒険もこれで終わり、とあたしは思った。ところが、終わっていなかった。

ちょうど図書室の廊下へと曲がったところで、右手で何かが光った。新棟の廊下のほうだ。

「デイジー！」あたしは息を呑んだ。「懐中電灯を下げて！　何かに反射してる、気をつけて！」

「ばか言わないでよ、ヘイゼル。わたしは――ヘイゼル、ヘイゼル、あれはわたしたちの懐中電灯が反射してるんじゃないみたい」

おそろしさでうなじの毛が逆立った。デイジーは正しかった。その光はあたしたちのものなんかじゃない。新棟の廊下を歩く誰かの懐中電灯の光だ。こんな真夜中にディープディーン女子寄宿学校をうろつく人間が、ほかにもいたのだ。

「ねえ、ヘイゼル。どうしよう」デイジーは消え入りそうな声でそう言うと懐中電灯を消し、あたしたちはすっかり闇に包まれた。すると急に、もうひとつの光がものすごく明るくなったような気がして、恐怖が膨れ上がった。「逃げよう！」

いちど言われればじゅうぶんだった。あたしたちは走った。お互いにぶつかったり、前になったり後ろになったりしながら。靴を履いていない足で、大理石の床を蹴って。あたしはぶるぶると震えていた。殺人犯はすぐそこにいる。この学校に、いま！　あれは殺人犯に決まっている。懐中電灯の光を見られた？　もっと悪いことに、あたしたちの姿も？　すこし前から危険にさらされていると思っていたけど、そんなのはたいしたことなかったと思った。いまみたいな危険と比べたら。

あたしたちは診療所までの道のりを走り抜けた。殺人犯がすぐ後ろを追いかけてくるとでもいうように。デイジーが診療所の正面玄関の扉を閉めて鍵をかけると、膝からくずおれ、あたしは床にへなへなと座り込んだ。そのときになってようやく、足首があり得ないくらい痛いことに気づいた。

「立って」デイジーはきっぱりと言った。「からだを洗うわよ。でないと、ミニーがネズミのにおいに気づくから」

あたしたちは洗面所に行き、手と足についた汚れを洗い落としてからベッドにもどった。でも、眠るなんてできないと思った。これからもうずっと、眠れないかもしれない。デイジーにそう言うと、彼女は「わたしも！」と答えたのに、すぐにいびきをかきはじめた。すごく怯えていたものの、あたしもそのあと、どうにか眠ったにちがいない。つぎに気づいたときには、あけっ放しにしていた病室の扉をミニーがこんこんと叩いていた。「朝よ、ふたりとも起きて！　気分はどう？」

6

あたしとデイジーはベッドの上でからだを起こした。ミニーはあたしたちの額《ひたい》に手を当てて熱を診てから、看護師さんがいつも持っているあの平たい棒を使って、喉の状態を確認した。そして、きのうよりずいぶんよくなっている、と言った。

その日は土曜日だった。ディープディーン女子寄宿学校では、土曜日の午前中にも授業があるけど、ありがたいことにミニーは午前中もしばらく、診療所にいさせてくれた。そのうえ、デイジーが何か小細工をしたのか、診療所の朝食まで食べることができた――トーストは二枚でなく三枚、マーマレードでなくイチゴのジャム、おまけにココアという、おいしくて完璧な朝食だ。しかも診療所を出たのは、ちょうどおやつ休憩に間に合うころだった。おかげで、前日の夜の出来事はだいぶだい忘れることができた。

だいたいは。完全ではなかったけど。

「わあ！」ビーニーはあたしたちを見ると歓声を上げて場所をあけてくれたので、ビスケットの列にこっそりはいることができた。「すごく心配したのよ！」

「この子、ふたりが死んじゃうって本気で思ってたの」ビーニーの肩に腕を回しながらキティが言った。

「そんなこと思ってない！」

「あんたたち、うまくやったわね。あんなふうにフランス語の授業を抜け出すなんて」自分の前に並ぶおちびちゃんを掻き分けながら、ラヴィニアが言った。「ついてる人っているのよね」

「作法の授業も出られなかったけどね」デイジーはさも残念そうに言った。「もう、このおちびちゃんたち、早くしてくれないかしら。お腹がぺこぺこなのに」

土曜日はスカッシュドフライ・ビスケット（干しぶどうのペーストを挟んだビスケット）しか出ない。あたしは、土曜日なんだからもっといいものが出ればいいのにと思っているけど、デイジーはこれが大好物だった。ようやくビスケットを受け取ると、あたしとデイジーはほかの三年生たちから離れて、ジョーンズさんを探しに行った。真夜中の大冒険がばれていないことを確かめるためと、拝借した鍵を返すために。ジョーンズさんは花壇のところにいて、庭師に小言を言っていた。

「こんにちは、デイジーさん――それに、えー」ジョーンズさんはあたしたちに気づいて言った。「きょうはもう、気分はよくなりました？」

「ジョーンズさんはなんでも知ってるのね」デイジーが最高にかわいらしい声で言った。「いったいどうして、わたしたちの具合が悪かったことを知ったの？」

「誰がモップをかけたと思います？　ふたりの後始末のために。この一週間、あちこち掃除ばかりしていた気がしますよ。だからまあ、それほど苦にはなりませんでしたけどね」

「あら、そうだったの？」デイジーは言った。すごく思いやりを込めているようだけど、すぐ横で彼女の腕が緊張したのがわかった。あたしたち、何か痕跡を残してないわよね？

ジョーンズさんは腹立たしげに鼻を鳴らした。「そうなんですよ。最悪だったのはアーチのガラスが割れたことでしたけどね、今週はほかにもちょこちょこ、問題が見つかったんですよ。今朝はまた、新棟に来たらひどいことになっていてね。室内運動場の倉庫のなかはめちゃくちゃに散らかっているわ、花壇はひっくり返されているわで。見てくださいよ！　花がぜんぶ掘り返されて、枯れてしまった。月曜日に冬用の土を入れたばかりなのに。おちびたちの仕業なら、たっぷりとお説教しないと」

「ジョーンズさん、お気の毒」デイジーは言った。「ほんと、ひどいわね。ほら、これ。鍵まで落としてたみたいですよ」

「なんてこった」ジョーンズさんは荒々しい口調でそう言うと、デイジーには目もくれず、奪うようにして鍵の束を取り上げた。デイジーの悪賢さに、あたしはまた舌を巻いた。「誰もわたしのことなんて考えてくれないとは思わないんですがね。さすがに今朝は、グリフィン校長に文句を言ったんですよ。そしたら、心配するほどのことじゃないって言うんですよ。心配するほどのことじゃない、って。呆れますよ」

そうジョーンズさんが話すうちに鐘が鳴り、急がなくてはならなくなった。あたしたちがいなくなっても、彼はずっと、めちゃくちゃになった花壇を睨みつけていた。

「よかった」ジョーンズさんの耳に声が届かないところまで来るとすぐに、デイジーは言った。「わたしたちのせいだと思われなくて」

「でも、デイジー。あたしたちのせいじゃないわ。何もかも！　室内運動場の倉庫はあたしたちのしたことだけど、きのうの夜は新棟には近づかなかった。でしょう？　それに、外にも出なかった。だから、花壇をひっくり返したのもあたしたちじゃない。きっと殺人犯が……」

デイジーは急に足を止めた。口をぽかんとあけて。「やだ、あんなふうに花壇がめちゃくちゃにされたのはどうしてか、はっきりわかった！　わたしたちの見つけたイヤリング――犯人はそれをなくしたことに気づいたんだわ。それで夜、校舎に来て探してたのよ。さっき、ジョーンズさんが言ってたけど、今週になっていろいろ問題が見つかったのは、そのせいね」

デイジーはうれしそうだった。あたしはといえば、もうすこしで犯人に見つかったかもしれないと思って、あいかわらずぞっとしていた。

「とにかく、わたしたちが先に見つけてよかった」デイジーは言った。いつものように、状況をどこまでも楽しんでいる。「なんだか、すごくおもしろくなってきた、そう思わない？　さあ、行きましょう。遅れちゃう」

土曜日の予習の時間はディープディーンの名物のひとつで、茹でた野菜や体育の授業みたいに生徒の人格形成にいい影響を与えるからと設けられた。生徒たちはホームルームに行って、その週に終わらせられなかった課題にひたすら取り組む。でも、デイジーが課題を終わらせることはないと誰もが知っている――そして彼女も、あえて終わらせないようにしていた。

その日の予習の担当は、偶然にもテニソン先生だった。あたしはホームルームの入口のところで凍りつき、なかにはいるのに後ろからデイジーに蹴とばされる始末だった。

テニソン先生があたしをじっと見ていた。そのうえ、あたしとデイジーはかなり遅刻したから、空《あ》いている席は先生の目の前のふたつしかなかった。あたしはその左側の席に腰を下ろしたけど、先生の視線でまるで額《ひたい》の真ん中を焼かれているようだ。先生はほんとうに人殺しなの？　そうであってほしくない。でも、大きな青い靴が机の下から覗いているのが見えた。胃が沈むようだった。吐根剤を飲んだときの気持ち悪さがぶり返したみたいに。

あたしはラテン語の翻訳に集中しようとがんばった。〝女王陛下は森にいました〟と書いてはみたけど、どの単語も手に負えなくなって、課題から目を離してテニソン先生をじっと見つめた。三度目にそうしたとき、先生もあたしを見つめていることに気づいて、びくっとした。室内運動場のそばで懐中電灯の光を見たことを思いだしているの？　あれがあたしとデイジーだったと気づいて、殺そうと考えているの？　ベル先生を殺したみたいに？　からだがぶるぶる震えた。でもそのとき先生のことをちゃんと見て、そこで目にしたものにあたしはすごく驚いた。一瞬、先生は邪悪な人殺しなんかには見えなくなった。学校の先生にさえも。そこにいるのは、ただひどく怯えている誰かだった。目の下には真っ黒なくまができていて、目は真っ赤だ。ずっと泣いていたみたいに。

やましさって、こんなふうに見えるものなの？

そのとき足元がごそごそして、軋《きし》むような音がしたかと思うと何かが足に当たった。木下を見ると、デイジーがいた。机と机のあいだでからだをくねらせるようにして、木の床を進んでいる。髪を乱し、腕を伸ばしながら。手には、しるしをつけた例の紐を握って。そして数センチずつ、着実にテニソン先生の足元に近づいていた。

恐怖にかられてあたしはテニソン先生を見上げた。デイジーが隣の机から姿を消したことに、先生が気づいたらどうしよう？　下を見て、デイジーのしていることを目にしたらどうしよう？　でも、そうはならなかった。先生の目は読んでいる本に釘づけになっていた。しかもまた、泣いていた。涙が本のページ一面に飛び散った。

一方でデイジーは、ゴールに到達していた。紐を伸ばし、テニソン先生の足に当てる。ぴったり、おなじ長さだった。デイジーはからだを悶《もだ》えさせ、勝ち誇ったようにあたしを見たけど、そうしているうちに手がテニソン先生の足に触れた。先生は飛び上がった。

「何をしているの！」ようやく下に目をやり、先生は言った。「デイジー、何をしているんですか？」

「えっと、テニソン先生――」デイジーは床の上でしどろもどろで言った。「えっと、テニソン先生――わたしは、あの、ひどくへんな気分なんです。病気かもしれません。ヘイゼルとあたしはきのうの夜、ものすごく具合が悪かったんですけど、まだすっかり治っていないような気がして。診療所にもどっていいですか？」

デイジーが何をしていたか、テニソン先生が気づいたらと思うと気が気でなかった。でも先生はただ、片手で目元を覆っただけだった。

「好きなようにしなさい」疲れたように言った。「ヘイゼル、デイジーを連れていってあげて。いいから行きなさい、ふたりとも」

7

あたしたちは診療所には行かなかった。

「どうしてあんなことをしたの？」もう話してもだいじょうぶというところまで廊下を歩いてから、ひそひそ声でデイジーに訊いた。「テニソン先生がほんとうに殺人犯だったらどうするの？　それに、疑われていることを知ったら？」

「床の上で紐を片手に身をよじるわたしを見て、先生はいったいどうして自分が疑われていると思うの？」ばかにしたように、デイジーもひそひそと答えた。「しっかりしてよ、ヘイゼル。ほんと、いつも心配ばかりして」

こんなの、まったくフェアじゃない。心配してとうぜんなのに。あたしたちは人殺しを追っているのだ。それなのにどうしてデイジーは、そんなにも安全だと思えるの？

「とにかく」デイジーは話をつづけた。「テニソン先生が犯人だと示す完璧な証拠がそろったんだから。先生がいないところでいろいろ調べるいい機会よ」

「いろいろってどんな？」あたしは訊いた。デイジーの言い方からすると、また新しい計画を思いついたようだけど、吐根剤の一件以来、あたしは彼女の計画をうさんくさく思いはじめていた。

「いまは話せない。さ、行こう——旧棟のクロークへ」

でも、クロークに着いてもデイジーは新しい計画がどんなものか、それほど話したがっているようには見えなかった。彼女はベンチに寝転び、ラックにかかっているコートを何着か引き下ろしてからだに巻きつけていった。ついにはコートに埋もれ、足先しか見えなくなった。

あたしはその隣に腰を下ろして訊いた。「だいじょうぶ？」

「ヘイゼル」コートの下からデイジーは言った。「こんなふうに感じるべきじゃないとわかってるけど、でも、正直ちょっと参ってる。なんといっても、わたしたちは殺人犯をつかまえようとしているんだもの。それって冗談じゃすまないわよね、でしょう？」

あたしは黙ったままでいた。すでにいろんなことを考えすぎていたから、そのうえ、参ったなんて感じられなくなっていた。すこししてからコートが山のまま動いて、なかからデイジーがぱっと顔を出し、あたしのことを非難するような目で見ながら、こう訊いた。「テニソン先生が犯人だとは、いまでも信じてないんでしょう?」

「うん、信じてない」あたしは答えた。靴跡という証拠があっても、とにかくテニソン先生がベル先生を室内運動場のバルコニーから突き落としたところを想像できないのだ。いくら校長代理の職に就きたかったからとはいえ。「ほかにもいろんな推理ができるでしょう! ザ・ワンとパーカー先生の口論は? ホプキンズ先生がこっそり校舎にもどったことは? ホプキンズ先生はアリバイのことで嘘をついたし、この一週間、ずっと感情的なふりをしてたのよ。それはもしかして、ベル先生と言い合いになって殺してしまったからだとしたら? 事実と照らし合わせてテニソン先生が犯人にぴったりだというなら、ほかの三人の先生だってそうでしょう! テニソン先生が犯人だとは言い切れないわ!」

デイジーはため息をついて言った。「そんなに妬まれるなんて思わなかった。わたしのほうが先に事件の真相に気づいたからというだけで。それに、わたしが会長であなたがただの秘書だからというだけで。まったくもう、ヘイゼルったら」

「ちがう!」あたしは叫んだ。「これは大事なことなの、デイジー。まちがえるわけにはいかないの」

「いい、ヘイゼル」デイジーは立ち上がった。「もっと証拠を見せてあげる、あなたさえよければ。火曜日の夜にベル先生の死体を学校から移動させたとき、テニソン先生は自分の車を使ったはず。あの、みっともないおんぼろの車を。だから、車のなかにはまだ証拠が残っているにちがいないわ。それこそ、調べようと思ってたことなの。テニソン先生が予習にかかりきりになっているあいだに。さあ、行くわよ！　行くでしょう？」

あたしはなおも腰を下ろしたままでいた。急に、デイジーに猛烈な怒りを感じたから。こういうときの彼女に腹を立てても意味がないとわかっているけど、自分のことを会長と言い、あたしのことはただの秘書と言ったことには、すごく腹が立った。結局のところ、あたしよりデイジーのほうがすぐれた探偵だという根拠なんてないのだから。あたしたちはおなじ手がかりを見ていたわよね？　デイジーは何事にも頭から突っ込んで得意になるのが好きで、あたしは待って考えるのが好きだけど——それがどうして、彼女が正しくてあたしがまちがっていることになるの？

でもデイジーは青い目を大きく見開き、何かを訴えるようにあたしを見つめていた。だからあたしは歯を食いしばってさっと立ち上がり、テニソン先生のおんぼろの車を調べに向かった。

先生の小さな青い車は、北門のところに停めてあった。傷だらけで塗装は剝げ、泥まみれだった。

「先生も、うんざりするくらい手入れしてあげないと」デイジーは車を見て言った。「ほら、このクランクケース。こういうむかしながらのロータス・セヴンのクランクケースはすごいと聞いていたけど、それにしたって！」

「デイジー、どうして――」

「おじさまがね」デイジーは素っ気なく言った。それだけで説明がつくとでもいうように。それから車に近づき、なかを覗いた。あたしは踏み板に乗って彼女の横に立った。

「誰かに何か訊かれたら」デイジーはあたしのほうを見ずに言った。「教科書を探してると言うのよ。車に置き忘れてきたかもしれないとテニソン先生が言うから、見に来たって」

あたしも車のなかをじっくりと見たけど、すごくテニソン先生らしいと思った――異様なほどにぼろくて、思っていた以上に悲劇的で。デイジーが何を探しているかは、わからなかった。車のことはよくわからないけど――デイジーの心のなかはもっとわからない。

デイジーは三つ編から抜いておいたヘアピンをドアの取っ手の穴に挿し込み、がちゃがちゃ回していた。するととつぜん「やった！」と声を上げ、取っ手を引っぱってドアをあけた。先生の誰かがあたしたちのしていることに気づいたら、いったいどう説明すればいいのだろう。でも、デイジーはさっさと車に乗り込んでいた。すでにからだのほとんどは車内に収まり、制服のジャンパースカートの裾から飛び出した脚を空中でばたばたさせながら、車のなかを探っている。

「ヘイゼル、ちょっと来て」デイジーは興奮で息を弾ませながら言った。あたしは気乗りしなかった。車のなかはもう、デイジーだけでいっぱいなのに。でも、とうとうその後ろから頭を突っこんだとき、デイジーはごろんと転がって体勢を変え、得意げに後部座席を指さした。

座席のレザーに、あたしの顔の大きさくらいの染みが付いていた。それを落とそうとした形跡はあったけど――レザーは傷だらけで、染みの周りが白っぽくなっていたから――しっかりと染み込んでいる。

「あれは」デイジーは気取って言った。「血ね」

「いろんな可能性があるわ」そう反論したけど、デイジーが正しいことはわかっていた。濃い赤茶色で、あたしが見つけた体操着に付いていた染みとおなじように見えた。

「なんの血でもあり得る。ひょっとしたら、先生は半年まえに手を切ったかもしれないじゃない！　何も断言できないわ」

デイジーは鼻を鳴らした。「いいかげんにして。まったく、扱いにくい子ね。わかった、それならもっと証拠を見つけるだけよ」

デイジーは車から勢いよく飛び出し、あたしの足を踏んだ。それから踏み板からぴょんととび降り、ホイールとフロント・バンパーを詳しく調べはじめた。カニみたいに横歩きで車の周りを移動して、ちいさな泥の跡のひとつひとつを熱心に見ていった。あたしはそのようすを、ひねくれた思いで見つめた。ただの泥じゃない、と思いながら。

でもデイジーにとっては、あきらかに何かもっと意味があるようだった。左側の前輪の泥を調べているところで、ちいさく歓声を上げた。「見て！」デイジーはあたしを呼んだ。「スポークに何か挟まってる、見て！」

言われたとおりに見た。「葉っぱでしょう」

「葉っぱじゃないわよ、ヘイゼル。まったく、あなたったらこの国に来るまでに、田園地方に行ったことがないの？　これは地衣類よ。どこに生えているか、わたしはちゃんと知ってるわ。へんてこなオレンジ色をした菌類の一種なんだけど、オークショットの森のはずれでしか生長しないの」

「そこでしか?」あたしは訊いた。それでもやっぱり、地衣類は地衣類だとしか思えなかった。

「ここから、すくなくとも八十キロは離れてるところでしか、ね」デイジーは答えた。「テニソン先生が車で行ったと思われる場所は、地衣類が唯一、生長するところよ。そこに狩りに行くたび、ブーツは地衣類だらけになるの。それで、よく見て。この地衣類は付いたばかりではないけど、ずっと前から付いていたのでもなさそう。たぶん、二、三日まえ――火曜日の夜といったところね。ヘイゼル、わたしたち、すごくついてるわ! テニソン先生がどこにベル先生の死体を隠したのかがわかったのよ! これで証拠はじゅうぶんだから、テニソン先生を問い詰めることができる」

「でも、火曜日か水曜日にそこまで車で行ったけど、じつは散歩してただけだったら?」

「そんなこと、するわけないじゃない!」むっとしたようなきつい口調でデイジーは言った。「火曜日も水曜日も、テニソン先生は校長のお手伝いをしてたでしょう! 暗くなるまえにひとりきりで森まで行けたはずはないし――それに、誰が日が暮れたあとで散歩に行くっていうの、何か悪いことをするのでないかぎり。あとは先生を問い詰めるだけでいいんじゃないかしら。わたしたち、ほんとうにほんとうに殺人事件を解決しちゃったのね！」

これまでずっといっしょにいて、こんなにも気持ちを高ぶらせているデイジーを見たことはなかった。あたしもいっしょによろこばないと。それはわかっていた。でも、お腹が痛くなっただけだった。あたしにはやっぱり、この証拠が決め手になるとは思えなかった。あたしたちが見つけた証拠はどれも、ほかに何とでも説明がつくじゃない！　あたしはぶっきらぼうに言った。

「じゃあ、見つからないうちに寮にもどろう」

「もう、ヘイゼル」デイジーはそう言い、腕を回してきた。さっき言い合いをしたことはもう忘れたみたいに。「何もかも、すてきだと思わない？」

すてきだなんてまったく思えない。そう言いたかった。

第6部

デイジーは正しかった

1

寮へもどる途中ずっと、デイジーはテニソン先生を問い詰めるという新しい計画についで話しつづけ、あたしはもう耐えられなくなっていた。

「すぐにでもそうしないと」デイジーは言った。「なんといっても、必要な証拠はぜんぶそろってるし。これ以上、先生のことを放っておくのは、すごくまちがってる気がするの。下宿に乗り込むとか、そういうことをして驚かせられればいいのに」

「それって法律違反でしょう？」誰かの家に押し入ってつかまったなんて聞いたら、父に何て言われるだろう。

「そうよね」ため息をつきながらデイジーは言った。「子どもでいるって、うんざりじゃない？　誰も何もさせてくれないんだもの。わたしは断然、二十歳になりたいな。そうしたらテニソン先生と友だちになって、安心させておいて誘い出せるのに。それも、こっそりと。それで、不意をついて足跡とか血痕とか地衣類とかいった証拠を取

「あなたがいま二十歳じゃなくてよかった」あたしは言った。「先生を問い詰めたとしても、誰もいないところだったら、あなたも殺されるんじゃない?」

「そうか。面と向かって問い詰めるなら、人がいるところのほうがいいかもしれないわね。うん、いい指摘よ、ヘイゼル!」デイジーはそう言ってあたしの腕をぎゅっとつかんだ。あとで見たら、そこは赤くなっていた。「それが正しいやり方ね。そう、油断しなければできるわ。ほら、きょうは土曜日だし」

土曜日の午後、生徒はみんな寮を出て、数時間だけディープディーン・タウンの町へ遊びに行っていいことになっている。もちろん決まりはある。午後じゅうずっと外出していいのは監督生だけで、一年生は昼食のすぐあと、寮母さんに引率されて一時間のお出かけをする。ディベンハム&フリーボディ百貨店と文房具店とお菓子屋さんを回って楽しい一日を過ごし、時間になるとまた寮にもどってくるのだ。ほかの学年はふたりひと組になって、二時間の外出が認められている。三年生は三時から五時までだ――うまくすれば映画を一本、観られる。あるいは、チョコレート屋さんと本屋さんに寄ってからライオンズ・コーナーハウスに行き、紅茶を飲んでケーキを食べることも。デイジーとあたしなら。デイジーの計画がどんなものかは知らないけど、あたしとしてはそこに紅茶とケーキの時間がふくまれていますようにと願っていた。テニソン先生を問い詰めると思ってびくびくしているのに、そんなことをするせいでお腹をすかせたままになるなんて、もっと悪い。

昼食の時間、デイジーは下級生たちを前にありがたいお言葉を述べた。デイジーに忠誠を誓う取り巻きはベッツィ・ノースだけでなく、見分けのつかない三つ子もいた。それぞれマリー、マリア、マリオンという名前だけど、みんなからは〝ザ・マリーズ〟と呼ばれていた。いつも三人でこんがらかるみたいに走り回っているから、最後にはひとりの人間になるかもしれない。三人ともデイジーにパッシュしていて、彼女のすることなら何もかもすばらしいと思っている。三人から最高においしそうなチョコレートをプレゼントされると、デイジーはすごくよろこんでいるふりをして、いやに感傷的なお礼のカードを書く。そんなデイジーから助けてほしいことがあると言われ、三人とも気を失いそうになっていた。

「あのね」デイジーは彼女たちに言った。「キティとちょっとした賭けみたいなことをしているんだけど――キティのことは知ってるわよね、もちろん」(ザ・マリーズは知っていた。去年、キティが三人のうちのひとりに向かって、「どっか行きなさいよ!」とデイジーのいるところで言ったことがあったから。あんなひどい屈辱は、けっして忘れられないだろう）「キティとわたしで、テニソン先生のことを話してたんだけど」――ザ・マリーズは深く息を吸い込んだ。無礼なことをするとでも思ったのか、わくわくしているようだ――「先生はいつも、つば広の帽子をかぶってるでしょう。あの、くたびれてみっともない帽子。誰かがあれを取り上げてくれたら絶対に世のなかのためになるのに、誰も手を挙げないじゃない。だから、わたしがその役目を引き受けるって言ったの。そしたらキティは、わたしには大胆なことはできないって決めつけるのよ。そうかもしれないけど、こうなったらぜひともあの子がまちがっていると証明したくて」

驚きと興奮で、ザ・マリーズの頬がピンクに染まった。「でも」デイジーは話をつづけた。「このことは誰にも言わないでね。それで、きょうの午後の外出のときにテニソン先生を見かけたら、見張ってほしいの。どこに行こうとね。で、あなたたちがもどったら、どこにいたか教えて。それとね」すこし考えてからデイジーは言い足した。「とくにきちんと見張ってくれた子には、月曜日にずっと、わたしのかばんを持たせてあげる」

ザ・マリーズの三人は危うく卒倒しかけた。

「三人全員にかばんを持たせるなんてできないじゃない」話が終わったあとで、あたしはデイジーに言った。

「あら、できるわよ」デイジーはそう答えると、テーブルの上に投げ出した腕に頭をあずけ、べとべとしたシェパードパイの食べ残しをぼんやりと見つめた。「もうひとりが教科書を持って、あとのひとりがコートと帽子を持てば」

「そういうことじゃなくて」あたしはむっつりとして、フォークを持った腕を伸ばして食べ残しのパイをすくった。デイジーの取り巻きの下級生たちのことは、いつもすごく気の毒に思っていた。デイジーがあの子たちに、そう思わせるようなことをさせるから。それもこれも、彼女がたまたま美しいというだけで。

デイジーの美しさは、ほんとうに不公平だ。ニキビひとつできているところさえ、見たことがない。ほかのみんなは顔じゅう、ニキビだらけになっているのに。あたしの鼻の横に特大のニキビができたときは、何週間も何週間も治らなかった。そこに居座りつづけ、消えまいとしているみたいに。鏡を覗いて、泣きたくなるときもあった。それなのに、デイジーはきらきら輝いていた。顔色がよすぎることも悪すぎることもなく、絵のなかの完璧な少女のようだった。

あたしはあえて、デイジー・ウェルズという神話を信じないようにしている。信じたところでどれほど無意味か、よくわかっているから。それに信じてしまったら、自分もあっさり、ザ・マリーズみたいに愚かになるかもしれないこともわかっている。

2

昼食のあと、真夜中の捜査とデイジーの推理について事件簿に書いていると、一年生は寮母さんの後ろでおとなしく列をつくって出かけていった。その一時間後、買い物ツアーからもどったザ・マリーズが、デイジーに手を振りながら小走りでやってきた。デイジーも手を振り返した。女王さまみたいに。

取り巻きを送りこんで見張らせていたとはいえ、デイジーはぴりぴりしていた。

「テニソン先生が逃げようとしたらどうしよう?」鼻にかすかに皺を寄せ、談話室のなかを行ったり来たりしながら、そんなことも訊いてきた。「車で逃げたら?」

「先生はそんなことしないわよ」あたしは何も考えずに言ったけど、そうなっていてもおかしくなかった。逃げようと思えば、午後の外出時間をまるまる使えるのだから。先生の下宿に門限があっても、土曜日の夜ならいなくてもわからないだろう。もちろん、日曜日のお祈りの時間になれば、いないことがわかるだろうけど、それまでに逃げる時間はいくらでもある。生徒たちが寮を抜け出すのも土曜日だ。やっぱり、時間がたっぷりあるから。去年のある土曜日に、ラヴィニアが抜け出したことがあった。ようやく見つかったのはラグビー行きのバスに乗っているところで、六時間も姿をくらましたあとのことだった。新記録と言っていいだろう。

でも、とあたしは考えた。逃げるなんて、テニソン先生はしそうにない。案の定、ザ・マリーズの三人が入れ替わり立ち替わりやってきて、先生がウィロウ・ティールームにはいるところを見たと、顔を輝かせながら報告した。

十一月の寒い時期でよかった。というのも、学校の敷地を出るとき、生徒は指定の制服を着ることになっているけど、ジャンパースカートを着てネクタイを締めていたら、いくら大人のふりをしても、とうぜん、どこにも行けるはずない。そしてあいにく、ウィロウ・ティールームはまちがいなく大人の行くところだ。季節が夏だったら、私服の上に制服を着なくてはならない（息は止めておく。そうすれば、寮母さんに気づかれることはない）。そして学校の外に出たらすぐ、身をくねらせて制服を脱ぐのだ。でも冬なら、寮を出るときに指定のコートを着て帽子をかぶるだけで、そんなたいへんな思いをしないですむ。急な丘をおりて寮母さんの視界から消えたらすぐ、コートと帽子は丸めてどこかの茂みに突っ込めばいい。もちろんそんなことをすれば私服のプルオーバーだけという薄着になるから、歯を食いしばって寒さに耐えることになる。ただし、軽量で最高におしゃれなシルクのコートを持っていれば、話はちがう。その土曜日、デイジーはそんなコートをちゃんと着ていたけど、あたしは凍えていた。あたしたちはべとべとする落ち葉に足を取られて滑りそうになりながら、急な丘をおりた。寮にもどるのがすっかり遅れている二年生のふたり組や、着膨れした犬を連れた、着膨れしたお年寄りとすれちがった。そのとき、とつぜん気づいた。ベル先生の殺人事件がなければ、デイジーもあたしもあいかわらずこのお年寄りみたいな人を観察して、身長とか髪の色とか、どんな怪しげな行動をしていたかということだけを事件簿に書いていたかもしれない、と。そんなこと、いまとなってはばかばかしく思えた。

陽はもう暮れはじめていた。ディープディーン・タウンの店の窓には電飾の明かりが灯り、あたしたちは公園でいちばん草木が茂っているところにこっそりはいっていった。そこで三つ編をほどき、髪をまとめてピンで留めると、私服の帽子をかぶった(デイジーの帽子はベリー色のこのうえなくすてきなクローシュで、あたしはそれが欲しくてたまらなかった)。学校のコートと帽子は、シャクナゲの茂みの真ん中あたりに押し込んだ。そうしながらあたしは、激しく後悔していた。捜査のために暖かさを犠牲にするという立派な決断をしたものの、十一月に屋外でコートを脱ぐのは楽しいことではないから。

制服を着ていないし、大人みたいに髪をまとめているから、あたしたちがディープディーン女子寄宿学校の生徒だとは誰にもわかるはずがなかった。でも、先生たちにばったり会うかもしれないから、やっぱり気は抜けない。デイジーは意気揚々としていた。

「頭のなかでずっと、いろんなことを考えていたの」腕を取り合って通りを歩きながらデイジーは言った。「それで、ようやくはっきりわかった。事件の動機はもちろん、校長代理の職ね。テニソン先生は校長代理になりたがっていて、ベル先生がいなくなれば、グリフィン校長は自分をその職に就かせてくれると考えた。だから、月曜日の夕方にベル先生を室内運動場のバルコニーに呼び出して、手すり越しに突き落とした。あなたが室内運動場にやってきたのに気づいたとき、先生はまだバルコニーにいたかもしれないけど、死体を確認しようと下におりていたと考えるほうが可能性は高そう。だから、できるだけ早く隠れなくてはならなかった。でも先生は、あなたは誰かに知らせに行くと思った。じっさい、そのとおりになったから、ベル先生の死体を引きずっていっしょに倉庫に移動した。そのあとで、あたしやヴァージニアといっしょにあなたがもどってきた、というわけ。先生はそこで待って、誰もいなくなったところでジョーンズさんの合い鍵を走って取りに行き――もしかしたら、その日、あらかじめ手に入れていたかもしれないけど――倉庫に隠したベル先生の死体を手押し車に乗せると、それを押してトンネルに向かった。辞職願もベル先生が書いたように偽造して、火曜日の朝にグリフィン校長の机に置いた。そして夜になると校舎にこっそりもどり、ベル先生を移動させようとした。新棟の廊下の彩色ガラスを割ったのはもちろん、その途中のことで――ほんと、先生は不器用だから――とにかくそのあとは死体を自分の車に乗せて、永遠に隠そうとして森に行った、というわけ」

デイジーの話す場面のひとつひとつが鮮やかなイメージになって、頭のなかに現れた。そこではテニソン先生が――ざわざわと這い回る虫が大嫌いで、暗闇をすごく怖がるテニソン先生が――ベル先生の死体を、何がいるかわからない倉庫へと引きずっていき、今度は自ら手押し車に乗せて暗いトンネルへと運んでいった。単純に考えたら、そんなことはありそうにない。でも、デイジーが正しかったら？

デイジーはまだ話していた。

「まあ、テニソン先生が良心の呵責《かしやく》を感じはじめていたから、わたしたちは先生を疑うという正しい方向に進めたのよね。でなければ、犯人はパーカー先生だと思ったかも。それにしても、なんともみごとに殺人をやってのけたものね。小賢しいことをするというミスをしなかったのがよかったんだわ。悪事が簡単に見つかってしまうのは、いつも小賢しい人たちだもの。おじさまもそう言ってる」

こんなふうに説明されると、すべての辻褄が合っているように思えた。あたしはただ、デイジーのことを妬んでいるだけなのだろうか。会長の意見に賛成しないなんて、あたしは探偵倶楽部のメンバーとしてふさわしくないの？　すごく混乱していた。

ちょうどそのとき、ウィロウ・ティールームに着いた。デイジーといつも行くライオンズとちがって、この店には通りに面した総ガラスの巨大なファサードがある。その向こうにはつやつやした鉢植えのヤシが置かれ、きらきら輝くアイスクリームのケーキがいくつも並べられていた。窓はすくなく、その窓も、はにかんでいるみたいにチンツのカーテンで半分ほど目隠しされ、青い正面玄関にはドアベルがついていた。洗練された店で、あらゆるものが布地で覆われている。砂糖がかかったケーキが、青と白の柄ものお皿に載せられて運ばれてくる。ケーキはお皿に映えてとてもおいしそうだけど、あまりにも小ぶりで、ひと口分にも足りないと思えるほどだ。

あたしは玄関のステップのところで立ち止まった。デイジーと友だちになって一年近くたっても、はいってはいけないところにはいろうとするたびに、後ろめたさで胃が飛び出しそうになる。でもデイジーは、キュウリみたいに冷静で動じない。そういうことにはまったく悩まされないのだ。デイジーは店にはいっていった。メイン・ダイニングルームを予約しているとでもいうように。

テニソン先生は正面玄関近くのテーブルに、ひとりでぽつんと座っていた。腰のあたりがずんぐりしている流行遅れのツイードのコートは膝に載せ、つば広のくたびれてみっともないウールの帽子は、お皿の横で皺くちゃになっている。先生の隣のテーブルは空《あ》いていた。あたしたちがはいっていくと先生は腰を浮かせ、椅子の上で半分ほどふり返った。視線はこちらに向けたけど、あたしたちのことはまるで見ていなかった。

デイジーはクローシュをかぶり、リップも塗って——本物にしか見えないダイアモンドの飾りピンと引き換えに、キティから手に入れたリップだ——とてもシックで、そのおかげか、あたしたちはなんとか先生の隣のテーブルに案内してもらい、紅茶とシュガー・ケーキを注文した。先生はひとりごとを言っていた。何を考えているにしろ、その考えで頭がいっぱいのようで、あたしたちにはまだ気づいていなかった。いま思えば、デイジーはそのことにすこし苛立っていたのだろう。スプーンを乱暴にソーサーに置いて大きな音を立てたり、帽子をテニソン先生の足元に落としたりした。

そしてとうとう咳払いをしてから、椅子に腰を下ろしたままふり返って言った。「テニソン先生!」

銃で撃たれたみたいに、テニソン先生のからだが跳ね上がった。

3

テニソン先生はデイジーのほうを見て、ふだんとは似ても似つかない小さなしわがれ声で言った。「デイジー！　こんなところで何をしているの？」

「先生に会いに来たんですよ」デイジーは意味ありげに言った。

「いったいどんな用で？」テニソン先生は訊いた。「デイジー、ここは子どもの来るお店ではありません。寮母さんはあなたがここにいることを知っているの？」

先生はそのときはじめて、あたしもいることに気づいたようだった。「ヘイゼル」ぼんやりと言った。「どういうこと？」

「ここに来たのは」この時間を楽しむようにいったん言葉を切ってから、デイジーはつづけた。「先生が何をしたか、わたしたちは知っているからです」

花模様のテーブルクロスにきつく押し当てられていた先生の大きくて骨ばった手が、ぴくっと引きつった。それから先生は、関節が白くなるほどその両手をきつく握り合わせた。皮膚の向こうに骨が透けて見えるような気がした。「デイジー」先生はささやくように言った。「いったいなんの話？」

「知ってるんです！」デイジーは早口でまくしたてた。「わたしたち、先生がベル先生を殺したことを知ってるんです！　室内運動場の倉庫に置いてある手押し車に、血が付いているのを見つけました。トンネルのなかでは先生の足跡を。それに、先生の車のなかの血痕も。あとは、これ……」デイジーは手を伸ばし、型の崩れたニットのワンピースを着た先生の左腕をつかんだ。

テニソン先生は痛みに声を上げた。ウェイトレスがふり返り、何事かとあたしたちのテーブルのほうをじっと見る。デイジーがつかんだ先生の腕に包帯が巻かれているのが、ニットの生地越しにでもなんとなくわかった。嘘でしょう！　こんなことって！

「先生にはとっても不利な証拠ですよ！」デイジーは話をつづけた（愛読しているミステリ小説の影響を受けすぎている、とあたしは思った）。「でも、決定的なものはまだ取ってあります――つまり、いちばん重要な証拠は。これです！」デイジーはポケットに手を入れてイヤリングを取り出し、顔をわななとさせている先生の前に置いた。

テニソン先生はわっと泣きだした。両手に顔をうずめ、泣いて泣いて泣いた。あたしは気持ちが沈んだ。先生がぜんぶ否定してくれるよう、心から願っていたのに。でも、こんなふうに泣くのは罪悪感の表れで、それはまちがえようがなかった。これはもう、デイジーの推理を信じるしかない。

先生はむせび泣きながらも、合間に何か言おうとしていた。「ごめんなさい」そう聞こえた。「ほんとうに、ごめんなさい――わたしは――」

「すくなくとも否定しなかったわね」柳の模様がはいったケーキ皿越しに、デイジーはあたしに向かってささやいた。「すごくうまくいっている気がする。そう思わない？」

あたしは思わなかった。

テニソン先生はようやく椅子の上で姿勢を正し、あたしたちふたりにじっと目を据《す》えた。このときにはもう、先生はとても学校の先生には思えなくなっていた。目は泣き腫《は》らして真っ赤で、鼻も赤くなっていた。とても見られたものじゃない、とデイジーは思っていたはずだ。

「ほんとうにひどい地獄だわ」テニソン先生はしずかに言った。「わたしはずっと地獄にいたの。この数日のことは――ぜんぶ、ぼんやりしてる。もう何も考えられない。

あなたたちは、どうしてわかったの？　いえ、いいわ。言わないで。もう耐えられないから。まったく、いまいましい。ぐったりだわ」

学校の先生が悪態をつくのを耳にしたのは、はじめてだった。ばかばかしいけど、そのときまであたしは、先生という人たちは悪態のつき方なんて知るはずがないと、単純に思い込んでいた。テニソン先生が〝まったく、いまいましい〟なんて口にしたことは、あたしにとって最大の衝撃だった。

デイジーはといえば、とうぜん、もっと現実的に考えていた。「自首するべきです」テニソン先生に向かってきっぱりと言った。「すぐに警察に行ってください。先生が行かないなら、わたしたちが行きます」

テニソン先生は例のくたびれてみっともない帽子を、これでもかというほどぎゅっと握りしめた。帽子にとどめを刺そうとしているみたいに。でも、表情には冷静さがもどっていた。

「行きますよ」先生は言った。「ほかにもう、どうすることもできないもの。そうでしょう？　おかしいわね――罪について、わたしはずいぶんとたくさんの本を読んできたし、いつもちゃんと理解できていると思っていた。でも、今回のことは――もうこれ以上は耐えられないという、ただそれだけなの。告白することが唯一の――」そこでいきなり、おちついていた表情がまた怯えに変わった。「でもね、あなたたちは――こんなことには一切、巻き込まれてはだめよ。ここに来たことは誰にも話さないで。わたしが警察に行けば、あなたたちの証拠は必要なくなる。そうしたら巻き込まれずにすむわ。約束してくれる？」

「はい」あたしは答えた。「約束します」それからデイジーを見た。心のなかでものすごい葛藤を繰り広げているのが、ありありとわかる。

「約束します」ようやくデイジーは言った。いくらか、むっつりとしながら。「でも、もし先生が警察に行かなかったら――」

「行きますよ！」テニソン先生はきっぱりと言った。「行きます。さあ、あなたたちはもう、ここを出なさい」

「わかりました、先生。では、わたしたちのお会計もお願いします、もしよろしければ」

まったくデイジーらしい去り際だった。べつの状況なら、あたしは噴き出していただろう。でも、ちょっとしたことがどうしても気になっていた。どうして先生はあれほど、あたしたちに店を出るようにと言ったのだろう？　あたしたちに警察と関わってほしくないとは言ってたけど、理由はそれだけ？　あるいは――あたしは思いだしていた。あたしとデイジーが店にはいっていったとき、先生は椅子の上で跳ね上がるほどに驚いていた――あれは、誰かを待っていたから？　先生はウィロウで、あたしたちに知られたくない誰かと会うつもりなの？

「デイジー」彼女をふり返って呼びかけながら、あたしは正面玄関から外に出た。ドアベルがちりんちりんちりんと鳴った。「こうは考えられないかな――」

そのあとは話をつづけられなくなった。通りの反対側からやってきた人と、まともにぶつかってしまったから。あたしは思わず悲鳴を上げた。相手も苛立ったように大きな声を出し、そこであたしは驚きのあまり息を呑んだ。見上げた先にいたのは、カールした栗色の髪と堂々とした鼻の持ち主、キング・ヘンリーだった。

キング・ヘンリーはあたしたちに気づいたとたん、くるりと向きを変え、いま来た通りをまたもどっていった――でも、彼女はウィロウに行くつもりだったはず。あたしはそう確信した。もし――もし、テニソン先生がずっと待っていたのがキング・ヘンリーだったら？　もしそうなら、デイジーの推理したこと以上の謎が、この事件にあるということだ。あたしはやっぱり、最初からずっと正しかったのだ。

「デイジー！　キング・ヘンリーはウィロウに行こうとしてた！」

「だから？」デイジーが言った。

「だから、テニソン先生に会うということでしょう！　デイジー、キング・ヘンリーはこの件に何かしら関係してるのよ。あたしたちが知らないところで、何かがまだ進行してるの！」

「いいえ、そんなことはないわ」デイジーはぴしゃりと言った。「いいかげんにして、ヘイゼル！　わたしたち、殺人事件を解決したばかりじゃない。それでお終いなの。この件にはもう関わらないで」

「だめ、そういうわけにはいかない。あたしたち、殺人事件を解決していない。キング・ヘンリーが現れたことが、それを証明してるわ。言っておくけど――」

「ああ、もう、うるさい！」デイジーは大声で言った。「その話はもう聞きたくない。わたしはいま考え事をしているの。わかった？」

自分はまちがっていたと、デイジーが気づいていることだけはわかった。そして、そのせいでひどくいやな子になっていることも。

「わかった。そうやってむくれていればいいわ」あたしはそれだけ言うと、ぷりぷりしながら寮にもどった。

4

寮に着いても、あたしとデイジーはぎくしゃくしたままだった。ザ・マリーズの三人が出迎えてくれ、情報は役に立ったかとさかんにデイジーに訊いていた。

「すごくね」デイジーはつっけんどんに答えた。「例の帽子もその持ち主も、この手にできないままだけど。でも、コートでよければ持たせてあげる」そう言ってザ・マリーズに、自分のコートと帽子を放り投げた。三人は奪い合うようにして受け取ると、おおよろこびでクロークへ運んでいった。デイジーが何の話をしているのか、あの子たちにわかったとは思えない。

あたしとデイジーは口を利いていなかったけど、しばらくはそれがありがたかった。最初からあたしが正しかったとデイジーが認めるまでは話しかけない。あたしはそう決めた。キティとビーニーとラヴィニアは町からもどってくると、クリベッジ（二人でするトランプゲーム。先に一二一点を獲得したプレイヤーが勝ち）をしようと、デイジーを誘った。あたしは放っておかれ、談話室の肘掛椅子にひとりで座り、事件簿を書きながらデイジーとあたしのことを考えていた。誰かと親友でいるのはむずかしい。とくに、その誰かがデイジー・ウェルズなら。デイジーは、自分が正しくないと気がすまない。そのことにはすごく腹が立つ。でもデイジーと距離を置こうとするたび、デイジーと友だちになるまえの自分のひどい状況を思いだす。

前にも言ったように、あたしのディープディーン女子寄宿学校での生活は、順調にはじまったわけではなかった。最初のころ、あたしは授業中に答えがわかるといつも手を挙げていた。父に言われていたとおりに。でもその代わり、ほかの生徒たちからは意地悪な冷たい目で見られることになった。みんなはあたしから数センチ、椅子を離した。まるで、病気をうつされるとでもいうみたいに。いっしょに寮に帰るはずの子たちはあたしをひょいと避け、べつの友だちが待つところに走っていった。夕食のテーブルにつくと、誰もがすこしだけトレイを自分たちのほうに引いていっせいに顔を伏せ、目の端からあたしのことを窺《うかが》っていた。

そうされてもにっこり笑ってやり過ごさなければならない、とあたしは思っていた。でもそれも、デイジーの秘密の一面を知るまでのことだった。そうと知ると、あのすてきなデイジー・ウェルズが役を演じているなら、自分も演じればいいと気づいた。

外向きには〝無関心な〟女の子を装うけど、内面はあたしのままでいれば、と。周囲に溶け込むのに大切なのは、その一部に見えることだとわかったのだ。だから、そのとおりにすることにした。

もちろん、自分ではどうしようもないこともいくつかあった。あたしの髪は、三つ編をほどいてもちっとも自然なウェーブはつかず、いつもまっすぐなまま肩に落ちる。それに、目はこれからもずっと黒いままだろう。大きくて青くはならない。だから、べつのやり方で偽装しないといけないとわかっていた。

二年生のほとんどがホッケーの練習に参加し、ほかの子たちも談話室にいて寮の部屋がしずかだったある日、あたしはラヴィニアのお菓子箱からペンナイフをくすね、慎重に自分の靴ひもに切り込みを入れた。それを引っぱったり細かく動かしたりして先端がすっかりほぐれると、じっさいにほころんでいるように見える靴紐ができあがった。つぎに、心のなかで父に謝ってから、ホッケーのスティックを取り上げて両手でしっかりと握り、ありったけの力を込めて通学かばんの横にきつく打ちつけた。信じられないくらいにずっしりとした手ごたえがあり、スティックはかばんに命中した。教科書がキャンバス地のなかで互いにぶつかり合い、ばさばさと音を立てた。生き物をぶったような心地悪さを感じた。気持ちがすっかりくじけないうちに、あたしはなんとかもういちどかばんを打ちつけたけど、それでじゅうぶんだった——教科書はすでにたわんでいた。何カ月も雑に扱ってきたみたいに。教科書のことにはすさまじい罪悪感があったものの、それだけの価値はあると、あたしはかたくなに自分に言い聞かせた。

つぎの日の朝、キティとラヴィニアがいつものように走ってどこかに行ってしまい、ひとり取り残されると、あたしは校舎までの道のりを慎重に、すごくゆっくり歩いた。ひと足ごとに、ぴかぴかできれいな靴を泥だらけの道に擦りつけ、それからかばんの横に泥を跳ね上げるようにして。旧棟の玄関に遅れて到着するころには、長年使い込んだようにしか見えないかばんと、光沢よりも泥をまとった靴を手に入れていた。

おやつ休憩のときは芝生の横の低い壁に腰かけ、靴にもうすこし細工を加えようと、崩れかかったその石の壁をばんばん蹴った。おかげで、自分でもすっかり満足できるほどのみごとな引っかき傷がついた。今度はその傷を指先で擦り、つけられるだけの泥をつけて指を汚した。それから、顔の前に両手を上げた。爪の甘皮の周りが汚れたのを見ながら、あたしは思った。イギリス人の女の子の手はだいたいこんなものね、と。

ここまでは、計画どおりうまくいっていた。そこで昼食のあと、つぎの段階に進もうと決めた。以前は授業中に質問の答えがわかるたびに手を挙げていたけど、これからはデイジーというお手本を見習うことにしたのだ。そうして数学の時間には三回つづけて足し算の答えをまちがえ、フランス語の授業では〝髪《シュヴォ》〟と言うべきところを、「あたしは長くて黒い馬《シュヴォ》をしています」とマドモワゼルに答えた。

そう声に出して読み上げると、二年生のあいだからくすくすと笑い声が聞こえた。はじめてのことだった。しかも放課後は、寮にもどるまでラヴィニアがずっといっしょに歩いてくれた——何も話さなかったけど、置き去りにされることはなかった。つぎの日には、何週間もまえにキティに貸してほしいと頼んでいた本が、あたしのベッドの上に置いてあった。それにおやつ休憩のときは、ラテン語の時間に四回連続で時制をまちがえたあたしをかわいそうに思ったのか、ビーニーが余りもののチェルシーバン（レーズンやブラウンシュガーを合わせたものを生地でくるくる巻いて焼いたパン。ロンドンのチェルシー地区で生まれた）をくれた。床に落ちていたらしかったけど。

新しい自分を演じて二日が過ぎ、まんざらでもないような気がしていた。科学の時間、あたしは身をくねらせるようにして椅子に腰を下ろし、できるだけ〝無関心な女の子〟に見せようとした——ラヴィニアの真似をして。彼女は腕を組んで前屈みになり、自分の脚を椅子の脚に絡ませて座る。ラペット先生に言わせると、脚を折るかもっとひどいけがをするというくらい、とんでもなく危険な姿勢だ。でも、ベル先生が教室にはいってきたとき、そんなことをしてはいけないと思う間もなく、あたしは背筋をぴんと伸ばしはじめてしまった。その埋め合わせとして、ブンゼン・バーナーを落とした。それから、「ニュートンは息子の頭の上のリンゴを射ました」と答えた。ビーニーは声を上げて笑っていた。

「いったい、きょうはどうしたの、ヘイゼル?」ベル先生は片方の眉を上げながら言った。「ビーニーといっしょにいる時間が長すぎるんじゃないかしら」

そう言われてビーニーは顔を真っ赤にして、慌てて教科書に目を落とした。ほかの子たちはみんな、先生のことを睨みつけた。

でもたったひとり、ベル先生を見ていない子がいて——デイジーのほうにちらっと視線を向けると、彼女の青い目があたしをじっと見ていた。徹底的に何かを探ろうとしているかのように。そのせいであたしはビーニーみたいに顔が赤くなり、できるかぎりの素早さで、また下を向いた。そのあとの時間はずっと、デイジーの席以外のあらゆるものに目を配りながら、気をつけて授業を聞いた。先生の質問にはまったく答えなかった。

あたしはベル先生に言われ、ブンゼン・バーナーを落とした罰として、授業後に実験室を片づけることになった。それが終わるころには、みんなはもうラテン語の教室へと急いでいると思っていたけど、背後でドアがばんとあく音がして、ふり返るとデイジーがいた。ベンチにもたれかかって、あたしのことを待っているみたいだった。

あたしは彼女の脇をすり抜けようとした。

「止まって」デイジーはそう言い、足を出して通せんぼした。ソックスに泥がついていた。「どういうつもりなの？」

「ラテン語の授業に行こうかと」いくらか弱々しい声であたしは答えた。

「そういうことを訊いてるんじゃないんだけど」デイジーは言った。「自分の靴を見てごらんなさいよ。二日まえまでは、軍隊にいますっていうくらいぴかぴかだったのに、いまじゃ泥のなかで転げ回ったみたいに汚れてる」

「転んだの」あたしはいっそう弱々しい声で答えた。

するととつぜん、デイジーがベンチに腰を下ろしてあたしの靴のうえに身を屈めた。彼女の息が足にかかってこそばゆく、あたしは身をよじった。「この靴ひもも、自分で切ったわね」すこししてから彼女は目を細めてあたしを見上げ、非難するように断言した。「それに、靴についてる傷もぜんぶ新しい。先週までは、あなたがシャツのボタンをはずしているところなんて見たことなかったし。わたし、東洋には〝だらしない〟という言葉はないのかと思いはじめていたところだったの。で、何が目的なの？」

そう言われてあたしはむっとした。「馴染もうとしてるの！」きっぱりと言った。「あなたもしてるみたいに！」

デイジーがいきなり立ち上がった。彼女はあたしよりも背が高い。見下ろされるとすごく怖かった。何かひどいことをされると思いながら、あたしは後ずさった。

「いったいなんの話？」

「あたし、あなたのことをずっと見てたの！　ほんとうは答えがわかっているのに、いつもわからないふりをしてること、知ってるのよ。そうすれば誰からもがり勉なんて呼ばれないからでしょう。ほんと、あなたは誰よりも賢いわ。ずっと観察してたから、わかるの。だからね、あたしが自分で靴ひもを切ったことを誰かに話したら、あたしもあなたのことをばらすわよ」

あたしはデイジーがひどく腹を立てるかと思った。でもそうはならず、彼女は声を出して笑いながら言った。「そんなことしても、誰も耳を貸してくれないと思うけど。ところで、もっと慎重になったほうがいいわよ。あなたがしてることって、すごく畏れ多いことだもの。こういうことは、なんの忠告も聞かずにはじめるものじゃないわ。

くだらない話をでっちあげるみたいに表面ばっかり取り繕っても、性格を変えることはできないんだから。それでもまだつづける気なら、もっとずる賢くならないとだめ。何かのふりをするのがそれほど上手じゃないんだし、注目を集めたくないでしょう」

「でも、あなただって注目されてるじゃない」あたしは言った。

「だって、わたしはすごく上手に演じているからよ。でも、誰にも話さないでよ。でないと、あなたには死んでもらうことになる。さあ、急いで。ラテン語の授業に遅れちゃう」そう言って彼女は腕を伸ばしてあたしの腕に絡め、あたしは実験室から引きずり出された。

こうしてあたしとデイジーは親友になった。

第7部

トラブルに飛び込む
あたしたち

1

デイジーとはあいかわらず口を利いていなくて、あたしはこれが〈ウェルズ&ウォン探偵倶楽部〉の最後の事件になるかもと、ずっと考えていた。きのうキング・ヘンリーを見かけたからには、事件がまだちゃんと解決していないことに疑いの余地はない。テニソン先生の告白で、何かがまちがった方向に向かってしまったという確信もある。すごく心配だ。

きょうは日曜日で、朝起きると、空模様はどんよりとした灰色だった。このところのあたしの気分のよう。黒い雨雲があちこちに広がる空の下、あたしたちは日曜のお祈りのために列になってホールに向かった。誰もが身を縮こまらせ、小走りで移動していた。デイジーとキティは腕を取り合って、雨粒のあいだを縫うように急ぎ足で歩いている。デイジーはどうやら、あたしと口を利いていないことは気にしていないみたいだった。

テニソン先生は、この日曜のお祈りにはいなかった。とくにおかしいことではない。先生がきのう、あたしたちと会ったあとに警察に行っていたら、いまもそこにいるはず――逮捕されて牢屋に入れられ、裁判を待っている。あたしはそう思った。でなければ、ベル先生の死体を探す警察に協力しているとか（殺人を告白した人がそのあとどうなるか想像しようとしたけど、うまくできない――デイジーというお手本も、そのことはあまり話してくれないから）。

でもほんとうに気になるのは、ほかの先生たちがいまだに、完全にふだんどおりにしていることだった。テニソン先生が殺人を告白したなんて聞いていないみたいに。たとえば、ホプキンズ先生はあいかわらず、独りよがりの楽しそうな表情を見せているし、その一方でパーカー先生はなおも、内に溜め込んだ怒りで煮え立ちそうになっている。

この日曜のお祈りのお説教で、マクリーン師は友情について（あたしは苦々しい思いで、デイジーのことを考えた）とか、よい行いについてとか、世界をすばらしい場所にすることの重要性についてなんかを語ったけど、退屈だった。いつものことだ。あたしはお説教を聞きながら、うっかりちがう礼拝所に来てしまったように感じていた。もしいまカレンダーを見たら、五週間まえの日付が、あるいは何年も先の日付が見えそうだった。

ザ・ワンがオルガンで讃美歌を演奏しはじめた。それに合わせてラペット先生は立ち上がったけど、からだはふらふらしていた。

「また飲んでる」キティがデイジーに言った。小さい声だったけど、あたしにもちゃんと聞こえた。「今週はひどかったと思わない？　噂だと、校長代理になれなくてすごく嘆いてるらしいの。月曜日の夕方、そのことでグリフィン校長のところに行って、ひと騒動起こしたみたいよ。上級生がそう話してた。授業のすぐあとに会う約束をしていて、そのとき校長からついに、あなたがその職に就ける望みはないと言われたって。それで先生はすぐに執務室を飛び出したけど、もしかしたらそのときからずっと飲みつづけてるのかもね」

「何ですって？」声が大きすぎた。急に心臓が激しく鳴りはじめて、制服の上からでも鼓動を感じられるほどだった。

「うたーいなさい、いい、みなさん」マドモワゼルが前を向いたまま、ぴしゃりと言った。

あたしは、たったいま聞いたことが信じられないでいた。ラペット先生がグリフィン校長の執務室にいたのはほんの数分だった。いきなりアリバイがなくなったのだ。ラペット先生は決定的な時刻に、室内運動場でベル先生をバルコニーから突き落とさなかったとは、もう言えなくなった。

目の端でデイジーのことをこっそりと見たけど、彼女はふり返ってあたしを見るなんてことはしないと、固く心に決めているようだった。でも、何かを気にしているような皺が鼻先に現れていて、あたしにはちゃんとわかった――デイジー自身がそう言うのを聞いたといえるくらい、はっきりと――デイジーは、自分がまちがっていたことに気づいている。

お祈りの時間が終わると、あたしたちは二列になって寮母さんの待つ寮にもどった。あたしの隣はラヴィニアで、いつものように鈍くさく、不機嫌そうにしていた。そのとき急に、これ以上デイジーと仲違いしているのに耐えられなくなった。謎はふたりでいっしょに解かなくちゃだめ。寮の談話室に着くとすぐ、デイジーのところに走っていって腕をつかんだ。周囲は賑やかだから、誰かに話を聞かれる心配はなかった。

「デイジー」あたしは大きな声で言った。「ごめん。あたし、ほんとうにひどい態度だった」

ふり返ったデイジーは、妙な表情を浮かべていた。その表情の意味がわからない。

「ヘイゼル」すこししてから彼女は言った。「その謝罪は受け入れられないわ」

あたしはぽかんとしてデイジーを見た。

「だって」堂々と頬の片方を上げ、デイジーはつづけた。「まちがっていたのはわたしだもの、謝らなくちゃいけないのはわたしのほう」

「でも、デイジー――」

「ヘイゼル、わたしに話させてくれる？　テニソン先生が殺人を犯していてもそうでなくても、わたしの推理に合わないことがいくつも進行してる。あなたにはわかってたのよね。わたしにもそう言ってたし。そして、あなたは正しかった」

「考えてたんだけど……」あたしは言った。また相手にされなかったときのために、心の準備をしながら。「テニソン先生には共犯者がいたとしたら？　たとえばラペット先生とか、あとは――パーカー先生とか。それに、キング・ヘンリーもどういうわけか巻き込まれているみたいだし。あたしにはわかるの！」

驚いたことに、デイジーは頷いて言った。「あり得るわね。ヘイゼル、わたしは探偵倶楽部の会長として最悪だったわ。ばかみたいに突っ走ったりしないで、あなたの言うことをちゃんと聞くべきだったのに。それにしても、テニソン先生が警察に行ったという話が出ないのは、どうしてかしらね？」

「さあ、わからない」あたしは答えた。またもや不安が押し寄せてきた。「逃げたと思う？」

デイジーは眉をひそめて言った。「逃げていてくれればいいけど。だって、ほかに思いつける可能性はぜんぶ、それよりもっと悪いから」

そのあとはずっと、お互いの推理を披露し合って過ごした。そのほとんどは完全にばかげていたけど、これまでとはちがってデイジーもようやくあたしの話を聞いてくれるようになったから、すごくうれしかった。

「ひょっとしたら、テニソン先生もザ・ワンのことが好きなのかも」あたしは言った。「それで、殺したのはザ・ワンだと知って、犯行を隠す手助けをしたとか」

「あるいは、テニソン先生とザ・ワンは長く生き別れてたきょうだいだったのかも！」デイジーはそう返してきた。夕食のあとでベッドにうつ伏せになり、規則で決められている白いソックスを履いた足の片方を上げ、ゆらゆら揺らしている。あたしはデイジーをじろりと見下ろした。「わかった、わかったから。冗談で言っただけよ。ほんとうは、キング・ヘンリーがテニソン先生の生き別れた娘だって言いたかったの。ちょっと！　そんなふうにぶたなくてもいいじゃない！」

「まじめにやって！」あたしは言った。

「あら、あなたもね」デイジーも言い返した。「あなたにとっては、秘書として動き回ったり、その日にあったことを詳しく書いたりしているほうが、ずっとやりがいがありそうね」

だからあたしは事件簿を書いた。でも、そうして事件をもういちど見直していると、またもや不安が襲ってきた。テニソン先生が警察に行っていない――その可能性はどんどん高くなっていた。誰も、そのことを聞いていないから――としたら、それはどうして？　単に逃げただけなの？　それとも、先生の身に何かあった？　その何かがなんなのか、できるだけ考えないようにした。

2

やっぱり、テニソン先生は逃げていなかった。

月曜日の朝、また親友にもどったあたしとデイジーはいっしょに歩いて校舎に向かったけど、学校の状況はひどく悪くなっていた。

出欠を確認するときに、最初の兆候があった。月曜日はふつう、テニソン先生が出欠を取るけど、その日はマドモワゼルが動揺したようすで、二分遅れで慌ててホームルームにやってきた。そして、〝R〟を巻き舌で発音するのを忘れるほど、猛烈な速さで生徒の名前を読み上げていった。あたしは心配で気持ち悪くなった。

それからホームルームを出ると、みんなで列をつくってお祈りに向かった。マドモワゼルは不安げに口をぎゅっと結び、両手をぱたぱたと振って、あたしたちを追いたてるようにした。ザ・ワンはすでにオルガンでお祈りのはじまりを告げる旋律を弾いていたけど、その最後の数小節が終わるまでにはなんとか間に合った。席に向かう途中でラペット先生のそばを通ると、お酒のにおいが漂っていた。グリフィン校長が壇上に現れてもあたしたちはまだ通路でつっかえていたから、校長は厳しい顔で演壇を見つめながら待機した。

みんながようやく席に着き、息遣いの音しか聞こえなくなると、グリフィン校長は咳ばらいをした。両手を演壇に置いてあたしたちを見下ろし、それから話しはじめる。グリフィン校長の朝のお説教は、グリフィン校長そのものだ――潔癖で厳格で、ほんのすこしだけおそろしい。それを聞くといつも、校長を通じて神さまの声を聞かされているようで、からだが沈んでいくみたいな無力感に襲われる。グリフィン校長が望むようないい子には絶対になれないと、自分でわかっている。校長自身がすごくすばらしい人だから、あたしたちを恥じ入らせるのだ。

お説教の最後に、この一週間の各スポーツ・チームの成績が発表された（まず、ホッケー・チームの対聖チェイター校戦の結果は7－8。つぎに、ネットボール・チーム（バスケットボールから派生したスポーツで、イギリスでルールが確立した。主に女性向け）の対ディー・ヒル校戦の結果は24－18）。それから、お知らせがいくつかあった――演劇倶楽部が《リア王》を上演すること、王立動物虐待防止協会への寄付を募ること。そこで、一瞬の沈黙。あたしたちは顔を上げた。グリフィン校長の高貴な額《ひたい》に皺が寄っている。

「それから、とても悲しいお知らせをしなくてはなりません。じつは先週末、テニソン先生はたいへんひどい事故に遭われました。病院に運ばれましたが、あいにく手の施しようはなかったということです。ほんとうに残念ですが、テニソン先生はもう、みなさんといっしょにいられなくなりました」

あたしたちは凍りついたようにしずかになった。それから、いっせいにしゃべりはじめた。グリフィン校長は口を開いたけど、ひるんだようにまた閉じ、オルガンの前に座るザ・ワンに目配せをしてから壇上を去った。ザ・ワンは両手をばんと鍵盤に叩きつけた。オルガンが不協和音を響かせ、あたしたちはお互いに自分の話を聞かせようと、きーきーと声を張り上げなければならなくなった。一年生のなかには泣いている子たちもいた。

あたしはまともに考えられなくなっていた。グリフィン校長が言ったことのほんとうの意味をきちんと理解するのに、すこし時間がかかったから。〝みなさんといっしょにいられなくなりました〟というのは、〝死んだ〟ことをすごくていねいに言ったにすぎない。だからそうわかったとたん、からだじゅうが冷たくなったように感じた。ほんとうにほんとうなの？　事故って？　都合がよすぎるように思える。もし――心が沈んだ――テニソン先生が、警察に嘘の告白をすることが耐えられなくて（いまとなっては、先生は警察に行っても嘘をついたにちがいないと確信していた。どうしてかはわからないけど）、べつの方法を選んだとしたら？　本のなかで人はいつも、敢然と立派に、そうしている。そしてあたしは知っていた。テニソン先生は、本の世界を信じていたことを。

デイジーがあたしの腕をさっとつかんだ。目がぎらぎらしている。

「どうしてそんな顔をしていられるの？」あたしは訊いた。「テニソン先生は自殺したのよ——どうしよう、デイジー。あたしたちの責任だわ！」

「自殺？」デイジーはぽかんとして言った。「やだ、ちがうわ。先生は自殺なんかしていないし、事故にも遭っていない。殺されたのよ。あなたの考えたとおり、誰かといっしょにベル先生を殺し、今度は共犯者であるその誰かに殺されたの」

「まさか！」あたしは息を呑んだ。

「そのまさかなの」デイジーは言った。「そうとしか考えられない」

「でも、デイジー。誰かに殺されたとしても、やっぱりあたしたちの責任だわ。警察に行くように言わなければ、先生はまだ生きてたかもしれないのに！」

デイジーは鼻を鳴らした。「まあ生きていても、人を殺すとどうなるか思い知るだけでしょうね。でも、テニソン先生がベル先生を殺すのを手伝ったのも、わたしたちの責任なの？」

たしかにそのとおりだ。デイジーはまったく正しい。それでもやっぱり、あたしは胸が悪くなるほど責任を感じていた。デイジーにはこういう気持ちはわからない。そういうものは合理的じゃないから。でもあたしは、どんな形でもテニソン先生の死を招いたのは自分たちだと、ちゃんとわかっていた。

「なら、どうしたらいいかな？」あたしは訊いた。

ばかなの、とでもいうようにデイジーはあたしを見た。「どうしたら？　わたしたちができることだけをするのよ。つまり、テニソン先生の共犯者をつかまえてふたつの殺人事件を解決するまで、捜査をつづける。とうぜんじゃない」

ありがたいことに、あたしとデイジーの会話は学校じゅうの子たちがぺちゃくちゃしゃべる声にかき消されていた。先生や監督生はみんな、あたしたちを黙らせてホールから出そうと必死になっているけど、全員をしずかにさせるなんて無理な話だ。キング・ヘンリーは最初からあきらめているのか、木製のベンチの背もたれに寄りかかっていた。顔色が悪い。それを見て、彼女はこの事件に関係があるとますます強く思った。

学校じゅうがパニックになっていた。誰の胸にも、例の交霊会のことがものすごい勢いでよみがえったみたいだった。グリフィン校長は事故だと言ったけど、みんなはまた殺人が起きたと決めつけていた。

3

午前中の授業をきちんとできた先生はひとりもいなかった。フランス語の授業では、マドモワゼルは十分にわたってあたしたちを宥《なだ》めすかしたけど、両手を上げて降参だと言い、黒板にフランス語の詩を一篇書くとファッション雑誌を取り出し、あとはあたしたちの好きにさせた。

「テニソン先生まで殺されたなんて、信じられない」キティが言った。「ベル先生とおなじね。二週間でふたり！」

「ふたりとももどってきて、校舎のなかをさまようかもね」ビーニーを怖がらせようと、ラヴィニアが大きな声で言った。「まあ、いずれわかるか」

ビーニーはわっと泣きだし、泣きながら訴えた。「でも、あたしはテニソン先生が好きだった。殺されたなんて、そんなのいやだわ」

「みなさん！」マドモワゼルが大声を上げた。フランス語のアクセントが一気にもどっていた。「テーニソン先生は殺されたのではあーりません！　どうかそれぞれ、課題に取り組んでください。もう、こーの話は終わりにしましょう！」そう言って染めた髪を後ろに撫でつけると、今度はべつのファッション雑誌を読みはじめ、あたしたちはまた放っておかれた。

つぎの授業は数学だった。教室にはいり、あたしは緊張しながらパーカー先生をじっと観察した。何かやましそうな素振りを見せていない？　何もなかった。ひとつも。でも、短く刈り込んだ髪がブラシみたいにつんつん立っていて、何か問題を抱えているにちがいないことはわかる。先生は鬼軍曹みたいな声で座るように言い、そのあとあたしたちは数学の問題を徹底的に解かされた。誰も集中できていなかったけど。これまでにないほどにひどくまちがった解答をすると、先生はさらに厳しい声で怒鳴りつけた。授業も終わるころになって、ついにビーニーが両手に顔をうずめて泣きだした――でも先生は、しずかにしなさいとは言わなかった。その代わり、先生自身も不意に泣きだしそうな顔になった。

「パーカー先生」キティが言った。ビーニーはむせび泣いている。「テニソン先生は、ほんとうはどうしたんですか?」

「ごめんなさいね、キティ。わたしにもわからないの」かすれた声で先生は答えた。

パーカー先生は信じられる。先生がこんなふうに怒っているのは、テニソン先生の死でほんとうに参っているからだ――それに、参っているだけじゃなくて混乱もしている。あたしたち以上に、テニソン先生に何があったのかわからないでいるのだ。それがほんとうなら、パーカー先生は殺人犯じゃないということになる。でも、それをどうやってデイジーに証明すればいい?

あたしはデイジーのほうをちらりと見た。例の皺がまた、かすかに鼻に現れている。テニソン先生のことで、あたしとおなじようには罪悪感を覚えていないみたいだった。

罪悪感なんて、デイジーの顔からはバターが溶けるみたいにすぐに消える。ちゃんと罪悪感を覚えたことがあるとは思えないけど。ただ、何か計画を立てていることはわかった。

「みなさん、教科書をしまって」あいかわらずかすれた声でパーカー先生は言った。「きょうは早めにおやつ休憩に行きなさい」

デイジーはかばんをつかもうと屈んだ――と思ったら、さっとからだを起こし、大きな声で言った。「あら！」

何人かがびくりとした。「どうしたの、デイジー？」先生は訊いた。

「これ、先生のイヤリングじゃないですか？　かばんのそばに落ちてました。ほら！」

パーカー先生はちらりともそのイヤリングを見なかった。「わたしのではありませんよ、デイジー」興味なさげにそう言うと、あたしたちの問題集を手早く集めて重ねた。「でも、それはたしかリ――」そこで言葉を切った。「いえ、なんでもないわ。さあみなさん、行きなさい！」

教室を出たとたん、デイジーに腕をつかまれた。「パーカー先生は犯人じゃない」

「でしょう！」あたしはものすごくほっとして答えた。「あなたがそれを証明してくれてよかった。あたしだったら、どうすればいいのかわからなかったもの。それに、イヤリングを見せたとき、先生がなんて言ったか覚えてる？〝それはたしかリー――〟って言ってた――リード先生、つまりザ・ワンって言いたかったのよ。ザ・ワンなら、誰かにプレゼントするつもりで持っていてもおかしくないもの」

デイジーはあたしの背中をぱんと叩いて言った。「ワトソン。あいかわらず、すばらしい推理力で驚かせてくれるね。昇進させよう」

探偵倶楽部にはふたりしかいないのに、どうしてあたしが昇進できるのかまったく理解できない、と指摘しそうになった。

「でも、いまのところは――」

そこで、おやつ休憩を知らせる鐘が鳴った。パーカー先生はあたしたちにつづいて教室から出てくると、足早に行ってしまった。

「ちょっと、急いで追いかけるわよ！　パーカー先生はもう容疑者じゃないけど、それでもやっぱり、何か重要なことを知ってる気がするの！」

4

デイジーとあたしは猛烈な勢いでパーカー先生を追いかけた。押し合いへし合いしながら群れをなし、ぺちゃくちゃと噂話をする生徒たち（そして、たいていは涙も流している）がいる廊下をずっと走って、ザ・ワンの控室まで。運よく、パーカー先生はいちどもふり返らなかった。ドアをノックしたあとでも。

「どうぞ！」ザ・ワンが大きな声で応え、パーカー先生はまさに飛び込むようにしてなかにはいった。

デイジーとあたしはひどく真剣に顔を見合わせながらステップの端と端に立ち、閉じられた控室のドアにできるだけからだをくっつけ、全神経を集中してなかの声を聞こうとした。

あたしたちはついていた。間もなくふたりは怒鳴りあいをはじめたのだ。まず、パーカー先生から。

「もう、たくさんなの！」

ザ・ワンも何やら言い返す。

「いいえ、そんな話は聞きたくない！ これはお遊びじゃないのよ！ アメリア・テニソンは亡くなった。死んだのよ！ ジョアンにも何かあったと心配してとうぜんでしょう？」

「いまのきみは、ひどくいかれている。それがよくないと言ってるんだ」ザ・ワンの声は大きく、ドア越しにでもはっきりと聞こえた。

あたしは思わず後ずさり、息を呑んだ。デイジーはいやに楽しそうにくすくす笑っている。

「彼女がどこにいるか、どうして教えてくれないの？ あなたは知ってるはずでしょう！」パーカー先生の声にはいまや必死さが滲んでいた。

「出ていってくれないか？」ザ・ワンはうなるように言った。

あたしとデイジーがドアのまえから跳びのいたのと同時にパーカー先生が控室から出てきて、叩きつけるようにしてドアを閉めた。顔は真っ赤で、ものすごく腹を立てているようだ。

「どきなさい！」先生はそこにいたなんの罪もない二年生のグループに向かって吠え

たけど、彼女たちには見向きもしないでその脇をどすどすと歩いて、女性教諭用の談話室にさっさと引きあげていった。

「また、けんかしたのね」二年生のひとりが仲間内でそう言い、ぐるりと目を回した。

「どうして、まただって知ってるの？」デイジーが訊いた。

二年生のグループは、こんなにも魅力的な三年生から話しかけられて、見るからにわくわくしている。「パーカー先生はすごく機嫌が悪いですよね」そう説明するグループのリーダーは、キティの妹のビニーだ。「どうしてかというと、ホプキンズ先生がザ・ワンと婚約しているからです。だからパーカー先生は、ふたりのことが大嫌いなんです。理由はわかりますよね」

「婚約なんてしてるはずない！」デイジーは喘ぐように言った。あたしは雷に打たれたみたいに驚いた。ザ・ワンとホプキンズ先生は仲がいいとは思っていたけど、ふたりの関係がそこまで進んでいたなんて、考えたこともなかった。

「それが、してるんですよ」ビニーは言った。「だからホプキンズ先生はこのところ、見ていられないほど幸せそうなんです。婚約したのは先々週の金曜日です。でも、それは秘密にしてるから、グリフィン校長はふたりを辞めさせせないんです。ほんと、ホプキンズ先生は幸せ者ですよね？　ザ・ワンはすごくすてきだもの」

デイジーの顔は真っ赤になっていた。さっきのパーカー先生みたいに。

「あなたって、どうしようもないほどの嘘つきね、ビニー・フリーボディ」デイジーはぴしゃりと言った。「行くわよ、ヘイゼル。わたしたちにはほかにもっと大事な用があるんだから」

「嘘なんかついてません！」歩き去るあたしたちに向かって、ビニーは金切り声を上げた。「ほんとうなのに！ ふたりとも、ひどいわ！」

ビニーが言っていることは、まったく正しい。でもデイジーは、この学校で起きていることで自分が蚊帳《かや》の外に置かれるのが許せないのだ。それも、婚約みたいに重要なことを知らずにいるのが！ デイジーはすごく悔しがっていた。

ノース・ローンの端にある池のそばに、誰にも聞かれずに話のできる場所があった。

「パーカー先生がザ・ワンを脅迫していると思うなんて、あたしがまちがってた」デイジーを元気づけようとあたしは言った。「ベル先生がどこにいるか、教えてほしかっただけだったのね」

デイジーは頷いた。「ベル先生がいなくなって、パーカー先生はザ・ワンが何か知っていると思ったんでしょうね。もちろんあたしたちは、ベル先生の居場所をザ・ワンが知らないことを知っている。だって、ベル先生は死んでるんだから。でもパーカー先生が、ザ・ワンが知らないことを知らないとなると、きっぱりと容疑者リストから消さないといけないわね」

「もし、ホプキンズ先生とザ・ワンが共犯だったら?」あたしは訊いた。「ベル先生はふたりの婚約を知っていた――でも、グリフィン校長は女の先生が結婚するのをすごく嫌がるでしょう、裏切られたと思うみたいで。校長が婚約のことを知ったら、すぐにふたりとも辞めさせられていたでしょうね――だから秘密を守るために、ホプキンズ先生とザ・ワンでベル先生を殺したかもしれないじゃない? 例のイヤリングだって、ザ・ワンがホプキンズ先生にあげたものだとパーカー先生が言ったも同然だし――大好きな人にはジュエリーを贈るものでしょう?」

なんの考えもなしにそう言ってから、あたしは口をつぐんだ。デイジーとけんかになったのも、元はといえばあたしがホプキンズ先生のことを疑ったせいだと思いだしたから。でもテニソン先生の死は、じつはデイジーにも何かしら影響を与えたにちがいない。彼女はあたしに向かって叫ぼうとするみたいに口を開いたけど、また閉じた。それから、考え深げに顔をしかめた。

「うん、あなたが正しい」ようやくデイジーは言った。「もう、ホプキンズ先生を無視することはできない。先生が人を殺したとは思いたくないけど、証拠が示す方向に向かわないといけないもの。そうなると唯一の疑問は、ホプキンズ先生とザ・ワンがテニソン先生を引き込もうとしたのはどうしてか、ということね。なんだかんだ言って、ザ・ワンだって車を持ってるし、ホプキンズ先生なら腕力があるから死体を動かす手伝いもできるのに」

「ふたりはテニソン先生を利用したかったんじゃないかな……スケープゴートとして」あたしは試しに言ってみた。「そうすれば、殺人が見つかってもテニソン先生に罪を着せることができるから。でも、テニソン先生が誰かにほんとうのことを話すんじゃないかと不安に思いはじめて、手を切ることにした」

「そして新しい人生をはじめるために、ふたりいっしょに逃げることにしました！」デイジーは言った。「悪くないよ、ワトソン。むしろ、いい線を行っているね！　真相に近づいていると、ますます確信していい気がする。だって、真の容疑者はぐっと絞られたから。昼食のときに〈ウェルズ&ウォン探偵倶楽部〉の公式会合を開くわよ。といっても、するべきことをちゃんとしているかを確認するためにね」

探偵倶楽部流の握手をしたところでちょうど鐘が鳴り、あたしたちは授業に向かった。頭のなかに、容疑者の顔を思い浮かべたまま。

ホプキンズ先生もザ・ワンも、どちらも犯人かもしれない。あるいは、ラペット先生かも。

いままた新しい情報がいくつかわかったから、容疑者リストにも加えておかないと。

容疑者リスト

1 パーカー先生

動機：嫉妬による怒り

アリバイ：午後五時二十分から五時四十五分のあいだは未確認

注意：殺人のあった日、四時二十分に被害者と言い争っているところを、五時二十分に新棟のホームルーム（室内運動場の近く）にひとりでいるところを、キティ・フリーボディが目撃。

ベル先生はまだ生きていて、その行方をザ・ワンが知っていると信じている　除外

2 ホプキンズ先生

動機：恋敵を消すため。——ザ・ワンと密かに婚約したことをばらすと、ベル先生に脅されていた
アリバイ：あり。殺人があった時間、あずまやにいた——除外
五時二十分から五時四十五分までは、なし
注意：ザ・ワンと共犯関係にあるかも

3

ラペット先生
動機：校長代理の職を得るため
アリバイ：未確認。——五時二十分から五時五十分までは、なし
注意：ちょうど四時三十分過ぎ、とても腹を立てたようすでグリフィン校長の執務室にはいっていくところを、フェリシティ・カーリントンが目撃。ただし、すぐに出ていく。殺人事件以来、お酒をずっと飲んでいるようすが見受けられる——やましさから？

4

チキンソン先生

動機：校長代理の職を得るため
アリバイ：五時二十分から五時五十分のあいだは未確認
注意：殺人の直後、室内運動場の近くにいるところをデイジー・ウェルズとヘイゼル・ウォンが目撃　第二の被害者！　ただし、何らかの形で殺人犯に利用されていた

5

マドモワゼル
動機：なし
アリバイ：未確認。あり。五時二十分から五時四十五分まで、音楽室にいるところをソフィ・クロ－ク＝フィンチリーが目撃
注意：殺人の直後、室内運動場の近くにいるところをデイジー・ウェルズとヘイゼル・ウォンが目撃　除外

6

マクリーン師
動機：なし
アリバイ：未確認。あり。五時二十分から五時四十五分まで、

神学の授業を延長した
注意：殺人の直後、室内運動場の近くにいるところをデイジー・ウェルズとヘイゼル・ウォンが目撃　除外

7

ザ・ワン
動機：怒り？　脅迫？　ホプキンズ先生と密かに婚約したことをばらすと、ベル先生に脅されていた
アリバイ：未確認。四時二十分から四時五十分までは音楽のレッスンのためにソフィ・クローク＝フィンチリーと話していたが、五時二十分から五時五十分までは、なし
注意：殺人の直後、室内運動場の近くにいるところをデイジー・ウェルズとヘイゼル・ウォンが目撃。ホプキンズ先生と共犯関係にあるかも

8

キング・ヘンリー
動機：不明

アリバイ：不明

注意：おそらく犯人ではないが、事件には関係している。どうのように？

5

昼食の時間は、誰もが派手に取り乱していた。テニソン先生はホプキンズ先生みたいに人気者ではなかったし、グリフィン校長みたいに誰かをえこひいきもしていなかったのに。テニソン先生が生きていたとき、ほとんどの子は先生のことをうじうじしてつまらない人だと思っていた。でも、誰かが死んだとたん、残されたほうはその人をだいじに思っていなかったことでひどく後ろめたさを感じ、じつはちゃんとだいじに思っていたことを示そうと躍起になる。あたしにはそういうことが、わかりはじめていた。

「すぐに迎えに来てって、ママに電報を送ったの」五年生のそばを通ったとき、ひとりが友だちに言っていた。「この調子だと、先生たちはみんないなくなっちゃいそう。それに、自分がつぎの犠牲者になったらいやだもの！」

テニソン先生の死については、お決まりの噂がいくつも聞かれた。先生が死んでいたのは下宿で、わかっているのはそれだけだから、階段から突き落とされたという、おそろしいけどよくある説もささやかれていた。デイジーは昼食の席で、噂話ぜんぶに注意深く耳を傾けた。それから、キング・ヘンリーからほんとうのことを聞き出そうと彼女を探しに行き、もどってきたときにはひどく興奮していた。

「ヴェロナールですって」デイジーは短く言った。「睡眠薬の。テニソン先生はそれを飲みすぎたみたい。キング・ヘンリーによると、かかりつけのお医者さんに何年もまえから処方してもらってたそうよ——よく眠れなかったらしいの。それでも自然死ではないから、調べないといけないって。まったく!」

「それが何か問題なの?」あたしは訊いた。デイジーがどうしてそんなにかっかしているのか、よくわからなかった。「キング・ヘンリーのせい? 何か重要なことを聞かされたの?」

「警察が来るのよ、おばかさん。よく考えて! 警察よ! 何もかもめちゃくちゃにされるわ。事情を聞かれるのは先生たちだけ、生徒は誰ひとり何も訊かれない。だって、わたしたちは重要じゃないと思われているから!」

「でも、じっさいにそうじゃない」あたしは言った。

デイジーは青い目を細めると、氷のような視線をあたしに向けた。「わ、わたしは重要だわ。この殺人を最初から調べていたのは、わたしだけなんだから――あなた以外では、ということよ。ごめん、ヘイゼル。とにかく、警察にわからせないと！　ここはわたしたちの学校なの、わたしたちに取って代わって捜査する権利なんてないのよ」

「でも、わたしたちより先に警察がこの殺人事件を解決したら？」

「そんなことにはならない」デイジーは言った。「警察は殺人だということも知らないのよ。しかも二件もあったなんて！　自分たちが調べる件は自殺だとしか思っていないわ。でもわたしたちは、ベル先生もテニソン先生も殺されたことを知っている。それに、誰が容疑者かも。ということは、この犯罪を暴けるのはやっぱりわたしたちしかいないということだわ」

デイジーの理屈は筋が通っていると認めよう。なんだかんだ言って、状況が状況なだけに、探偵倶楽部がこんなにも重要に思えたことはなかった。

6

「ここに〈ウェルズ&ウォン探偵倶楽部〉の臨時会合の開会を宣言します。議題は〝ベル先生殺人事件〟です」デイジーが言った。「先日のテニソン先生の殺人事件を踏まえて、ベル先生の事件の新事実について検討します」

歯磨きを終えたすぐあとのことだった。ふたりで衣類乾燥室に腰を下ろし、あたしはメモを取っていた。

「では、はじめます」デイジーは会合を進行させた。「新たにどんな事実がわかったか? ヘイゼル、わたしが言ったとおりにリストを書いてちょうだい。

その一。テニソン先生は下宿で殺された。死因はヴェロナールの飲みすぎ。よって、殺人犯は先生とは顔見知りで、先生が眠るときにヴェロナールの助けを借りていることを知る人物のはず。それにぴったり当てはまるのが、ラペット先生。ザ・ワンではなさそう。男性だから、下宿先の女主人になかに入れてもらえないだろうし。ただし、代わりにホプキンズ先生を送り込んでやらせた可能性はある。キング・ヘンリーによると、グリフィン校長の執務室には、先生たち全員の医療記録が保管されているらしいの。だから、三人の容疑者うちのひとりがそこに忍び込み、テニソン先生の記録を見たということは、じゅうぶんに考えられる」

ここまでは、すべて完璧に正しいように思えた。

「その二。テニソン先生は共犯者に殺された。なぜなら、警察に行って犯行を打ち明けるつもりだったから。容疑者三人に、テニソン先生と共犯関係になる動機はあるか？　ラペット先生については、すぐに〝ある〟と言える。校長代理の職を巡り、ふたりにとって強力なライヴァルだったベル先生を消すため、テニソン先生と手を組んだ。ただしそのあと、テニソン先生の死を願う気持ちは大きく膨れ上がった。ホプキンズ先生とザ・ワンについては――ええっと、あなたが言ったとおりよ、ヘイゼル。グリフィン校長に婚約のことを知られたらすぐに辞めさせられると、ホプキンズ先生は――それに、お相手のザ・ワンも――よくわかっていた。だから、婚約の話が表に出ないようにするため、いっしょにベル先生を殺したのかもしれない。それから、スケープゴートとしてテニソン先生をうまく仲間に引き入れた」

あたしは頷いて言った。「それと、テニソン先生がひとりでベル先生を殺したというあなたの考えはまちがってたけど、殺人がどう行われたかという点では正しかった」あたしが正しかったことはいくつかある。デイジーがそれを認めてくれるなら、あたしもおなじことをするのがフェアだと思った。「つまり、あたしたちには殺人犯が——あるいは殺人犯たちが——どうやって殺したか、わかっている。あとは、誰がそうしたかを突き止めるだけでいいということ」

デイジーはにこにこ笑っている。「そうよ、そのとおり！」大声で言った。「警察には勝手にさせておきましょう！　わたしたちは警察のずっと先を行ってるんだもの、容疑者を追って真実を見つければいいのよ。それと、ちゃんと約束しておく。あなたが賛成してくれないかぎり、すぐに結論には飛びつかないようにするって」

ここで会合は休憩にはいった。

容疑者リストを三人にまで絞っていたから、今回は慎重にならないといけないとわかっていた。週末までに真犯人をつかまえられなければ、探偵なんて名乗ってはいけない。

第8部

探偵倶楽部、事件を解決する

1

翌日の火曜日、ほんとうに警察がやってきた。刺すような冷たい風のなか、みんなで歩いて校舎に向かったけど、あたしの顔は真っ赤になってひりひり痛み、デイジーの鼻の先はうっすらとピンクになっていた。ラヴィニアはなんだか意地悪な気分だったらしく、ビーニーの足を引っ掛けて転ばせた。その拍子にかばんの口があいて中身が飛び出し、ビーニーは泣き叫んだ。あたしたちは大急ぎで、風に吹かれて飛んでいくプリントを追いかけるはめになった。キティはビーニーを慰め、通りかかったおちびちゃんたちはくすくす笑った。

旧棟の玄関の前に警官がひとり立っているのを見て、あたしたちは足を止めた。その警官は、首元まできちんとボタンを留めた青い上着に、背の高い青い帽子という制服姿だった。校舎にはいろうと彼の横をゆっくり通ったけど、ものすごく厳めしくて怖そうな人に思えた。テニソン先生にしてしまったことは自分でよくわかっていて、その後ろめたさがあたしのなかを灼《や》けるような熱さで駆け抜けていった。ほんの一瞬、自分が殺人犯だという気がした。

お祈りに行く途中にもべつの警官がいた。旧棟にいた警官よりもずっと若く、首がほっそりとしていて、狭い頬はニキビだらけだった。

「すてき」キティが小声で言った。

「あんた、救いようがないわね」ラヴィニアが意地悪く言った。

「みなさん、おしゃべりはやめて」ラペット先生が通りすがりに注意した。先生の姿を見て、あたしはたじろいだ。いままでよりもずっとひどい――鼻は真っ赤で、カーディガンのボタンをふたつ、留め忘れている。先生は目を細めてあたしたちのことを見てから、弱々しい声で言った。「首元までちゃんとボタンを留めなさい」

容疑者のひとりであるラペット先生がよろよろしながら行ってしまうと、すこしだけ楽に息ができるようになった。殺人犯はあたしたちのことをつかまえて犠牲者リストに加えようと、絶好の機会を密かに狙っている。あたしはいまでもそう思って怯えていたから。

お祈りの時間はすごく奇妙だった。グリフィン校長は、何事もなかったかのように進行しようと固く心に決めているみたいだった。ベル先生とテニソン先生が座っていた席が、いまはふたつとも空《あ》いているのに。誰もがその空席を見ようと、絶えずきょろきょろしたり、首を伸ばしたりしていた。グリフィン校長はそういう生徒と目が合うたび、じろりと睨んで止めさせていた。

それでも、警察のことは話した。そうしないわけにはいかなかったのだろう。「警察の方々にはちゃんと協力してください」校長は厳しい声で言った。「いろいろ調べなくてはなりませんから。わたしもみなさんとおなじように、できるだけすぐに終わってほしいと思っていますよ。この残念な出来事が早く解決すれば、それに越したことはありませんから。では、きょうの注意事項です……」

ニキビ警官のそばを通って科学の授業に向かうとき、デイジーは思うところがあるようすで彼を見つめていた。顔には何か計画を立てているときに見せる表情を浮かべていて、あたしは違法なことをするように言われるのではと、びくびくしていた。

髪をつんつん立たせたパーカー先生が鬼のような顔で板書していると、思ったとおり、デイジーは一枚のメモを差し出してきた。そこにはこう書いてあった。

おやつ休憩になったらすぐ、ニキビ警官のところに行くわよ。彼と話をするの。
――D

休憩時間内にビスケットを受け取れるかどうか怪しくなった。そんなの、すごくいやだ。火曜日のおやつは、大好物の〈ピーク・フリーン〉のバーボンクリーム・ビスケットなのに。ジンジャーナッツ・ビスケットよりもおいしいのに。

予告されたとおり、授業が終わっておやつ休憩を知らせる鐘が鳴ると、あたしはデイジーに手を取られて大急ぎで教室から引っぱり出され、階段をおりて図書室の廊下をずんずんと歩いた。ニキビ警官は女性教諭用の談話室のドアの横に立ち、かすかに寄り目になるほどじっと、向かいの壁を見つめていた。彼のことをもういちど見ても、キティがこの人のどこをすてきだと思ったのか理解できなかった。

でもデイジーは、すっかり魅了されているようだった。三つ編を引っぱってほどくと肩のところで髪を広げ、教科書を入れたかばんをあたしの足元に置き、警官のところへ走っていった。キティそっくりの、きゃっきゃという歓声を上げながら。

「うわあ」デイジーは大きな声で言った。「わたし、ずっと本物の警察官に会いたいと思ってたんです」

ニキビ警官が自分の身に何が起こっているのか知る間もなく、デイジーは彼の腕に飛びついていた。そしていまはその腕にぶら下がるようにして、彼の顔をうっとりと見上げている。彼はびくっとし、パニックが顔に広がっていった。

「おはようございます」ぎこちなく彼は言った。「何かご用ですか?」

デイジーは青い目を大きく見開き、息を弾ませながら言った。「警察の男の人って、すごくかっこいいんですね。警察がしているお仕事はどれも——ただただ、すばらしいわ。あなたは刑事さんなの?」

ニキビ警官は咳ばらいをした。顔が赤くなり、その赤みは斑点になって細い首全体から耳の先にまで広がった。

「はい。わたしは刑事です」彼はそう答え、いっそう顔が赤くなった。

「わあ!」デイジーは息を呑んだ。「この世でいちばんすてきなことを聞いたわ。あなた、ものすごく頭がいいのね」

「いえ、そんなことは」ニキビ警官は言った。「ほんとにちがいます、まさか。わたしは、そんな」

「あら、でも絶対そうよ! 今回の件が自殺にしては不自然だと気づいたのは、あなたなんですってね。学校じゅうで話題になっているわ」デイジーはかまをかけた。

彼は薄い胸いっぱいに息を吸い込み、甲高い声で訊いた。「そうなんですか? まあ、そういうことなら——そうですね——ええっと、わかりました。最初、警察はよくある出来事だと考えていました——ベッドの横にヴェロナールの瓶がありましたし、デスクマットの上には書き置きがありましたから。そこには〝こんなことをして許してください〟と書いてありました。でも、気になることがあって。被害者はきちんとした状態でベッドに横たわっていたんです。ネグリジェには乱れたところがまったくなく、髪も梳かされていました。それなのに、両手には引っかき傷がありました。唇もわずかに切れていて——まるで、何かに抵抗したみたいでした。わたしはどうも納得がいかず、上司に伝えました。それから、テニソン先生の下宿の女主人に話を聞きに行ったんです。そうしたら、誰かが土曜日にテニソン先生を訪ねてきたことがわかりました。亡くなった日の夜に。女性だったそうです」

心臓が跳ね上がった。その女性ってラペット先生、それともホプキンズ先生？

「まあ！」デイジーはちょうどいいタイミングで声を上げた。「なんだかものすごく、わくわくしてきたわ！」

警官はデイジーににっこり笑いかけて言った。「とうぜんですが、わたしがいま言ったことは誰にも話さないでくださいね。極秘の情報ですから」

「ええ、話しません」デイジーは答えた。「絶対に。でも——もうひとつ、極秘の情報を教えてほしいんですけど——その人はどんな感じでした？　テニソン先生を訪ねてきたという女性は？」

　それを訊くのはすこしばかり早すぎ、とつぜん、場の空気が妙な感じになった。あたしは心のなかでびくついた。デイジーはこのミスを取り繕おうと、ものすごく間が抜けたような声で言い足した。「つまり、殺人犯っぽい感じでした？」

　いくらデイジーが魅力的でも、やりすぎだった。警官は顔を赤らめると目をぱちぱちさせ、それまで囚《とら》われていたデイジーの魔法から目を覚ましたようだった。

「え、えっと」つっかえながら答えた。「そんなことを訊いてどうするんですか？　お友だちみんなに、話して回るつもりだとか？」

「まさか！」

「ええ、やめておいたほうが賢明ですね！　これは特定の人しか知らない情報ですから。そもそも、こんなにも話すべきではなかったですね。わたしが言ったことは誰にも話さないと約束してくれますか？　でないと、上司にクビにされてしまいます」

「あら、もちろん誰にも話しませんよ」できるだけ安心させるように、デイジーは言った。「だから、そんなばかみたいに心配しないで！　あなた、ほんとうについてますよ。こんなふうに、事件の真っただ中にいられるんですもの。ところで、知ってますか――」

でもちょうどそのとき、談話室からひとりの男性が現れ、ニキビ警官と話すデイジーに目を留めた。その男性は黒い目をして鼻は高く、濃く黒い髪を後ろに撫でつけて額《ひたい》を出していた。どこから見ても〝当局の人〟という感じだった。もっと言えば、この人こそ、ニキビ警官がさっき話していた上司だとわかった。

「ロジャーズ！」その上司が呼びかけた。苛立っているようで、顔をくしゃくしゃにしている。「生徒さんたちとは話さないように言われているだろう」彼はデイジーをひどく陰険な目で見た。デイジーもひるむことなく彼を見返した。

「ごきげんよう、刑事さん」デイジーは睫毛越しにロジャーズと呼ばれた警官を見上げて言った。それから、彼の上司に厳しい視線を向けた。「さあ、ヘイゼル。もう行かないと」

そう言い、図書室の廊下をどすどすと歩いてその場をあとにした。

2

デイジーがあまりにも早く歩くから、ついていくのはたいへんだった。彼女が廊下のつきあたりまでたどり着いて新棟へ向かう角を勢いよく曲がっても、あたしはまだ図書室の廊下を、息を切らしながら歩いていた。すると、悲鳴とどすんという音につづいて激しく息を呑む音がして、すぐにデイジーの声が聞こえてきた。パニックになっているのか、うわずっている。「ほんとうに、ごめんなさい……グリフィン校長――ああ、どうしよう――わたしが――」

あたしも急いで角を曲がると、悲劇的な場面に直面することになった。廊下にはまさにいろんなものが散乱していて――書類や問題集、ヘアピンにキャンディの袋に鉛筆――そのどれもががちゃがちゃと音を立てながら、あちこちに転がっていた。デイジーは先を急ぐあまり、一分《いちぶ》の隙もなく歩いていたグリフィン校長と出会い頭にぶつかったのだ。あたしはおそろしさで口をぽかんとあけた。

デイジーは両膝をつき、落ちたものを必死になって拾い集めようとしていた。ていねいにセットされた校長の髪は乱れ、その表情は怖くてとても見られない。野次馬が集まりはじめたけど、グリフィン校長はみんなを怒鳴りつけた。「行きなさい、みなさん」誰もが怯えて散り散りにいなくなった。

あたしもデイジーの隣に膝をついた。彼女はタイルの上を滑り回って書類を拾い、もごもごと謝っていた。「グリフィン校長、ほんとうにすみませんでした。でも、信じてください」校長は、どんなこともあまり信じないようにしているみたいだった。

あたしは角が折れた一通の手紙を拾った。するとグリフィン校長は、ひったくるようにしてそれを取り上げた。「触らないで、ウォン。ふたりとも、もう、どいてちょうだい。これ以上、面倒を起こさないで」校長がものすごく腹を立てているのがわかる。生徒にこんなにもとげとげしい言葉を投げかけたことは、これまでいちどもなかったから。

デイジーが震えながら、すでに拾った書類の束を差し出すと、あたしたちは足をもつれさせるようにして後ずさり、今度はデイジーのかばんから飛び出したものを拾いはじめた。と同時に、グリフィン校長は非の打ちどころのないツイードのスカート姿でその場にひざまずき、自分で書類を集めはじめた。学校付きのメイドさんみたいに。

それを見て、あたしはとても恥ずかしくなった。あたしもデイジーも、学校の信頼をひどく裏切ったような気がした。デイジーはあいかわらず、ほんとうにすみませんというようなことをもごもごと言いつづけていた。でも、グリフィン校長は聞くつもりはないようだ。

「ウェルズ、もうわかりました。こんなこと、まったくあなたらしくないですね。ディープディーンの生徒は、その生涯で示す品位としずかな威厳を持って、ミスに対する罰を潔く受け入れなくてはなりません。この学校の生徒が、校舎内を無作法に走り回るところを目にするなんて思いもしませんでした。率直に言って、あなたには失望しました。さあ、もう行きなさい」

「わかりました、グリフィン校長」デイジーは弱々しく言うと、膝を曲げてお辞儀をした。でも、かばんの中身を無造作に両腕で抱えていたから、どこかぎこちなかった。それからあたしたちは、大急ぎで立ち去った。おちびちゃんのなかでも、いちばんの下っ端みたいな気分だった。

「罰を受けるかと思った」廊下を歩いて校長からじゅうぶんに離れたところまで来ると、デイジーはそっと言った。「それにしても、もうこんな時間よ。おそろしいほど美術の時間に遅れてるわ」

あたしたちはもういちど周囲に目をやり、グリフィン校長に見られていないかを確認した（見られていなかった――校長はただ屈んで、何かを拾っていた）。それから一目散に駆けだした。

あたしはいつも美術の授業が楽しみにしている。それは美術そのものとはあまり関係なくて、香港は〝東洋〟と呼ばれる摩訶不思議な空想上の土地だとザ・ワンが思っていることに関係がある。なにせあたしはその〝東洋〟出身だから、ザ・ワンはあたしのことを生まれついての芸術家だと思っているふしがある。香港では誰もが、小売店で手にはいる中国らしい柄の壁紙が貼られた部屋で、足元にクジャクを放しながら、まばゆい紫色の寝椅子に横たわっていると思っているみたいなのだ。もちろん、香港の人たちはそんなことはしていないし、あたしは生まれついての芸術家なんかじゃない。でも、ザ・ワンはそれに気づいていない。だから、図書室で見つけた本を真似して龍の絵を描いても、ザ・ワンはすごく喜んでくれる。

この日、あたしはせっせと龍の絵に色を塗っていた。ふと気づくとデイジーは手を止めて、怖い顔をしながらかばんのなかをやたらと探っていた。

「どうしたの？」あたしは小さな声で訊いた。

それに応えるように、デイジーはかばんを手に取ると、中身をひとつ残らず机の上にばらまいた。鉛筆や消しゴムなんかが雨あられと机に落ち、デイジーはつぎに、机のなかを隅々まで探しはじめた。ひとつひとつ拾い上げては、そのすぐあと横にどけるといった具合に。

「ヘイゼル」なおも必死に何かを探しつづけながら、デイジーは言った。「ヘイゼル、イヤリングが見当たらないの」

ぞっとした。「ほんとうに?」

「ええ、ほんとうよ」デイジーはかばんの中身を示しながら、ささやくように言った。たしかに、そこに金色のイヤリングはなかった。

映画のリールを巻きもどしたみたいに、グリフィン校長を最後に見たときの映像が頭のなかで再生された。校長は、タイルの床に落ちていた何か小さいものに覆いかぶさるようにしてしゃがみ、その何かを一心に見つめている。デイジーにちらりと目をやると、彼女もまったくおなじことを考えているのがわかった。

「どうしよう?」デイジーはかすれた声で言った。「グリフィン校長は、あれをすぐにデイヴィ・ジョーンズに入れるでしょうね」校長が没収したものをしまっておく箱を、あたしたちは〝デイヴィ・ジョーンズ〟と名付けていた。その箱は執務室にあり、どうしてそう呼ばれているかというと、没収されたものがその箱に入れられたら最後、もう二度ともどってこないからだ（〝デイヴィ・ジョーンズ〟は、船乗りのあいだで信じられている悪魔。船乗りが溺死したり船が沈没したりすると、〝デイヴィ・ジョーンズの監獄に送られた〟と言われる）。「取りもどすのは無理でしょうね。イヤリングがなかったら、容疑者をどう問い詰めたらいいの？　どうしよう、ヘイゼル。わたしたちのすてきな事件なのに。台無しだわ」

「そうね」つづいて口から出てきた言葉には、あたし自身も驚いた。「イヤリングが必要なら、取りもどすしかない。昼食の時間にグリフィン校長の執務室に行って、あれはあなたのお母さんへのプレゼントだとかなんとか言うのよ。とにかく、やるだけやってみましょう。なんだかんだ言って、あなたはグリフィン校長に好かれているから」

「好かれてたのも、三十分まえに校長にぶつかるまでのことだったけど」デイジーは言った。「それでもやっぱりいい考えだわ、ヘイゼル！　どうしたらそんなこと思いつけるの？」

「この事件を解決したいの。ベル先生とテニソン先生を殺した人に、罰を受けてほしいから。あなただって、それはすごく重要なことだって言ったじゃない」

デイジーは両方の眉を吊り上げた。「そうね。でも――ヘイゼル・ウォン、わたしに嘘をつかせようというのね！　自分がそんなことをする日が来るなんて、考えたこともなかった。とはいえ、あなたは正しいわ。わたしたちにはあのイヤリングが必要なの。だから必ず取りもどしましょう！」

3

あたしとデイジーは昼食の時間が終わるころ、新棟の上階《うえ》にあるグリフィン校長の執務室に向かった。もちろん、生徒たちは授業のとき以外、新棟にいてはいけないけど、テニソン先生が死んでからというものいろんなことがまだすごく混乱していて、あたしたちが駆け足で通りすぎるのを気に留める余裕がある人は誰もいなかった。あの黒髪の、ニキビ警官の上司以外は。学校創立者の肖像画のそばにある階段をのぼろうと脇を通ったとき、彼はたしかにあたしたちのことを見た。無邪気なふたりに見えていればいいのだけど。

校長の執務室のドアは閉まっていた。デイジーとあたしは、お互いを勇気づけるように表情を引き締めて頷き合い、それからデイジーがドアをノックした。あたしは心臓をばくばくさせながら、グリフィン校長の返事を待った。でも、ノックに応えたのは校長ではなくラペット先生だった。

「はいりなさい！」

大きな声につづいて、あわてたように何かをかちゃかちゃさせる音がした。デイジーとあたしは混乱しながら顔を見合わせた。こんな展開になるとは思っていなかった。グリフィン校長にイヤリングを返してほしいと頼むことを考えただけでびくびくしていたのに、三人いる容疑者のひとりに、自らの罪を暴くかもしれない証拠のイヤリングのことを尋ねるなんて——そのほうがずっとおそろしい。

「はいりなさい！」ラペット先生の大きな声がまた聞こえた。今回は苛立っていた。

「ごまかすしかないわね！」デイジーは声をひそめて言った。「最終的にラペット先生を容疑者リストから消すには、ふたつの殺人事件の犯人だと証明されるかも。

でなければ、先生がふたつの殺人事件の犯人だと証明されるかも。あたしはそう思った。はいらないでと言いかけたけど、デイジーはすでにドアを押しあけていた。デイジーはほんとうにたいした役者で、この瞬間は、あたしもそのことをよろこんだ。心臓がものすごい勢いで鼓動するから胸は痛いくらいで、膝はがくがくしていた。でもデイジーは、何も問題ないみたいに振る舞っている。「あら、ラペット先生！」思いがけず会えてうれしがっているみたいだ。「こんにちは！」

「こんにちは、デイジー。ヘイゼルも」ラペット先生は、ベル先生が仕事をしていた机について座っていた。隣の緑色の大きな革張りの机が、グリフィン校長のものだ。ラペット先生は、あたしたちのことを横目で見ていた。灰色の髪はふわふわで、眼鏡はずれていて、ゆったりとしたブラウスの前面には何かの染みがついている。みっともないけど害はないようだ。でも、あたしは経験から知っていた。外見は偽ることができる、と。あたしは先生とのあいだにじゅうぶん安全と思える距離を置いて立った。緑と青の柄ものの敷物の真ん中あたりに。そして、デイジーに話をさせた。

「ラペット先生」デイジーが口を開いた。「こんなことを先生にお願いするのは、すごく申し訳ないと思っています。ほんとうなら、グリフィン校長がもどるのを待つべきなんでしょうけど——すごくお願いしづらいことなので——」

これにはラペット先生も心を動かされた。とうぜんだ。

「見てのとおり、きょうはわたしがグリフィン校長の秘書よ。校長は警察の相手をしていますから。校長に話したいことは、わたしに話しなさい。さあ」

「ええ」デイジーは話をつづけた。「そういうことでしたら……。グリフィン校長から聞いていると思いますが、わたしは午前中、校長と出会い頭にぶつかってしまいました。ほんとうにまぬけになった気分で、そんな自分を絶対に許してはいけないと思っています。それで——えっと、校長とぶつかったときに、落とし物をしたみたいなんです。持っているべきではなかったんですけど、ママのお誕生日が来週で、プレゼントを学校に持ってきてたんです。ほんとうにばかなことをしたと思います。だから、ないことに気づいてすぐ、グリフィン校長が拾ったにちがいないから、返してくださいとお願いに行くしかないと思ったんです」

「まあ、なんていい子なの」ラペット先生はそう言ったけど、何だかろれつが回っていなかった。「それで、落としたものは何？」

あたしは身構えた。ホッケーのスティックを巧みに操る、ものすごく大柄な上級生のタックルに備えるときみたいな気持ちで。

「えっと、ママには金のイヤリングを買いました。でも美術の時間に見たら、箱のなかには片方しかなくて。涙の形を縦にふたつ重ねたデザインなんですけど」

椅子から勢いよく立ち上がって叫ぶとか、グリフィン校長のペーパーウェイトをつかんで投げつけてくるとか、ラペット先生がそんなことをするかもしれないとあたしは考えていた。でも、先生はただ戸惑っているようだった。

「まあデイジー、すごく奇妙な偶然もあるものね。不思議だわ。その話はほんとうなの？　というのもね、グリフィン校長もなくしていたイヤリングを見つけたばかりなの。この一週間、ずっと探していたみたいで――あなたがいま言ったのと、まったくおなじデザインの金のイヤリングよ。ついさっき、見せてもらったの。たしか、まだ机にしまってあるわ」

そう言ってラペット先生は、校長の机の引き出しからそのイヤリングを取り出して見せてくれた。先生の手のひらに、あたしたちがトンネルで見つけたイヤリングが載っている。ふたつの金の涙はきらきら光っていた。

「ほら、これが校長のイヤリングよ」先生はデイジーに言った。「あなたが落としたというイヤリングも、ほんとうにこういう感じなの？」

デイジーは目をぱちぱちさせてから、ものすごい早口で言った。

「いいえ、ちがいます。それとはぜんぜん、ちがいます。ほんと、いやになっちゃう！お手間を取らせてすみませんでした。さあ、行くわよ、ヘイゼル。もう、もどらないと。ラペット先生はすごく忙しいんだから。ほら、行こう、ヘイゼル！」

デイジーはあたしを執務室から引きずり出さなければならなかった。あたしが、ラペット先生の手のひらにある金のイヤリングから目を離せずにいたから。そんなばかな。そんなはずない！　でも、そうなのだ。ラペット先生の手のひらの上のイヤリング。何の変哲もないイヤリングだ。でもそれは、ひどくおそろしい事実を示していた。

ラペット先生は殺人犯じゃない。

ホプキンズ先生もザ・ワンもちがう。
殺人犯はグリフィン校長だ。

4

グリフィン校長の犯行だった。どうして校長を疑わなかったのだろう？

デイジーはあたしの手首をつかみ、どこかへ引きずっていこうとしている。あたしは、されるがままにしていた。頭のなかをぐるぐる回っている考え以外、どんなこともたいして気にならなかった。

グリフィン校長の犯行だった。ラペット先生のアリバイに意味がないとわかったとき、すぐに校長のアリバイもなくなったと気づくべきだったのに――疑うことさえしなかった。あたしはもういちど、デイジーが耳にしたという、グリフィン校長とテニソン先生の会話のことを考えた。校長がどれほど卑劣なことを要求していたか、どうして気づかなかったの？

『わたしは図書室の廊下にいたの。みんなのおしゃべりを聞くのに、うってつけの場所でしょう』とデイジーは言っていた。

『そしたらグリフィン校長がテニソン先生のところに来て、〃テニソン先生、お話があります。例の計画だけど、また手伝ってちょうだい。あなたが月曜日の夜にもっと早く執務室に来てくれていたら、ちゃんと終わらせられたのに〃と言ったの。そうしたらテニソン先生は〃ええ、でもその埋め合わせは火曜日と水曜日にしたじゃないですか〃と、神経質そうに答えてた。

校長は〃それが、そうでもなくて。終わらせなくてはならない仕事が、まだすこし残ってるの〃って。ほんとうの話、テニソン先生の顔はシーツみたいに真っ白だった。からだなんてぶるぶる震えてたし。それでも校長は〃また時間を取ってもらえる？あとすこし、やってもらいたいことがあるの――今夜はどう？〃と言ってたわ』

これが誰かほかの女の先生だったら、あたしたちはもっと怪しんだかもしれない。でも、ほかの先生たちとちがって、グリフィン校長のことは容疑者リストに入れることすら考えつかなかった。校長のことは、この学校で起きているあらゆることを超えた存在のように感じていたから。それに、ラペット先生もホプキンズ先生もザ・ワンもみんな、容疑者らしい容疑者だった――それを言うなら、そもそもテニソン先生もパーカー先生も。

でも、グリフィン校長の犯行だった。どうして？

デイジーがあたしの腕をぶんぶん振っていた。

「ヘイゼル。あなた、ずっとひとりごとを言ってる」

あたしは目をぱちぱちさせ、どういうわけか旧棟のクロークまで来ていることに気づいた。昼食時間の終わりを知らせる鐘が鳴っている。

「さあ、隠れるわよ」デイジーはそう言い、あたしをいちばん奥の隅に連れていった。そこは、何年もまえの在校生たちがなくしたものの、わざわざ探そうとはしなかったコートでいっぱいだった。そのコートはうっすらと腐ったにおいがして、元は灰色だった生地も、年月がたってわずかに変色して緑色になっていた。

あたしはデイジーの隣にからだをねじ込んだ。薄暗いなか、ふたりで腰を下ろし、古いコートのにおいをかいでしまわないよう息を止めた。するとデイジーが手を伸ばしてきて、あたしの手をつかんだ。彼女の手は震えていた。

「グリフィン校長だったなんて思いもしなかった」デイジーはしずかに言った。「言いたくなかったけど、わたしはホプキンズ先生とザ・ワンが犯人だと確信しかけていたの。パズルのピースがぴったり収まりはじめてたじゃない——動機も、方法も、それにイヤリングも。それなのに——まさかグリフィン校長だったなんて！」

あたしは頷き、顔の前のコートを払ってから訊いた。「校長って、現実の人には見えない。そう思わない？」

「人間じゃないもの」デイジーは答えた。「校長はあくまでも校長なのよ。とにかく、わたしはそう思う。さて！　これで犯人がどうやってテニソン先生に手伝わせたか、わかったわね——見返りに、校長代理の職をちらつかせたのよ。金曜日に耳にした会話の意味が、ようやくちゃんと理解できたわ！　校長はテニソン先生に、いっしょに罪を犯したことを思いださせていたのね。そしてあの日の夜、また手伝わせて校舎のなかを探そうとしていた。イヤリングを見つけるために！　金曜日の夜、わたしたちが新棟の廊下を歩いているときに見た懐中電灯の光は——そう、イヤリングを探すあのふたりだったにちがいないわ。まったく。

でも、どうしてグリフィン校長は殺したのかしら？　すでにディープディーン女子寄宿学校の校長という座にいるのに、その座をあやうくしてまでふたりも殺す理由っていったい何？　テニソン先生を殺したのは、先生が警察に行って何もかも話そうとしていたからにちがいないけど、じゃあそもそも、ベル先生を殺したのはどうして？」

「校長には校長の理由があったのよ」そう言ったけど、あたしもデイジーとおなじように戸惑っていた。グリフィン校長はすべてを手にしていて、何ひとつ不自由ないように見えた。この学校を支配し、すべての先生たちを従え、金銭的にも完全に恵まれている。しかも、あの歳にしてはものすごくきれいだ。「それが何かはわからないけど」あたしは認めた。

「合理的に考えましょう」デイジーはそう言って、あたしの手をぎゅっと握った。彼女の手の震えは収まりかけていたけど、あたしの手はあいかわらずぶるぶるしていた。「校長が殺したことはわかった。いつ、どうやって殺したかは、あなたが言ったとおり。いまは、どうしてかを突き止めないと。人が人を殺す理由は？」

「お金」あたしはすぐに答えた。殺人の理由についてはデイジーに何回も叩き込まれたから、そらで覚えていた。「権力。愛情。恐怖。復讐。でも、なんだかんだ言っても、グリフィン校長はベル先生よりずっとお金も権力も持っている。だから、それが理由だとは言えないわね」

「おなじように」デイジーは言った。「復讐という可能性もなさそう。何かの復讐をしたかったら、ベル先生を校長代理にしないか、辞めさせればいいだけだもの。ということで、愛情と恐怖が残るわね。そうね、もし――ヘイゼル、意味が通らなかったら教えてね――もし、ベル先生が校長を脅迫していたら？　お金――あるいは校長代理の職――を要求して、その代わり、何かに対して口をつぐむと約束するとか？　これなら、グリフィン校長がベル先生を辞めさせて終わり、というわけにはいかなかった説明がつく」

「でも、グリフィン校長はすごく完璧に見えるわ！」あたしは反論した。「どんなことで脅迫されるわけ？」

「さあ、わからない。でも、そのせいで人をふたりも殺したんだから、かなりきつい内容でしょうね。それで、あなたはどう思うの？　わたしの考えは正しいと思う？」

あたしの頭のなかではまだ、ほかのいろんなことがぐるぐる回っていたけど、そんなときなのに驚くだけの余裕はあった。あのデイジー・ウェルズが、自分の推理のことであたしの意見を求めている！

「ちゃんと筋が通ってると思う」あたしは答えた。「どちらかといえば、正しいんじゃないかな」

「ベル先生にそのことを訊けないのは、ただ残念よね。そう思わない？」デイジーはくすくす笑った。「ちょっとお尋ねしますが、先生はどうして殺されたんですか？」

「ひょっとしたら、何か書き残してるかも」あたしは言った。

デイジーはまたくすくす笑った。それから指をつよく握ってきたので、あたしは痛くて声を上げた。

「ヘイゼル。それ、まったく突拍子がないわけじゃないわよ。脅迫者はふつう、証拠になる文書を残すって、わたしが読んでるどの本にも書いてあるもの。ベル先生もそうしているかもしれないわよね？」

「だとしたら」あたしも興奮して、デイジーの指をぎゅっと握った。「それは校舎のどこかにあるんじゃないかな」

「そうよ！　グリフィン校長とテニソン先生は先週、その文書を探していたのよ、イヤリングだけじゃなく！」

そのときあたしもデイジーも、この学校の敷地がずいぶんと広いことを思いだしていた。ふたりともため息をついて、コートの山に沈み込んだ。

「ううん、待って」またからだを起こしながらデイジーが言った。「考えてみましょう。ベル先生とグリフィン校長はあらかじめ、室内運動場で会うことにしていたはず――ある月曜日の夕方にたまたま会った、なんてことはないものね。だから、ベル先生には備えるだけの時間があった――グリフィン校長を脅迫するのに使っていた種を隠すだけの時間が。先生はそれを、どこか安全な場所に置いた。グリフィン校長が探そうとしても、思いつきそうもない場所に」

「ということは、女性教諭用の談話室ではないわね」あたしは言った。「それに、科学実験室でもない」

「あからさますぎるものね」デイジーもおなじ考えのようだ。「ベル先生が月曜日に行ったところはどこだっけ？」

「室内運動場。でも、あそこには隠せそうにないわ。倉庫に何かあれば、ジョーンズさんが見つけるだろうし。それに、校長と会う場所に近すぎる」

そのとき、ものすごいひらめきが降りてきて答えがわかった。これがデイジーだったら、ホームズ並みに冴えているでしょうと言って自画自賛しただろう。「デイジー」あたしは息も絶え絶えに言った。「クロークよ。まさに、ここ！ ベル先生がこのコートの山を探っているのを見た一年生がいたこと、覚えてる？ あたしたちはその子の話を聞いて、ベル先生がいつ室内運動場に向かったかを確認しただけだったけど、脅迫の種を隠すためにここにいたのだとしたら？」

デイジーは、まったくレディに似つかわしくないことをもごもごとつぶやいた。それからぎゅっと抱きしめてくれた。なんだか気持ちが温かくなった。

「コートのポケット！」デイジーは叫んだ。「誰もこんな腐りかけたコートは着ない。だから、腐り果てるまでずっとここに置かれっぱなし！ 何かを隠すには絶好の場所だわ！ ヘイゼル、早く探そう！」

そしてデイジーは、あたしたちを囲む山積みのコートのポケットに、つぎからつぎへと手を突っ込んでいった。

興奮でからだを震わせながら、あたしもデイジーといっしょにポケットを探った。捜査再開、と思いながら、破れたり汚れたりしているポケットに手を突っ込んでは、折れた鉛筆やコートの繊維がついたチョコレートを引っぱり出す。そうしているうちに、大きくてボール紙みたいな手触りの何かに指が触れた。つかんでみると、かさかさと音が鳴った。

息を詰めてそれを取り出し、顔の前のコートを左右に振り払ってから、自分が手にしているものを見た。それは赤いノートで、表紙には小さく几帳面な文字でこう書いてあった。

『ヴェリティの日記』

「デイジー」あたしはしずかに言った。「見つけた」

5

デイジーは大喜びして歓声を上げた——でもあたしは、インクでていねいに記された表紙の文字から目を離すことができずにいた。

背筋を寒気が這いおりる。ヴェリティ・エイブラハム。彼女はどこにでも現れるみたい。こんなことを言うなんて、ばかげているのはわかっている。でも、このときは本気で、彼女に取り憑かれているんじゃないかと思った。髪がばさりと顔にかかり、血だらけの制服を着たヴェリティの姿が頭に浮かんで、熱くて冷たい震えがからだじゅうを走った。

デイジーはそんなふうには考えていなかった。「ちょっと、やだ」と言い、目を凝らしてノートを見た。「ヴェリティ。ヴェリティ・エイブラハムって書いてある！」

「そうね」あたしは震える声で答えた。あたしにとっては幽霊でも、ヴェリティはこのディープディーン女子寄宿学校に通っていた実在の生徒で、ビスケットを食べたり日記をつけていたりしていたのだ。そう考えるとすごく不思議な気がした。あたしは深呼吸をしてから、表紙を開いて日記を読みはじめた。

一九三〇年九月二五日

新しい学年のはじまり！　それに、すごく大切な一年でもある。パパからは何度も何度も、今学年から大学入試の準備をはじめるようにと言われている。それがどんなに重要なことか、自分でもわかっている。でも、グリフィン校長自ら勉強を見てくれるから、わたしはほんとにラッキーだ！　校長がわたしを選んでくれてすごく驚いた。というのも、前からずっと思っていたから——いま、それを言うのは恥ずかしいけど、校長にはそれほど好かれていないと、そう思っていたから。廊下で会っても、いつも避けられている気がしていた。だから、校長が特別に勉強を教えてくれると聞かされて、とにかく驚いた！　わたしはやる気を出し、できるかぎり本気で勉強すると決めた。校長の期待に応えられるように。

「つまらないわね」デイジーは言った。「重要そうなところだけ、さっと読みましょう。ん？　ここは重要そう！」

一九三三年一〇月一八日

入試の準備は進んでいる――とはいえ、順調とは言えないかな。順調ならいいのに。たしかに一生懸命勉強しているけど、ちょっと進みが遅いと自分でも感じるときがあって心配だ。それに、グリフィン校長には戸惑わされることがますます増えている。だって、態度がすごくおかしいんだもの。いつも、もの言いたげにしていて――何か言いたいことがあるみたい――、勉強を見てくれているときに、ちょっとしたことで奇妙なくらいおちつきがなくなる。息子のオイディプスを見捨てたという、いかれた母親のイオカステーについて話しているときは、彼女のしたことを正当化しようと必死だった！　わたしは、その意見にはまったく賛成できなかった。相手がいくら校長だからといって。でも、ほんとうのことだもの！　校長ったら、だいじょうぶなのかしら。

一九三三年一〇月二四日

グリフィン校長には何か秘密があると思いはじめているところ！　つまり、過去に何か後ろ暗いことがあったんじゃないかな、と。そのことを先日、ヘンリーに話した。まともにとりあってもらえなかったけど、わたしは自分が正しいと思う。どんな秘密だろう？

一九三三年一一月一六日

もう、勘違いなんてとても言えない。グリフィン校長には秘密がある——しかも、それをわたしに話したくてたまらないでいる！　すごく誇らしい。とはいえ、その秘密がおそろしいものでなければいいけど。とにかく、校長はどこまでも妙な表情でわたしのことを見てきては、何かを言いかける……。こういうことをぜんぶヘンリーに話したら、頭がおかしいんじゃない、と言われた。先生という人たちに秘密なんかないことは誰でも知っている。というか、すくなくとも重要な秘密はない、と。ヘンリーって時々、すごくつまらない。

一九三三年一一月二〇日

わたしは正しかった。でも、ああ、どうしよう——どうしたらいいの？　そんなこと絶対あり得ない。でも、事実なのだ。校長はすべての書類を見せて……ぜんぶ事細かに説明してくれた——何かを期待しているみたいだった——けど、待って。わたしはその説明をきちんと受け入れられていない。もういちど整理してみよう。

今夜の補習のとき、グリフィン校長はとうとう秘密を打ち明けてくれた。一七年まえ、ディープディーンに来るまえにべつの学校の先生をしていたとき——赤ちゃんを産んでいたというのだ。未婚だったから、とうぜん大騒ぎになった。その赤ちゃんは、どこかのちゃんとした家族に引き取られた。それが、わたしだという。

あたしはそこで読むのをやめて息を呑んだ。デイジーははしたない歓声を上げた。

「ちょっと！　ねえ、ちょっと！　ヘイゼル、わくわくしちゃう！」

わたしは信じられなかった。でも校長は、両親と校長の署名がしてある、あらゆる証明書を見せてくれた。ほんとうに、ほんとうのことなのだ。ああ、どうしよう。どうしたらいいの？　ママはわたしのママじゃなくて、パパとわたしは血がつながっていなくて——それどころか、わたしはただの学校の教師の娘だなんて。つまらない教師の！　取るに足りない、結婚さえしていない人の！

どうしたらいいんだろう? 校長は、わたしが腕に飛び込んで〝おかあさん〟と呼んでくれると思っていたはず。でも、わたしにそんなことはできなかった。とうぜんだ。わたしは校長の執務室から逃げ出した――またあそこへもどることだけは、絶対にいやだ。

一九三三年一一月二一日
何があったか、ヘンリーに話した。やはり、信じられないと言っていた。ほかの人に話すのはちょっと待ったほうがいいと言われたけど、理由はわからない。どうしてグリフィン校長は、わたしにこんな話をできたのだろう? パパとママに話してしまいたい。そして、ぜんぶ嘘だと言ってほしい。

一九三三年一一月二二日
グリフィン校長も、わたしに黙っていてほしいみたい。わたしの反応に不安を覚えているのだろう。ちがう反応を期待していたとしたら、それこそ意味がわからない。「わたしの立場を考えて」と校長は言う。「ふたりの秘密なのだから」と。でも、わたしの立場はどうなるの? 不公平じゃない!

一九三三年一一月二三日

グリフィン校長からメモを渡された。放課後に室内運動場のバルコニーで会いたい、と書いてあった。〝現状を話し合うため〟に、ですって。メモはこの日記帳に挟んでおく。用心のために――まあ、なんの用心かはわからないけど。わたしは会いに行くつもり。でも、それで気持ちが変わることはない。休暇で帰省したら、絶対にパパとママに話そう。校長には止められない。指図はさせない。

ここでヴェリティの日記は終わっていた。
でも、まだ続きがあった。デイジーが日記帳を振ると、紙片が二枚、落ちてきた。一枚目は、グリフィン校長が流れるような書体で書いた短いメモだった。

ミス・エイブラハム

一一月二三日の夕方五時三〇分に、室内運動場のバルコニーに来てくれるようお願いします。ふたりのあいだの現状を話し合うために。遅れないでください。

ローズマリー・グリフィン

二枚目には、ベル先生のくせのある文字が並んでいた。

関係者の方へ

ディープディーン女子寄宿学校の校長であるローズマリー・グリフィンは一九三三年一一月に、本校の生徒、ヴェリティ・エイブラハムの死を引き起こしました。わたしはそのことを示す証拠を持っています。グリフィン校長がヴェリティの命を奪おうと故意に襲ったのか、あるいは事故だったのかはわかりません。ただ、同封した日記帳とメモとをあわせて考えると、ヴェリティの死の瞬間に校長が居合わせたこと、また、そのような事態になったのは、自分がヴェリティの母親だとあきらかにしたせいだとわかります。ローズマリー・グリフィンがこれ以上、校長の座に留まるのはふさわしくありません。ただちにディープディーン女子寄宿学校でのその職を解かれるべきであり、その後任にはわたしを考慮に入れてくださるよう、お願いします。

ジョアン・ベル　一九三四年一〇月二九日　月曜日

「すごい！」デイジーは上機嫌で言った。「これが殺人の動機ね、ええ。ベル先生は欲を出して、グリフィン校長をディープディーンから追い出そうとした。校長はすべてを失うところだったのよ！　もう、学校がこのことを知っていればよかったのに！」

衝撃であたしの顔はピンク色になってきた。こんなの、とても信じられない。グリフィン校長が、でんと構えたあのグリフィン校長が、恥ずかしい情事に関わっていたなんて。その結果として赤ちゃんまで産んでいたなんて。尊敬すべき学校の校長のするようなことじゃない！　しかも、その娘はヴェリティだった！　グリフィン校長はヴェリティがもうおしゃべりできないよう、故意に殺したの？　それとも、偶然の出来事だったの？　真実がどちらにしても、ヴェリティの死は自殺なんかではなかったのだ。この日記を書いた女の子は、自分で死を選んだりしていなかった。だから、彼女の死はグリフィン校長に責任がある。そう考えると、おそろしさで肌が粟立った。

そのとき、あることがひらめいた。「ヴェリティが書いてる〝ヘンリー〟って――キング・ヘンリーのことじゃない？　ということは、彼女はずっと知っていたのね！

だからこのところずっと、ようすがおかしかったし、テニソン先生と話すつもりでウイロウに行こうとしてたんだわ。キング・ヘンリーがこの事件に関係してるって、あたしにはわかってた！」

デイジーは頷いた。「何がどうなっていたのか、キング・ヘンリーも正確に知っていたとは思えないけど、疑ってはいたんでしょうね。ひょっとしたら、テニソン先生が何かしら関わっていたことに気づいたのかも。だから土曜日に、先生に会いに行こうとしていたんだわ。でも重要なのは、グリフィン校長を告発するのに必要な証拠は、わたしたちがぜんぶ持っているということ。校長がいま何を言ったところで、逃げられない。ヘイゼル、わたしたちは事件を解決したわ」

「解決したのはベル先生よ」あたしは言った。

「ばかなこと言わないで。先生は死んでるじゃない。何も解決できないわ」

あたしが反論しようと口を開きかけた――というか、ふたりで突き止めたとんでもない事実について、べつのことを言おうとした――そのとき、クロークの扉がぎいっと音を立ててあいた。

6

あたしもデイジーも凍りついた。だって、こんなのおかしい。授業の真っ最中だから（あたしとデイジーは出ていないけど）、誰かが校舎をこっそりとうろついているはずはないのに。

要らないコートの積まれたラックの陰に隠れていて、まだよかった。クロークのいちばん奥だ。誰かが覗き込んでも、まず見つからない——おかげで助かった。

扉がいっぱいにあいた。一瞬、完全に静まり返り、それから聞こえてきたのはグリフィン校長の声だった。「デイジー？　ヘイゼル？　ふたりとも、どこにいるの？」

デイジーの手があたしの手をしっかりと握り、ふたりの呼吸と心臓の音が聞こえた。叫んでいるみたいに、大きく響いている。あたしはぶるぶる震えていたから、周りのコートから埃が飛び立って塊になり、それが校長に見えているんじゃないかと思っていた。

グリフィン校長はあたしたちを探しにやってきた。校長は知っている、知っている！　あたしたちがイヤリングを探していたことを、ラペット先生が話したにちがいない。校長はあたしたちを殺すつもりだ。パニックになりながらそう思った。殺してから森まで運んでベル先生の隣に埋め、両親にはあたしたちは逃げ出したと言うつもりだ！

この捜査をしているあいだ、あたしはずっと殺人犯のことを怖いと思っていた。でも、これほど死にたくないと思っていたとは、このときまでわかっていなかった。

「デイジー？　ヘイゼル？」グリフィン校長がまた呼んだ。「ふたりともいるんでしょう？　出てらっしゃい。びっくりさせることがあるの。きっと気に入るわ！」

出てらっしゃい。そうしたら殺してあげられるのに！　そう言われていたら、もう怖くて怖くて、どうにもならなくなっていただろう。

「ラペット先生から聞いたけど、ちょっとした誤解があったみたいね。さっきのラペット先生とのお話で、あなたたちは何かまちがった思い込みをしているのよ。だから出てらっしゃい。説明してあげるから」

学校の先生の言うことを聞かないなんて、すごくへんな感じだ。でも、あたしたちは出ていかなかった。

グリフィン校長はとうとうため息をつき、扉を自分のほうに引いて閉めた。クロークのなかはまた、しずかになった。

あたしは隠れているところから飛び出そうとした。でも、デイジーが声を絞り出すように言った。「待って！」

あたしたちはひたすら、じっと待った。ようやく、グリフィン校長の足音が遠のいた。

デイジーが寄りかかってきた。ぶるぶる震えているけど、声はしっかりしている。

「急いで！　校長がまだやってこないうちに授業にもどるの」

「本気で言ってるの？」あたしは信じられなかった。膝はぐにゃぐにゃのゼリーみたいになっているのに。ここから動きたいのかもわからないのに。

「ここで校長を待つつもり？」デイジーが訊いた。

あたしは頭を横に振った。

クロークを出ると、頭の上からスポットライトを当てられているような気がした。これでは、グリフィン校長がいつ襲いかかってきてもおかしくない。ヴェリティの日記は、宝物を守るみたいにして胸のところでしっかりと抱えた。廊下の角を曲がったところで、反対側から歩いてくるニキビ警官の上司とぶつかりそうになった。あたしはびっくりして跳び上がり、歯がかちかちと鳴った。

デイジーはさっと身をかわした。たったいま怖い思いをしたばかりなのに、彼女はあいかわらずこの事件を解決するのに警察の手を借りるつもりがない。そうとわかって、あたしはぞっとした――グリフィン校長はすぐそこにいて、あたしたちをつかまえようと待ちかまえているかもしれないのに。秘書らしく振る舞うのはやめようと決めるのに、一秒とかからなかった。あたしたちが助かるかどうかは、あたしにかかっているのだ。

ニキビ警官の上司はすでに角を曲がっていた。

「すみません」あたしは呼びかけた。「待って！　ちょっとお話があります」

彼はふり返り、礼儀正しく言った。「何でしょう？」

「ヘイゼル！」デイジーが大声を上げる。「何してるの？」

気が咎めてとうぜんだったかもしれない。でもまたしても、そんな気持ちにはまったくなれなかった。

「助けてください」あたしは早口で言った。「あたしたち、誰がテニソン先生を殺したかを知っています。グリフィン校長です。それに、校長は科学のベル先生も殺しています。それであたしたち、校長に追われてるんです。だから助けて、お願い！」

彼はあたしの言葉を信じていない。眉をひそめ、顔に皺が寄った。

「申し訳ない。何の話だろう?」

「殺人犯はグリフィン校長なんです。ほんとうです！　ほら！　証拠もあります！」あたしはそう言って、ヴェリティの日記帳を彼の胸にぐいと押しつけた。

「ヘイゼル！」デイジーがまた大声を上げた。「だめ！」

でも、ニキビ警官の上司はすでに日記帳をぱらぱらと見ていた。最初は礼儀としてそうしていただけだったけど——すぐに眉を吊り上げ、額《ひたい》に皺を寄せ、つぎからつぎへとページをめくりはじめた。

「これはどこで見つけたのかな?」彼は訊いた。

「あの、それは気にしないで！」あたしは答えた。「とにかく助けてください！　あたしたち、グリフィン校長に追われてるんです！　校長はあたしたちを殺そうとしているんです！」

この人は何を言っても取り合ってくれない。一瞬、そんなおそろしいことを思った。でも、彼は深いため息をひとつつくと、大きな手のひらをあたしとデイジーの肩に置いた。あたしたちは彼に連れられていちばん近いホームルームのドアのところまで行き、なかにはいった。

おかげでグリフィン校長に見つからずにすむ。このニキビ警官の上司を抱きしめてあげてもいいくらいだ。でもデイジーはもちろん、そんなにうれしがっていない。機嫌を損ねはじめていることは、見なくてもわかった。

「それで、と」とんでもなく真剣な表情を浮かべ、彼はあたしたちに向き合った。

「いったい、どういうことかな？」

デイジーは鼻を鳴らした。「ヘイゼルがもう、じゅうぶんすぎるほど話したと思いますけど」そう言って腕を組み、鼻に皺を寄せた。「どうしてわたしが、それ以上のことを話さなくちゃならないのかしら。ところで、あなたのお名前は？　朝からずっとここにいるのに、まだ自己紹介してもらっていませんよね」

部屋の外に放り出されるんじゃないかと思って、あたしはひやひやした。でも、デイジーがそんな言い方をしているのは、からかっているだけだとわかってほっとした。

「わたしはプリーストリー警部です」彼は言った。「それで、きみたちのお名前は？」

「わたしはデイジー・ウェルズ、ヘイスティングス卿の娘です」まるで女王さまのような口ぶりだ。「こちらは友人のヘイゼル・ウォンです。この件はわたしたちの担当する事件ですから、警察の手を借りずにわたしたちですでに解決しました。どうも、お世話さまでした。ヘイゼルが何と言おうと、警察にお手伝いしていただかなくてけっこうです」

そう言われて警部が両方の眉を上げると、また額《ひたい》いっぱいに皺が寄った。

「つまり、見せてくれたこの日記以上の証拠があるんだね？」彼は訊いた。「ヘイゼルがグリフィン校長について話したことが事実だと、証明できると？」

デイジーはからだをもぞもぞさせた。自分たちがいかに賢いかを警部に示そうかどうしようか、心のなかでひどく葛藤している。

でもあたしは、たったひとりで残忍なグリフィン校長と対決したくはなかった。あたしたちは殺人事件を解決した。だからこれ以上、できることはない。いくらデイジーがいやがっても、知っていることを警察に話さなくてはならない。

「はい！」あたしは言った。「グリフィン校長がベル先生を殺しました。ベル先生は校長を脅していたんです。ほら、去年、ヴェリティ・エイブラハムの身に起こったことで。ぜんぶ、日記に書いてあります。ベル先生は今年になって校長の秘書として仕事をしているうちに、そのことに気づいたにちがいありません。だから校長は、ベル先生を黙らせるために殺し、その死体の始末をテニソン先生に手伝わせたんです。そのあとで、テニソン先生も殺しました。先生が警察に行こうとしていたからです。それに、校長はあたしたちのことも殺そうとしました。ついさっき！　すごくばかなことを言っていると思うかもしれないけど、証明できます。証拠がありますから。警部さんに見せてあげて、デイジー」

　もうすこしだけからだをもぞもぞさせてから、デイジーはかばんに手を入れ、血の付いた体操着と、靴の大きさを測った紐と、ベル先生の実験衣の布片を取り出した。

「これでいいでしょう！　でも、この証拠はぜんぶ、わたしたちが見つけたことは、ずっと忘れないでくださいね」

　それからふたりで、捜査の全容を警部に話した。あたしはいったん話しだすと止まらなくなっていたけど、デイジーが何回も口を挟んで、もっとうまく説明してくれた。イヤリングをなくしたこと──「いちばん重要な証拠なのに！」デイジーは腹立たしげに言った──それを探すうちにグリフィン校長にたどり着いたことを話した。警部も最初は、礼儀として聞いているだけだった。でも、デイジーとあたしでかわるがわる話すうち、コートのポケットからメモ帳を取り出し、内容を書き留めはじめた。額《ひたい》にはますます皺が寄り、それにつられて眉もどんどん上がっていった。

　あたしたちは話を終えた。警部はペンを置くと手で顔を擦り、笑顔を見せた。

「探偵倶楽部としてははじめての事件にしては、なかなかよくやったね」彼は言った。

「信じてくれるんですか？」厳しい口調でデイジーが訊いた。

「ややまとまりはないものの、説得力のある説明だったからね。むしろ、信じるなというほうが無理だ。イヤリングがないのは残念だけど、それがなくても事件に決着をつけられると思うよ」

デイジーは〝まとまりはない〟というところで顔をしかめたけど、あたしはほっとしていた。

「それで、ベル先生の死体も探してくれますよね？」あたしは訊いた。

「ああ。午後にでも部下をオークショットの森へ遣《や》ろう。ただし、この事件が解決するまでは」――そう言って彼はまた、真剣な表情になった――「ふたりをグリフィン校長から守らないといけない。ミス・マープルよろしく、きみたちが捜査をつづけて校舎のなかをうろうろするなんて考えたくないからね、校長の身柄が拘束されないうちは」

「ミス・マープル！」歯を食いしばりながらデイジーが言った。「ホームズとワトソンと言ってくださいな、もし、よろしければ」

「二、三時間、隠れていられるところはあるかな？」デイジーの言葉は聞こえなかったふりをして、警部が言った。

「診療所のミン先生のところなら」あたしは提案した。

警部は頷いた。「それはいい。グリフィン校長が逮捕されるまで、そこにいるように。部下をひとり見張りにつけて、べつの部下には校長を尾行させよう。ただし――もう、向こう見ずな行動は慎むこと！　きみたちはじゅうぶん、やってくれたよ」

「そうよ、警察に代わって事件を解決したんだから」デイジーは言った。

警部は椅子から立ち上がり、黒髪をなでつけた。「おっしゃるとおりですな、スーパーお嬢さん」そう言ったのは、デイジーの気分を害したことを詫びるジョークだったにちがいない。そうと気づいたデイジーは、このうえなくうれしそうだった。

「ありがとうございます」彼女は握手しようと警部に手を差し出した。警部はその手を仰々しく握り（まじめにそうしているのでないと、ここにきてますます強く思った）、それからこちらを向いて、あたしにも手を差し出してきた。あたしはその手を握ったけど、何だかとつぜん、すごく照れくさくなった。目の端から見上げると、驚いたことに警部はウィンクをしていた。あたしはひどくあたふたして、思わず手を放した。でも、もういちど彼を見上げると、これまでと変わらず礼儀正しい顔をしていた。

7

無事、診療所に着き（ミン先生は警部を見て驚いたけど、デイジーとあたしが病人になることには反対しなかった）、白くてひんやりしたベッドに並んで寝かされると、急にすごく泣きたくなった。あたしは天井を見上げてハンカチを顔に当てながら、できるだけそっと涙を抑えようとした。そうしているあいだ、ぶるぶる震えていた。ほんとうの病人みたいだった。

隣ではデイジーがぺちゃくちゃしゃべりつづけている。もちろん。

「警察は、よくやりましたっていう勲章をくれると思う？　だってわたしたち、ほんとうによくやったもの。そうよね？」

「ええ、すごく」あたしは答えた。歯がかちかちと鳴っていた。目の端から涙がとめどなくあふれて、とんでもなくみっともなかった。

「ちょっと」デイジーはそんなあたしに気づいた。「だいじょうぶかい、ワトソン？」

「だいじょうぶ！」そうは言ったものの、いっそう歯がかちかちと鳴った。「まったく問題ない。ただ――どうしようもなくて――」

そしてあたしは、わっと泣きだした。

「ヘイゼル！」デイジーは大声を上げた。そして光の速さでベッドから飛び降り、身を投げ出すみたいにして抱きついてきた。「やだ、ヘイゼル。泣かないで」

「ごめんなさい！」あたしはしゃくりあげながら言った。「あたしったら――こんなの――ぜんぜん探偵らしくないわね」

「ヘイゼル」デイジーは腕をあたしの肩に回し、おでことおでこをくっつけるようにして言った。「ばかなこと言わないで。この事件を捜査するあいだ、あなたはずっと世界でいちばん優秀な探偵らしく行動していたわ。それどころか、〝ベル先生殺人事件〟では大胆で合理的な働きをしたから昇進させるつもりなの。いまこの瞬間から、あなたは探偵倶楽部の副会長よ」

あたしは息を呑んだ。「ほんとうに？」

「ほんとうに。さあ、お願いだからもう泣くのはお終いにして、警察の見張りをすり抜けるにはどうしたらいいかを考えて」

そう言われて、あたしはぴたりと泣きやんだ。

「何を言ってるの？　ここにいれば安全なのに！」

「誰が安全なところにいたいの？」デイジーはばかにしたように言った。「わたしは警部がグリフィン校長を逮捕するところを見たいの」

あたしは見たいだろうか。よくわからなかった。診療所にいれば、心地いい穏やかな静けさに守られているように感じられるのに、いまだにあたしたちを探してうろつくグリフィン校長のいる校舎にもどるなんて、考えるだけでおそろしい。

でも、デイジーはやっぱりデイジーだった。この一週間くらいで変わったとはいえ。彼女の考える計画は、あいかわらずとんでもない。

「わかった。でも、どうやって？」あたしは訊いた。

「待って。いま考えてるから」

そのとき、診療所の正面扉の外から話し声が聞こえてきた。

「来て！」デイジーが小声で呼んだ。「誰がいるのか、見に行くわよ」

あたしたちはベッドを抜け出し、ミン先生の診察室といくつか並ぶ病室の前を通って、正面扉まで行った。扉の向こうの声の主は、ふたりの警官だった。診療所を見張っていたひとりのところに、もうひとりがやってきたのだろう。いまはふたりでおしゃべりしていた。

「……集会をやろうとしている」こっそり近づいていくと、ひとりの警官がそう話していた。廊下につづく正面扉は閉まっていて、話し声がよく聞けるよう、あたしたちは扉にぴたりと耳をくっつけた。「警部の考えでね。自白させたいらしい」

「劇的に盛り上げたいんだな」もうひとりが言った。「まあ、気が利いているとは思うね。で、どこでやるんだい？」

「音楽室だ。この校舎の反対側にある。ぼくは応援要員でそこにいたけど、いまは休憩中でね。きみは見に行ったらいい」

「そうしたいのは、やまやまさ！　でも、いまは子守の最中だ。ちいさなお嬢さんたちに何かあるといけないから――これも警部の命令でね」

デイジーはむっとして顔を赤くした。「言ってくれるじゃない。たったいま、すごくいい考えが浮かんだ。ここで待ってて」

デイジーはくるりと向きを変えると病室のひとつに走っていき、またすぐにもどってきた。後ろに小さな下級生を従えて。それはビニーだった。

「あなた、どうしたの？」あたしは訊いた。

「お腹が痛いの」そう答えるビニーを、デイジーはじろりと睨んだ。

「ほんとは、そうでもないんだけど――ただ、ラテン語の授業に出たくなくて」

「そんなことはどうでもいい。でも、口外しないで《キープ・マム》ほしかったら、ちょっとやってもらいたいことがあるんだけど」

「何を？」ビニーは訊いた。

「合図をしたら叫んで」

8

扉の向こうがしずかになった。あとからやってきた警官は、音楽室の集会にもどったにちがいない。「準備はいい？」デイジーがひそひそと言った。あたしとデイジーは扉のすぐ後ろで身を屈めていた。ビニーは診療所のホールの真ん中に立ち、頷いた。「さん、に、いち」デイジーが小声でカウントする。「叫んで！」

ビニーは叫んだ。

トンネルを走り抜ける急行列車の轟音《ごうおん》さながらに響いた叫び声に、診療所の外の警官は驚いて大声を上げ、すぐに駆け込んできた。扉をめいっぱい、あけたままにして。そしてその扉の向こうには誰もいない。

ビニーの叫び声がまだ耳のなかでこだましていたけど、あたしとデイジーは扉めがけて走った。

あたしたちは廊下を小走りで進み、音楽室に向かった。でも、図書室の廊下の端まで来てふり返ると、何よりも見たくないと思っていた人影が目にはいった。

あたしたちを追いかけてくるグリフィン校長だ。

デイジーは慌てふためいてあたしの腕をつかみ、あたしはデイジーの腕をつかんだ――その瞬間、校長は見られたことに気づいたようで、これ以上ないくらいのぞっとする表情を顔に浮かべた。二匹のネズミに襲いかかろうとするネコのような。そして決然として、こちらに向かってどすどすと歩きはじめた。

「早く」デイジーが絞り出すような声で言った。「走って！」

こうしてあたしたちはディープディーン寄宿学校の規則はぜんぶ無視して、ウサギが跳ねるみたいに新棟の廊下へと急いだ。

こんなにも怖い思いをするのは人生ではじめてだ。あたしたちはパニックになり、冷や汗にまみれて廊下を走った。足が大理石の床を蹴る音が聞こえ――その音のあとから、追いかけてくるグリフィン校長の靴の音がコツコツと響く。心臓が火を噴くみたいに胸の内側で激しく鼓動し、それにつられて足首が疼いた。

「ふたりとも！」背後からグリフィン校長が呼びかけた。「すぐにこっちに来なさい！話があります！　あなたたち、許可なく授業を欠席したでしょう！」

「無視して！」デイジーが喘ぎながら言う。

いちど言われればじゅうぶんだった。

でも、音楽室に向かおうと角を曲ったところで、プリーストリー警部とあやうくぶつかりそうになった。

彼は書類の束を手に廊下に立っていた。そのときの警部は大天使ガブリエルさながらで、デイジーの小説に出てくるような万能な警部が、あたしたちを救うために現実の世界に現れたかと思った。

「助けて」背後を示しながら、デイジーは喘ぐように言った。「グリフィン校長が！」

警部はすぐさま行動を起こした。

「急いで！　こっちへ！」そう言うと急かすようにして――というか、むしろ追い立てるようにして――あたしたちを小さいほうの音楽室へと押し入れ、ドアをばたんと閉めた。

まさに間一髪だった。あたしとデイジーは抱き合い、できるだけ音を立てずに息を整えていた。するとまた、グリフィン校長のコツコツという靴音が聞こえた。勢いよく、どんどんこちらに近づいてきて――そして止まった。警部の姿を目に留めたにちがいない。

「どうも、グリフィン校長」プリーストリー警部は言った。ここで会うのはごくとうぜんだというような口調で。「集会にちょうど間に合いましたね」

「集会って何？」グリフィン校長は訊いた。とんでもなく不躾《ぶしつけ》な言い方だ。

「巡査から聞いていませんか？　これは、たいへん申し訳ない。事件について進捗状況をお話ししたいのでここにお集まりくださいと、先生方にはお知らせしておいたのですが。とはいえ、こうして校長も来てくださったことですし、これではじめられます。みなさん、音楽室でお待ちです」

「警部さん、わたくしは忙しいんです。生徒二名を探しているところで。たったいま、ここを走っていきませんでした？」

あたしはびくっとした。

「ええ、見ましたよ」警部は言った。「何だかとても慌てて、北門から出ていきました。もう追いつけないと思いますよ。まあ、すくなくとも集会に出てくだされば、その埋め合わせになるんじゃないですかね」

間ができた。

「そうですね、わかりました」校長は渋々といった感じでそう答えた。

あたしはすごく小さく、安堵のため息をついた。

ドアが開き、それから閉まる音がした。廊下はしずかになり、隣の部屋から話し声が聞こえてきた。

あたしとデイジーが入れられたのは、小さいほうの音楽室だ。大きいほうとはべつになっているけど、ふたつの音楽室を隔てているのは一枚のドアで、大きい音楽室側のドアの前には、ビロードの分厚いカーテンがかかっている。そのカーテンとドアのあいだには、ごく狭いスペースがあった——少女探偵ふたりが、なんとかからだをねじ込めるほどの。

警部があたしたちを音楽室に閉じ込めたのは、話を聞かせようと考えたからだろうか。もしかしたら、たまたま運がよかっただけかもしれない——それについては、警部はあとになっても何も言わなかった——けど、どちらでもかまわなかった。あたしとデイジーは音楽室をつなぐドアをあけ、カーテンの陰に滑り込んだ。こうして、警部の開く集会で何が話し合われるか、ちゃんと聞くことができた。

9

デイジーとあたしはカーテンの端と端に陣取った。こうすればカーテンを目隠しにして、音楽室のようすを窺える。震えるくらいにひんやりとしたアルコーヴの石壁に頬をぴたりと押しつけ、あたしは華麗な音楽室を眺めた——白い天井は高く、長い曲線を描くピクチャーウィンドウからは外の芝や池が見渡せる。奥の壁のそばには、旧棟の玄関で見かけた、背が高くて厳めしい顔つきの警官が審判みたいに控えていた。教室から持ってきたらしい硬い椅子が、ピクチャーウィンドウと対面するよう半円の形に並べられ、ラペット先生、ホプキンズ先生、ザ・ワン、パーカー先生、そしてマドモワゼルが不安げに腰を下ろしている。その前で、自分の座る椅子を背に講師のように立っているのはプリーストリー警部だ。グリフィン校長はあいかわらずぐずぐずしていて、ニキビ警官のロジャーズに促され、空《あ》いている椅子にようやく腰を下ろすところだった。校長はものすごく腹を立てているみたいで、ロジャーズはあからさまにおそれていた。でも、そんな彼を責められない。

「ほんとうにこんなことをする必要があるのかしら？」グリフィン校長はかみつくように言った。「学内の管理運営を任されているのはわたくしなんですよ」

「よくわかっています」警部は言った。「しかしながら、こうせざるを得ないんですよ。できるだけ、お時間を取らせないようにはします。この集会を開くのは、亡くなったテニソン先生の捜査でいくらか進展があったことをお知らせするためです。ただ、ディープディーン女子寄宿学校が最近、遭遇した不幸な出来事は、それだけではないこともわかりました。現在、科学のベル先生は行方不明ですよね？」

パーカー先生の肩が震え、先生を気の毒に思う気持ちがどっとあふれてきた――パーカー先生はベル先生のことを心配して、気がへんになるところだったのだから。

「〝行方不明〟という言い方が正しいかはわかりませんが」グリフィン校長の口調は冷ややかだ。「先週の火曜日の朝、辞職願を受け取りました。様式は適切で、わたくしの机に置いてありました。ベル先生はこの学校を辞めたのです。これからの幸運を祈るばかりですわ。彼女ことは、テニソン先生の不幸な自殺とはまったく関係ないんですよね？」

警部はため息をついて言った。「あいにく、ベル先生がどこにいるかは、テニソン先生の件とおおいに関係あるんですよ。そしてもうひとつ、どこにいるかについては、いまやはっきりとわかっています。ベル先生は先週の火曜に辞職などしていません。また、学校の敷地から出たのも、自らの意志ではありませんでした」

「どういうことですか？」パーカー先生が訊いた。

「つまり」警部は話をつづける。「きょうの午後、部下たちがオークショットの森である死体を見つけたのです。ベル先生の外見を記した捜査資料と、ぴたりと一致する死体です」

パーカー先生がひっと声を上げた。風船から空気が勢いよく抜けるときみたいな音だった。顔を真っ赤にし、口を魚みたいにぱくぱくさせている。腰を下ろしている椅子の両端をぎゅっと握り、手の関節が赤と白のまだらになった。

「死体が発見され、ベル先生の件は殺人の捜査に切り替わりました。そしてその殺人事件の容疑者というのは、みなさんなのです」

隣ではデイジーが「さすがね」というようなことをつぶやいていた。警部の場を盛り上げるセンスを楽しんでいる。

「お言葉ですが、警部さん。何かのまちがいです」グリフィン校長はおちついて言った。

「お言葉ですが、何もまちがっていません」警部も、おなじようにおちついて答えた。

パーカー先生が口を開いた。声はかすれているけど、奇妙なくらいに言葉が次つぎにあふれ出てくる。「まさか。そんなはずは――わたしたち、言い争いをしました。でも、謝るつもりだったんです――わたしがどれほど悪いと思っているか、それを伝えないうちに彼女が死ぬなんて、そんなことあり得ません！」

パーカー先生、すごくかわいそう。あたしは思った。デイジーは鼻を鳴らした。同情しているようすはなかった。

警部は話をつづけた。「殺人犯は、ベル先生の筆跡をまねて辞職願を書いていますから、彼女の筆跡をよく知る人物のはずです。そして、グリフィン校長の執務室の机に近づける人物でもあります――要するに、ここにいる六人のみなさんのうちのひとり、ということです」

「でも、こんなことはばかげてます！」ラペット先生が大声で言った。またもやろれつが怪しい。「わたしたちが犯人だという証拠は、どんなささいなものだってないくせに」

「ところがですね、いくつもあるんですよ。室内運動場の床に血痕がありましたし、倉庫の手押し車からも、やはり血痕が見つかりました。いまは使われていない校舎の地下のトンネルには、最近、何者かが通った形跡がありました。テニソン先生の靴と一致する足跡をふくめて。テニソン先生の車からは血痕と、オークショットの森に生息する地衣類が見つかっています。テニソン先生はベル先生の死とその死体の遺棄に関わったと、自信を持って言えます。ただ、彼女の単独の犯行ではありません」

音楽室のなかの空気が変わった。寒くはないのに、あたしは身震いした。

「当初、テニソン先生の死は自殺と思われていました。でも自殺だとすると、いくつかの点で辻褄が合わないんです。争った形跡がありましたし、死体が動かされたようすも見られました。ですから、テニソン先生の共犯者がもどってきて、彼女を殺したと思われるのです。この部屋のなかの誰かが、ふたりの先生を殺した犯人なのです」

10

「でも、どうしてわたしたちのなかに犯人がいると思うんです？」はっと我に返ったようにラペット先生が訊いた。「学校の外の誰かということも考えられるのに」

「ほんと、そのとおりだわ」ホプキンズ先生がぷりぷりしながら言った。「それに、教師たるものがそんなことをするはずがありません」

「ここにいるみなさんは、月曜日の夕方、校舎にいました」警部は説明をはじめた。「そして全員が、ベル先生の死を望んでいた」

「ばかばかしい！」いきなり声を上げたのは、マドモワゼルだ。「わたしは望んでいませんわ、絶対に！　ベル先生に悪い感情なんて持っていませんでしたから」

「ええ、まあ、そうでしょうね。ただ、あなたには秘密がありますよね？」

「いったい、なんのこと？」そう訊くマドモワゼルの顎は上がり、顔色は真っ青だ。

カーテンの陰で、興奮したデイジーがつねってきた。警部はなんの話をしているの？

あたしたち、何か見逃した？

「きょうの昼、あなたが身元照会先としていたフランスの学校に電報を打ちました。その返信には、あなたのことはまったく知らないとありました。それどころか、フランスに公式な記録は一切ないんですよ。あなたはエステル・ルノードではない。ちがいますか？」

あたしは息を呑み、デイジーは足首を蹴ってきた。跡が残るほどの勢いで。ほかの先生たちは驚いてマドモワゼルをじっと見つめている。マドモワゼルはその先生たちを見回すと、いきなりけたたましく笑いだした。

「職に就くためなら、そういうこともするわ」ふだんのフランス語なまりとはまったくちがうしゃべり方だ。「その見返りに比べたら、身分を偽るくらい何でもないもの」

「あなた、フランス人じゃないの？」ホプキンズ先生の声は裏返っていた。

「あたしはレスター出身よ。公式の記録ではステラ・ヒギンズという名前になってるわ、知りたいなら教えておくけど。科学の教師になる研修を受けたものの、レスターのグラマー・スクール（日本の中学から高校に相当する教育機関）を出ただけの女の子を採用してくれる学校なんてなくてね。そんなとき、この学校がフランス語の教師を募集していることを知ったの。母がフランスのトゥールーズ出身だから、どのみちあたしはフランス語が話せるのよ。だったら、応募しないなんて手はある？　人生でずっと夢見ていた、教師という職業だもの。でも、ステラ・ヒギンズとしてその職に就くのは絶対に無理だとわかってた。だから、記録にちょっと手を加えたの――名字を母の結婚前のものにして、ファーストネームのスペルを変えるというね。プロヴァンスの学校が発行したように見せるため、身元紹介状は母のいとこに頼んで書き直してもらったわ。こうしてあたしは、マドモワゼル・ルノードになったというわけ。でも、ベル先生がそれに気づいたとか、そのことを口外させないために殺したとか、そう考えているなら大きなまちがいよ。あたしはベル先生の死にまったく関わっていない、テニソン先生の死にもね――仕事に就くために名前を変えたけど、それを秘密にしておこうとして人を殺すなんて、絶対にしない。それに、このことであたしを辞めさせようというなら――みんな、大ばか者よ。認めなさい、あたしが優秀な教師だったって！」

ソフィが音楽練習室で耳にした真相はこういうことだったんだ、と思った。つまり、マドモワゼルはあこそでフランス語なまりの練習をしていた！　ささやかな謎だけど、あきらかになってよかった。

「なんてことなの」ホプキンズ先生がぼんやりと言った。

「わかりました」グリフィン校長の口調は厳しかった。「この件はあとで話し合いましょう」

プリーストリー警部は頷き、マドモワゼルに言った。「疑問を解消してくださって、ありがとうございます。差し当たり、あなたは潔白ということにしておいて——というより、身分詐称以上の深刻なことは何もしていないんですからね——ベル先生とテニソン先生を殺したのは誰かという問題に移ります」

みんなまた、黙り込んだ。

「わたしは殺してません」とうとうパーカー先生が口を開いた。「誓って言います、わたしはふたりを殺していません。わたしとジョアンはあの日の夕方、たしかにひどく言い争いました。でも、それだけなんです。また口論したなんて、誰にも言いたくなかったんです——恥ずかしくて。だからいつ校舎を出たのか、その正確な時刻のことでずっと嘘をついていました。六時近くまでここに残っていましたけど、ジョアンの死には何も関係ありません。それどころか、いまのいままで彼女は生きていると思っていました——だって、そうでしょう？」パーカー先生はザ・ワンのほうを向き、大きな目で彼を見つめながらすがるように訊く。

ザ・ワンはごくりと唾を呑んでから言った。「パーカー先生のおっしゃっていることとは事実です。彼女は先週の火曜日以来ずっと、ベル先生はどこにいるのかと何度も訊いてきました。そんなことぼくは知りませんし、ベル先生が辞めたことにも関係していませんが、それをパーカー先生に納得させることができなくて」

そう聞いて、またうれしくなった。あたしの考えは正しかった！

「わかりました」警部は言った。「しかし、パーカー先生はどうして、ベル先生がいなくなったことにあなたが関わっていると思ったのでしょう？」

「それは、ベル先生がリード先生とよりをもどすと言っていたからです」パーカー先生はうなるように言い、ぎらぎらした目でザ・ワンを見た。

「すごく楽しくない？」デイジーがひそひそと言った。「わたしの読んでる本も、最後はこんなふうに終わるの！」

あたしはどちらかと言えば、映画を観ているみたいだと思った。なにしろ暗いなかで、大の大人が泣いたり、とんでもないことで責め合ったりしているところを眺めているのだから。

ザ・ワンの顔が真っ赤になった。喉仏が上下にぴくぴくと動いていたけど、あたしは最初、彼は何も言うつもりはないと思っていた。でも何か心に決めたようで、もういちど、ごくりと唾を呑むと、手を伸ばしてホプキンズ先生の手に重ねた。

「ベル先生は」ザ・ワンは話しはじめた。声が動揺している。「月曜日の夕方、たしかにぼくのところに来ました。でも、あー、彼女の希望にどうしても応えられなかった。というのも――彼女が部屋にはいってきたとき、ぼくはアラベラと、つまりホプキンズ先生といたんです。ぼくたちは、えー、いっしょになって驚きました」

「それで、あなたはホプキンズ先生と何をされていたんです?」警部が尋ねた。とはいえ、彼はすっかり知っているはずだ。

「えー」決まり悪そうにザ・ワンがつづけた。「できれば、あまり言いたくないのですが。じつは、ぼくたちは婚約しているんです」

グリフィン校長は憤然として歯のあいだからうめき声を洩らすと、ホプキンズ先生に向かって言った。「いろいろ目をかけてきたのに! 結婚でそれを台無しにするのね!」

ザ・ワンとホプキンズ先生はお似合いだわ。あたしはそれしか考えられなかった。

「この春に結婚するつもりです」ホプキンズ先生が言った。「すごくしあわせなことだと思いません? 先々週の金曜日の昼食のときにプロポーズされて、わたしは〝はい〟と答えました。もちろん――」先生はそこで、グリフィン校長に頷きかけた。

「このことは極秘にしておく必要があるとわかっていました。だから、買ってくれた指輪を着けることはできませんが、彼はこのイヤリングもプレゼントしてくれたんです。愛の証として。グリフィン校長の持っているものとよく似ていますよね。以前、わたしがすてきだと褒めた、あのイヤリングと。これをもらったのは先週の月曜日です。それでわたしはうれしくて、放課後のホッケーの作戦会議を途中で抜け出し、彼の控室まで会いに行ったんです」

「それは何時ごろでした？」プリーストリー警部が訊く。

「そうですね、五時半くらいだったと思います」ホプキンズ先生は答えた。「六時になるまで、いっしょに部屋にいましたから」

ザ・ワンは頷いた。「いちど、部屋の外で何か音がしました。誰かいるのかと、ぼくはドアから顔を出して確認しました。するとテニソン先生がいて、それとマドモ――いや、えっと……その……まあ、ぼくと顔を合わせたのは、もちろん覚えてますよね？」ザ・ワンはマドモワゼルに訊いた。彼女は頷いた。

「これでいいかしら？」ホプキンズ先生は言った。「わたしたちにはアリバイがあります。それに、ベル先生に分別がないからといって、死んでほしいと思う理由はわたしにも彼にもありません。でしょう？　わたしたち、婚約したんですから。ベル先生は腹を立てたかもしれませんが、わたしたちに対して何かできたとも思えません。そんな彼女を殺すなんていうのは、それこそ完全に愚かなことですよ」

「殺人はつねに、愚かなことなんです」警部が言った。「誰もがただ冷静に殺し合っていたら、わたしは失業してしまいます。では、ラペット先生とグリフィン校長に移りましょうか？」

ラペット先生は椅子の上でびくっとして背筋を伸ばすと、か弱い声で話しはじめた。「グリフィン校長とわたしは校長の執務室で、学校運営について話し合っていました。夕方、ずっと」

グリフィン校長がラペット先生を横目で見ている。校長はなんて言うつもりだろう？

「そうです」ほんのすこしの間をおいて校長は言った。「ラペット先生のおっしゃるとおりです」

「なんとも都合のいい話ですね」警部は礼儀正しく言った——でも、ほんとうは礼儀正しくするつもりがまったくないのはあきらかだ——「ありがとうございました。みなさんの証言をすべて踏まえて、月曜日の夕方に何があったか、わたしの信じる事件の全容をお話ししてもよろしいでしょうか？」

部屋のなかがしんと静まり返った。デイジーは音を立てずに、あたしの横に跳ぶようにして移動してきた——声を出して笑ってしまわないよう、両手で口を押さえているはずだ。

「先ほども言いましたが、ベル先生の死に関わった人物がテニソン先生の死にも関わっていると、わたしは信じています――ひとつの殺人事件を解決すれば、もうひとつも解決できるのです。ですから、今回の件で鍵を握るのはベル先生ということになります。そもそも犯人はどうして、ベル先生に死んでほしいと思ったのでしょう？　校長代理の職を巡る対抗意識というのは、わかりやすい動機に思えます――それに当てはまるのはラペット先生、そしてテニソン先生ですね。また、リード先生のかなり複雑な恋愛関係も動機になるでしょう」――そう聞いてあたしは、噴き出すところだった――「それに当てはまるのはリード先生ご本人とパーカー先生、それにホプキンズ先生です」

「そのくだらない関係に、わたくしははいっていないようですね」グリフィン校長は冷ややかに言った。「わたくしが容疑者でないとはっきりしているなら、もう、失礼してよろしいかしら？」

「とんでもない」警部はぴしゃりと言った。「先週だけで、あなたの学校の教師がふたりも亡くなっているんですよ。ほかのことならともかく、ふたりが安らかに眠れるよう、校長として何かすべきではありませんか」

「なんてことを言うの、警部さん。先生方がいなくては学校の運営は成り立ちません。自分の学校の先生を殺すことがわが校の最大の利益になるなんて、そんなこと考えるはずがないでしょう」

「たしかに」と警部は言った。「校長が自分の学校の先生を殺すとなると、それなりの理由が必要ですね」

「まさに」グリフィン校長は椅子の上で姿勢を正した。

「まさに」警部が校長の言葉をくり返す。「あなたにはそうするだけの理由があった、というわけですね？」

ほかの先生たちはとつぜん、何が起こっているかを理解しはじめた。テニスの試合でも見るように、いっせいにグリフィン校長のほうに顔を向けてじっと見つめる。

「そんなもの、ありません！」校長は叫ぶように言った。

「わたしはこう思います」警部は穏やかに話をつづけた。「ベル先生はかなり切羽詰まっていた。お金が必要だったからです、そうですね？　あなたの秘書のような仕事をしていたのも、それが理由でしょう。リード先生に振られたあとは、校長代理の職は彼女にとっていっそう大切なものになった。自分の有利に事を進められる何か、あるいは、この学校での権限を強くできる何かを知ったら、それを利用したはずだとわたしは思います。つまりベル先生は、あなたが隠しておきたかった過去を知ったのではないですか?」

「なんて——ばかな——ことを——言うの」グリフィン校長は食いしばった歯のあいだから言葉を絞り出した。「ついさっきお話ししたように、わたしは月曜日の夕方、ずっと執務室にいました。ラペット先生といっしょに」

「あなたとラペット先生が月曜日の夕方、執務室でずっといっしょにいたと話してくれたのは、ラペット先生自身です——ちなみにわたしは、そんな証言はうさんくさいくらいに都合がよく、いかにもあり得ないと思っています。おそらく、いっしょにいたのはごく短い時間で、その後、ラペット先生は執務室を出て——出ていくところは、何人もの生徒が見ています——あとはずっとどこかべつの部屋で夜を過ごしていたのでしょう。ひょっとしたら、お酒の瓶をお供にして。ひとりきりで」

そうか! あたしは思った。そう、それなら納得できる。ラペット先生がどこかでお酒を飲んでいたら、そのことを誰にも知られたくなかったはず。だから、夕方はずっとグリフィン校長といっしょにいたという話をでっち上げたのだ。そしてその話はとうぜん、グリフィン校長にも都合がよかった。

「そんなの嘘です!」ラペット先生は叫んだ。「ちがうんです——執務室を出ていたのは短時間でした。ほんと、ごく短いあいだだけ。それに、何かを飲んだにしても一杯だけですよ。一杯もないくらいで――何か含みのあることを言っているみたいですけど、腹立たしいだけだわ。ほんと、腹立たしい！」

「ちょっと、しずかになさい、エリザベス」グリフィン校長はラペット先生を黙らせた。

ラペット先生はぎくりとして、眼鏡を鼻の上に押し上げた。警部は自分がおよぼした影響にかなり満足しているようだった。

「なるほど」そう言って警部は話をつづけた。「ではそうなると、グリフィン校長、あなたのアリバイはなくなりますね。ところで、あなたはベル先生と室内運動場のバルコニーで会っていたとわたしは思っています。そのとき、ベル先生に脅迫された。あなたは彼女と口論になり、手を伸ばして彼女を手すり越しに突きとばした」

11

プリーストリー警部はそこですこしのあいだ、話すのを止めた。部屋の端々で電気がばちばちと起こって、先生たちのあいだに火花が飛び交っているのが見えるような、とんでもなく重苦しい沈黙が音楽室全体を包んだ。自分が呼吸する音と心臓の鼓動が聞こえ――あたしはまた、恐怖に襲われた。

グリフィン校長は椅子に座ったまま、前方をじっと睨んでいる。歯をくいしばり、指の関節が白くなるまで膝の上で手を強く握って。でもほかの先生たちはみんな、校長を見つめていた。テニスの試合で、最後のポイントが決まったときみたいに。

「ばかばかしい」氷のように冷たい声でグ・リフィン校長は言った。「何もかもばかばかしい。証拠なんてないくせに」

「ベル先生はあの日の夕方に会ってほしいと、校長に頼んでいました」とつぜん、マドモワゼルが口を開いた。「いま、思いだしました。女性教諭用の談話室のなかで

——あたしもそこにいたんです」

「黙りなさい」グリフィン校長は怒鳴りつけるように言った。

「黙りません」マドモワゼルも負けてはいない。「あたしが言ったことは事実よ。裁判所でそう証言してもかまわないわ」

「あら、自分の言うことが信じてもらえると思ってるの？　フランス人だと偽っていたくせに！」

「マドモワゼルのこういうところが好き」あたしはデイジーの耳元でささやいた。

「しーっ。警部はまだ、事件の解明をしていないわ」デイジーもひそひそと言った。

「裁判での証言のことはさておき」警部はおちついていた。「ベル先生の辞職願とテニソン先生の書き置きの文字を、あなたの筆跡と比較する検査を行うことはできます。部下はいま、テニソン先生の車と倉庫の手押し車から指紋を採取しています。あなたの指紋と一致するかを調べるために」

「辞職願は破り捨てたわ」グリフィン校長はつっけんどんに言った。「それに指紋なんて、いつついていてもおかしくありません」

「テニソン先生の下宿の女主人が写真を見て、土曜日の夜に先生を訪ねてきたのはあなただと確認しました」警部は話をつづけた。

なものですよ！」

「写真一枚を見ただけで、何か言えるわけない——そんなこと、誰にでもわかりそう

グリフィン校長がどこまでもしらを切ることに、つい、ひどく感心してしまった。あたしだったらあんなにうまく、しかも咄嗟《とつさ》に嘘を繰り出すことなんてできないだろう。校長はこれまでも散々、嘘を重ねてきたにちがいない。

「それに、テニソン先生の睡眠薬の瓶からも、あなたの指紋が見つかりました」

グリフィン校長は鼻息を荒くした。まったくレディらしくなかった。「お話にならないわ。〝あら、ちゃんと手袋をしていたのに〟なんて、口を滑らせるとでも思っているの？　どうぞ、わたくしのことは好きに訴えればいいわ。でも、裁判までは持っていけないでしょうね。自白を期待していたならお気の毒さま、がっかりすることでしょうよ」

そして校長は笑った。ぜんまい仕掛けで動いている人が笑ったみたいで、あんなにおそろしい笑顔を見たのははじめてだった。

「あー、ところがですね。あなたの意見を揺るがしそうな証拠が、もうひとつ、あるんですよ」そう言って警部はヴェリティの日記を取り出した。

ホプキンズ先生が小声で「あれ、何かしらね？」とザ・ワンに訊いた。お芝居を観

ているみたいに。

グリフィン校長は何も言わなかったけど、表情がさっと険しくなった。

「この日記ですが」警部は話をつづける。「ベル先生はこれを使って脅迫しようとしていました。読んでいくと、あっと驚くべきことが書いてあります――校長はご存じだとは思いますが。また、この日記の存在自体が自分を学校から排除し、二度と教壇に立てなくすることもご存じでしょう。しかも、以前の犯罪で有罪になることも考えられる。内容から、校長が犯した二件の殺人事件の動機もすべてわかります。以上、あなたに対する申し立てです」

12

あとになってデイジーは、演説の最後で警部は手品を終えた手品師みたいにお辞儀をしたと言い張った――でもあたしは、そういうことをしそうなのはデイジーくらいだと思っている。とにかく、あのときは誰も警部を見ていなかった。みんなの目はグリフィン校長に釘付けになっていたから。校長はぶるぶると震えはじめた。仕掛けのぜんまいが止まったみたいに。それから、口の両端からシューッという不気味な音をさせて笑いはじめた。

「どこで見つけたの？」校長はいきなり訊いた。「どうしてわかったの――誰が話したの？　わたくしがあちこちでその日記帳を探していたことを」

「残念ながら、情報源を明かすことはできません」警部は言った。

グリフィン校長ははじめて目が見えるようになったとでもいうように周囲を見回し、まずラペット先生に目を据えた。ラペット先生は、ぷるぷる揺れるゼリーみたいに椅子の上で震えていた。校長はつぎに、ホプキンズ先生を見た。ホプキンズ先生は、守ってもらおうとでもいうようにザ・ワンの腕にしがみついていた。校長はそれから、パーカー先生に目を移した。パーカー先生は怒りのあまりか、全身がだんだんと紫色になっていた。校長は今度は、マドモワゼルを見た。マドモワゼルは、何か気味の悪いものが靴にくっついているのに気づいたときみたいな顔をしていた。校長は最後にくるりとふり向いて、あたしたちが隠れているヴェルヴェットのカーテンを見た。あれは絶対、あたしのことをまっすぐに見ていた。

せまい暗闇のなかにさっと身を引くと、カーテンの端が揺れた。校長は気づいたはずだ。それまではあたしたちがいるかどうか、確信が持てていなかったにしても。

「おばかさん！」デイジーが声を抑えて言った。でももちろん、音楽室の観察はやめなかった。デイジーに観察をやめさせるには、それ以上におもしろいことがないとだめなのだ。

音楽室の向こうのほうから、とても人間のものとは思えない声が聞こえてきた。何かを叫んでいる。すこしすると、はっきり聞き取れた。「ウェルズ！　ウォン！」

何かが床に当たる音がした。揉み合いになったようだ。言い争う声と、激しくひっぱたく音。それから、カーテンのすぐそこから警部の声が聞こえた。「警察官への暴行未遂容疑で逮捕します。さらに、ジョアン・ベル、アメリア・テニソン、ヴェリティ・エイブラハムの死に関与した容疑で。おとなしく従ってください。力ずくで連行して、あとで反省するなんていやですから」

間があった。それからデイジーは「逮捕したわ」と言い、うっとりとため息をついた。「すてき」

それが、グリフィン校長の最後だった。

この事件がもうほとんど終わりに近づいていると思うと、なんだか不思議な気がする。室内運動場でベル先生の死体を見つけたのが十月二十九日で、いまは十二月十八日。クリスマスは来週だ。あたしは、デイジーのお屋敷のフォーリンフォードに滞在していた。紙でつくったクリスマスの飾りがそこらじゅうにぶら下がり、ものすごく大きな木の枝が何本も家のなかに持ち込まれ、いいにおいをさせながら階段の手すりにきれいに飾りつけられている。キッチンからは、ビスケットやケーキの載ったトレイがいくつも運ばれてくる。ペットの犬たちが、そのトレイからごちそうをいただこうと奮闘していた。それを見てデイジーのママは顔をしかめた。

事件簿を書き終えたちょうどその日、今学期も終わった。しばらくのあいだ、誰もがディープディーン女子寄宿学校自体も終わってしまうと思っていた。音楽室での集会を見守ったあと、あたしとデイジーは警察の護衛といっしょに寮にもどった。付き添ってくれたのは、あの背が高くて厳めしい顔の警官だ。プリーストリー警部は、グリフィン校長の身柄確保に忙しかったから。背の高い警官は、いま見たことをひと言でも誰かに話したら死刑になりますよ、と言った（冗談のつもりだろうけど、本当のところはよくわからない）ものの、火曜日の放課後までには、グリフィン校長がベル先生とテニソン先生を殺した罪で逮捕されたことは、学校じゅうに知れ渡っていた。

何人かの二年生は、手錠をかけられたグリフィン校長が警察の車に乗せられるところを見ていたから——先生たちはみんな、見せないようにとがんばっていたけど——秘密はすっかりばれてしまった。最初こそ、校長が殺人を犯したことを信じようとしない生徒たちはかなりいて、凶悪なギャングが関わっているという陰謀論が多く聞かれたけど、いろんなことがどんどんあきらかになるにつれ、最後には誰もが、それが事実だと受け入れはじめた。

その日からあと、大人たちはみんな、生徒たちのことを忘れたみたいだったから——寮母さんでさえ、警察に証言するので忙しくしていた——食事はへんな時間に出てくるし、放っておかれたあたしたちは手持ち無沙汰にしていた。寮の談話室でトランプのおなじゲームを何回もくり返し、殺人事件のことをぺちゃくちゃとしゃべった。この事件で果たした役割について、デイジーが死ぬほど自慢したがっているのはわかっていた。でも、警部と約束していたから彼女はしっかりと口を閉じ、あたしたちは〝隣の子以上にその件については知らない〟という雰囲気を醸《かも》した。

ある意味では、あたしはいまでもほとんど信じられずにいる。音楽室で見た光景は、頭のなかでまさに映画のワンシーンのようになっていた。だから、あそこで最後を迎えた一連の出来事を、それほど怖いと感じないでいられるのだ。もちろんデイジーは、そんなふうに考えるなんてばかばかしいと思っているけど。

ホプキンズ先生はディープディーン女子寄宿学校を辞めることになっている。結婚したら、ダービシャーでザ・ワンといっしょに暮らすそうだ。パーカー先生も辞めて、今度はロンドンで教壇に立つという。これ以上ここに留まるのは、先生にはすごくつらいのだろう。

そういったことを十一月の末にはじめて聞いて、あたしたちはディープディーン女子寄宿学校はもう、永遠になくなってしまうと思ったのだ。「最後には」とキティは言った。「先生はみんな、いなくなるかもね。だから来学期にもどってきたら、わたしたちは自分で自分に教えることになったりして」

その週に母親たちが大群になって押し寄せ、娘たちを連れて帰った。ビーニーは行ってしまった。キティも。三年生の半分が家に帰った。

そんなとき、ラペット先生がまだ学校に残っている生徒をホールに集め、マドモワゼルが校長代理になると発表した。ラペット先生自身はマドモワゼルに協力して、この休暇のあいだに新しい校長や新しい先生たちを探すつもりだという。そして一月には、もどりたいと希望する生徒たちのために学校は再開されるらしい。ところで、マドモワゼルはあいかわらずマドモワゼルだった。フランス語なまりも、ほかのこともぜんぶ。ラペット先生はすごく小さく、いっそう悲しげになったように見えた。でも、夕食のあとにお酒のにおいをさせることはもうなくなった。目を見ても、焦点はちゃんと目の前の人の顔に合っている。

その発表のあと、学期は正式に終了した。保護者たちには、できるかぎりていねいに事情を説明し、学校に残っているお嬢さんたちを引き取ってほしいと依頼する手紙が送られた。あたしは自分がどうなるのかわからなかった。年度のはじめ、父は休暇のあいだもあたしが寮にいられるように手続きしていた。でもこういう状況になって、それはちょっと無理なような気がしていた。

あいかわらずそのことを心配していると、デイジーが電報を持ってきた。

アナタガ　ブジデ　スゴク　アンシン　シマシタ。ロンドンニ　イク　ヨテイ
ダッタトシテモ　スグニ　カエッテ　キナサイ　アソコホド　フベンナ　トコロ
ハ　ナイワ　キスヲ　オクリマス　ママ　ヨリ

デイジーは電報を読み上げると、ため息をついた。「ママったら、電報が最新の通信手段だと思ってるのよね。どうやって読めばいいのかわからないことだけは、わからせることができないの。電話しておかないと——ふたりで現れたら、すごく戸惑うだろうから」

「ふたり？」あたしは訊いた。

「もちろん、わたしとあなたよ。クリスマスにあなたを寮で腐らせておくなんてこと、わたしがすると思ってるの？　意地悪な寮母さんといっしょに過ごさせるなんて」

デイジーは寮母さんに電話を借りた。寮母さんはなんだかぼやいていたけど、あたしたちが寮からいなくなることは、どちらかと言えば歓迎らしい。デイジーが自宅のフォーリンフォード一二三番地をオペレーターに呼びだしてもらうのを、あたしは横

で聞いていた。すぐに電話が鳴り、デイジーは受話器を取って話しはじめた。

「ごきげんよう、チャップマン。ママはいる？　ええ――そうよ――お願いできるかしら……？　ママ？　ママ、デイジーよ。ええ――わかってる――わたしたちを迎えに来るよう、オブライエンに言ってほしいの。もうここにはいられないから……ママ、学校は閉鎖されるの……ええ、わたしはまったく問題ないけど、でもママ、聞いて――え、わたしたちってどういうことかって？　友だちのヘイゼルもね、クリスマスをいっしょに過ごそうと思って。子ども部屋でいっしょに寝ればいいわ……やだ、ママ、わたしたちが家にもどれば、ママはロンドンに行ってもかまわないわよ、ほんとに。オブライエンがすぐに迎えに来てくれれば、ママはあした……ええ……わかった……いいわ。それじゃあね、ママ」

「ママって」デイジーは受話器を置いてから言った。「時々、ものすごく扱いにくい。さあ、オブライエンがあと一時間で迎えに来るわよ」

そのあと、あたしたちは大急ぎで荷物をまとめた。完璧とは言えなかった――キティの制服の帽子とラヴィニアの歴史の教科書も、いっしょに詰めていたから――けど、一時間後、トランクに腰を下ろして待っているところへオブライエンとやらが現れ、ドライヴウェイに車を停めた。それから車はあたしたちを乗せ、オークショット・ヒルを走ってディープディーン女子寄宿学校の閉じられた門を通りすぎ——こうして、事件はほんとうに終わった。

あとすこし、書いておくことがある。

まず、キング・ヘンリーが訪ねてきたこと。前にも言ったように、彼女はデイジーの家からそう遠くないところに住んでいる。だから、彼女がお茶の時間にやってきても、デイジーの両親はぜんぜん驚かなかった。でも、メイドのヘティがお茶の準備を終えて部屋を出ようというときに彼女が話していたことを聞いたとしたら、どんな反応を見せたかはわからない。

「これだけは話しておきたくて——ほら、あなたたちはふたりとも信頼できるから。まちがいなく。どれだけ感謝しても足りないわね」

「あなたは知ってたの？」ソーサーの上でカップをくるくる回しながら、デイジーは意気込んで訊いた。

キング・ヘンリーが頭を横に振ると、かわいらしい巻き毛もいっしょに揺れた。

「いいえ。まったく知らなかった。そうじゃないかと思っていただけで——でも、自分がまちがっていればいいのにって、どれほど思ったか！　ヴェリティが死んで、すごく悲しくて――」キング・ヘンリーはそこで言葉に詰まり、紅茶を飲んで気持ちをおちつけた。「何を信じればいいのか、わからなかった。あの子がそんなことをするはずないから、自殺でないなら……不幸な出来事だと思ったの。つまり、グリフィン校長が関わっていると！」

「ええ、わかるわ」デイジーはしみじみと言った。

「校長から生徒会長にならないかと言われたときは、ものすごくいやだった。でも、何もはっきりとわかっていなかったから、とうぜん何も言えなかった。それからベル先生がいなくなると、またヴェリティみたいなことが起こったんじゃないかと、とんでもなく恐怖を感じたわ。グリフィン校長が関わっているとは思っていても、もちろん証拠は何もなかったけど。そんなときテニソン先生から、ウィロウで会いたいと言われたの。話したいことがあるから、と。すごく怖かったけど、ともかく行ったわ――そしたらあなたたちを見かけて、ただもう取り乱しちゃったの。月曜日になってテニソン先生も亡くなったと聞いて、わたしはほとんど気を失いかけた。絶対、つぎは自分だと思った。だからほんとうに、あのすてきな警部さんからあなたたちの活躍で真相があきらかになったと聞かされて――まさにふたりに命を救われたんだと心から実感したわ」

「そんな、どうってことないわよ」デイジーは得意げに言った。

「いいえ、たいしたことよ。ディープディーン女子寄宿学校を代表して」キング・ヘンリーはデイジーの言葉を聞き流して言った。「敬意を表するわ」

キング・ヘンリーのその言葉は、デイジーとあたしにとっては勲章だ。

数日後、プリーストリー警部がフォーリンフォード邸にやってきて、事件についてさらにわかったことを教えてくれた。グリフィン校長の供述書まで読ませてくれた。そこに書かれた校長の言葉を読むのは、すごく不思議な気がした。ベル先生の事件があった日の夕方、図書室の廊下で血まみれでいるところを先生に見られた校長は、黙っていれば見返りに校長代理の職に就かせると持ちかけて、テニソン先生を引き込んだのだった。供述書には、ヴェリティを突き飛ばしたのは事故だったとも書いてあった。それを読んで、あたしは校長が気の毒になった。デイジーには、そんな甘いことを考えるのはやめなさいと言われたけど。とくに、ベル先生とテニソン先生の死は事故でもなんでもないのだから、と。

グリフィン校長はロンドンの刑務所にいて、来年のはじめには裁判の判決が出るらしい。デイジーはもちろん、その場に立ち会いたいと思っているけど、あたしは行きたくない。最後に何がグリフィン校長を待ち受けているのか、考えたくなかった。デイジーはそのことであたしが苦しむはずはないと言う。グリフィン校長は自業自得なのだから、と。その考えに賛成できるかどうか、あたしはわからない。

警部が帰ると、デイジーのママが現れた。ディナーのために、砒素《ひそ》を燃やしたみたいな緑色の絹のドレスを着て、本物のミンクのショールを巻いている。すごくあでやかで、デイジーにそっくりだった。ただ、デイジーよりずっと歳は取っているし、すごくぼんやりしているけど。

「彼、すごくハンサムね」デイジーのママは言った。「いったい、どんなご用でいらっしゃったの？」

「話したでしょう、ママ」非難するようにデイジーは言った。「今度の事件を担当した警部さんよ。わたしたちが無事でいるか、確かめに来てくれたの。生徒みんなのところを回ってるみたい」

あたしはいまでも、デイジーがこんなにも白々しく、目をぱちぱちさせもしないで親に嘘をつけることを信じられないでいる。

「なんて親切な方なの」あくびをし、真珠のネックレスの位置を直しながら、デイジーのママは言った。「ご用はそれだけなのね、よかった。あなたが警察の重大な捜査に巻き込まれたなんて、考えるのもいやだもの。それにしても、あの警部さんはほんとうに罪つくりなほどハンサムだったわね。またそのうち来てくれるかしら?」

「ええ、きっと来てくれるわよ、ママ」とびきりの無邪気さを装ってデイジーは言った。「彼は人として、ものすごく興味をひかれるタイプよね」

デイジーのママはふらふらと出ていき、あたしたちはふたりきりになった。それから、思い切りくすくす笑った。

デイジーのディープディーン女子寄宿学校案内

ハロー。事件簿のなかで説明したほうがいいと思う言葉がいくつかあるから、辞書みたいなものを書いてほしいとヘイゼルに頼まれたの。正直言って、彼女でなくわたしが選んだ言葉ばかりだけど――ディープディーンの一員になりたい子たちのために、お役立ち情報も付け加えておいたわ。

【おやつ休憩】

授業がある日はいつも、午前十一時から休憩を取る。ビスケットやロールパンがもらえるし、きっかり十分、校舎の外で走り回ってもいい。最高のおやつは、スカッシュドフライ・ビスケットに決まってるけど、ヘイゼルは好きじゃない。それもまた、あの子がよくまちがえることを証明している。大切なのは、おやつをもらうときに列の最後尾に並ばないこと。でないと、ほかの子があなたの分ももらってしまうから。

【ブルズ・アイズ】

ストライプ模様で、ミント味のキャンディのこと。噛むと、がりがりと音を立てて砕ける。

【いちゃいちゃする】

大人の人が、閉じられた扉の向こうでキスをすること。

【おちゃめな子】

適度におちゃめな子にならなくてはいけないけど、やりすぎてもだめ。わたしは一日に三回、日曜日は二回、そうなるようにしている。

【おばかさん《チャンプ》】

ヘイゼルは時々、おばかさんになる。でも、みんなはそうならないように気をつけて。


【談話室】

楽しく過ごすための部屋。先生たち用にひと部屋、生徒たち用には寮の上階にひと部屋ある（もちろん、先生用のほうがすてき）。


【没収】

生徒が持っていてはいけないものを、先生や寮母さんが取り上げることをていねいに表した言葉。そんなことをされると、ほんとうに腹が立つ。校則に違反するものを持っていたら、絶対に見つからない場所に隠しておくように。


【神学】

マクリーン師といっしょに、宗教について学ぶ授業。とはいえ、わたしはもう聖書のことはわかっているから、この授業は意味がないと思っている。


【部屋】

寮で生徒たちが眠るところ。下級生のときはすごく大きな部屋でみんないっしょに眠るけど、学年が上になると、おなじ部屋になりたい人を自分で選べるようになる。


【落ちこぼれ】

どんなにがんばっても、勉強があまりできない生徒のこと。


【休暇】

学校にいなくていいとき、それが休暇。休暇のあいだ、わたしはいつも家庭教師をつけられる。その人はわたしがママの邪魔をしないよう、しっかりと目を光らせる。言うまでもないけど、ママはいつも休暇中よ。

【寮《ハウス》】
ほんとうの家《ハウス》ではなく、学期中に着替えたり眠ったり食事をするところ――安心できるすてきな家だと下級生たちに思わせるためにこう呼ばれているけど、それって詐欺だと思う。

【振られる】
付き合っている相手から、結婚しないで捨てられること。

【キープ・マム】
言うべきでないことを言わないでおくこと。話してしまったら密告者と呼ばれ、みんなに嫌われても仕方ない。

【ラクロス】
人が考え出したなかで、まさに最高のスポーツ。プレイするときは、先端にネットのついたスティックを使ってボールをキャッチしたり、相手チームのゴールにボールを打ちこんだりする。すごく楽しいわ。

【マスター】
ディープディーン女子寄宿学校では男性教諭をこう呼ぶ。

【寮母さん】
寮には寮母さんがいて、あの人たちが気にするのは、生徒たちがちゃんと髪を梳かしているか、顔を洗っているかということだけ。うちの寮母さんはいつも生徒のお菓子を没収しては、自分で食べている。お腹をすかせた豚みたいに。

【ミストレス】
ディープディーン女子寄宿学

校では女性教諭をこう呼ぶ。

【私服】
制服でないときに着る服。

【あずまや】
体育の授業の前後に着替えるため、グラウンドに設置された建物。試合前には作戦会議も開かれる。

【ジャンパースカート】
制服として着る、格好悪い灰色のワンピース状のスカート。

【お祈りの時間】
毎朝、生徒は授業の前にホールに行ってお祈りをする。そのあいだずっと座っていないといけない。賛美歌を歌ったり、お説教を聞いたりするときは、ちゃんと集中しているように見せることが大切。

【予習】
先生たちから与えられる、授業の合間にする課題のこと。終わらせたとしても、まだ終わっていないふりをすることがいちばん肝心。でないと、がり勉と思われる。

【診療所】
病気のふりをして行くところ。あるいは、転んでけがをしたときに。お世話をしてくれるのは校医のミン先生で、みんな彼女のことが大好き。

【おちびちゃん《シュリンプ》】
下級生のこと。わたしもかつてはおちびちゃんだったけど、最近のおちびちゃんとおなじくらい間が抜けていたとは思いたくない。

【倶楽部】
放課後のおたのしみ。歴史、

演劇、英語などの倶楽部がある。みんなと仲良くなりたければ、どれかに参加することが大切。

【スカッシュドフライ・ビスケット】

おやつ休憩のときにもらえる、最高においしいビスケット。"フライ"はハエなんかではなく、レーズンのこと。

【がり勉】

勉強をがんばりすぎる子のこと。ディープディーン女子寄宿学校でいっぱしの子に見られたいなら、がり勉にならないことはすごく重要。

【牛タン】

どうしてヘイゼルがこの言葉を入れたのかわからない！そのまま、牛の食用の舌のこと。ヘイゼル、正直に言うわ。こういう言葉を知らないと思うなんて、やっぱりあなたは、ちょっと変わってる。

【お菓子箱】

お菓子はお菓子箱にしまって、ベッドの下に置いておく。お菓子箱に入れるのは何でもいい。でも、校則違反になるものは入れないように。すぐに寮母さんに見つかるから。そういうものを隠しておく場所としてはふさわしくない。

【ヴュー・ハルー】

狩猟用語で、キツネを見つけて追いかけている、という意味。探偵でいるときにもそう叫んでかまわない。捜査でかなりの手ごたえを感じ、いまにも殺人犯をつかまえる、というときには。

訳者あとがき

〈英国少女探偵の事件簿〉シリーズの一作目、『お嬢さま学校にはふさわしくない死体』をお届けします。

一九三四年のイギリスで、ディープディーン女子寄宿学校に在籍するデイジーとヘイゼルは、ともに三年生で十三歳。みんなには内緒で、〈ウェルズ&ウォン探偵倶楽部〉を結成しています。ヘイゼルはある日、忘れ物を取りに室内運動場へ。そこには自殺した生徒の幽霊が出るという噂がありましたが、彼女が出くわしたのは幽霊ではなく、科学を教えるベル先生の死体でした。ところが、デイジーや上級生を呼びに行ってから運動場にもどると、死体がない！　上級生からは嘘つき呼ばわりされ、夕食抜きという罰も受けることに。でもデイジーはヘイゼルを信じ、探偵倶楽部の名にかけて真相をあきらかにしようと、捜査に乗りだします。

十三歳の子どもだからとあなどることなかれ。消えた死体の謎に迫るデイジーとヘイゼルの大活躍には、目を見張るものがあります。デイジーはミステリ小説をたくさん読んでいるだけあり、シャーロック・ホームズばりに推理を働かせます。ところが、大好きな先生にも疑いの目を向けなければならないとなると、とたんに感情的になって推理力は鈍ってしまうことも。そんなときヘイゼルは、なんとか相棒を軌道修正させようと奮闘するのですが……。

デイジーとヘイゼルとのあいだには深い絆があり、反発し合うこともあるけれど(というより、ヘイゼルが一方的にデイジーに振り回されている)、お互いが最高の理解者だということも了承済み。いかにもイギリスの貴族の娘といった勝気なデイジーはスポーツが得意で、上級生からは一目置かれ、下級生からは熱狂的に慕われています。それだけでなくとても賢いのですが、そのことは隠しています。一方、はるばる香港から転校してきたヘイゼルは、月餅が大好物という女の子。運動は苦手ですが、デイジーに負けないくらい勉強ができます。でもやはり彼女も、できないふりをしています。そもそもヘイゼルがディープディーン女子寄宿学校に通うことになったのはお父さんの希望でしたが、ヘイゼル自身もイギリス行きをとても楽しみにしていました。ところがじっさいのイギリスはものすごく寒いし、生徒たちは意地悪。転校初日から理想とのギャップに衝撃を受けます。しかもみんな、東洋人である自分に好奇の目を向けてくる。お母さんが香港から送ってくれた自家製の月餅さえも、からかわれてしまいます。それでも冷静でいようとする芯の強いヘイゼルと、学校の人気者デイジーが親友になるきっかけには、共感できる人も多いのではないでしょうか。作品の肝となる本格的な謎解きだけでなく、デイジーとヘイゼルの〝バディ〟ぶりを楽しめるところが、本書の大きな魅力です。

本書は二〇一四年にイギリスで出版されると、たちまち大評判になりました。今年の三月にはシリーズの六作目が発売され、シリーズ売上累計十五万部を突破したとか。とくに、デイジーやヘイゼルと同世代の子たちからの人気は絶大で、本を読むだけでなくみんなで少女（少年）探偵に扮《ふん》したり、作中に出てくるおやつを食べたりして楽しんでいるということです。著者のロビン・スティーヴンスはアメリカで生まれ、三歳のときにイギリスに移住しました。彼女自身も、寄宿学校に通っていました。十二歳のときにミステリ作家のコリン・デクスターに会い、大人になったらミステリ小説を書きたいと話したところ、彼はその話を覚えていて、じっさいにミステリ作家になった著者にファンレターを送ってくれたそうです。

ところで、本書が日本で出版されることが決まる直前、偶然ですが、スティーヴンスは日本を訪れていました。その後はヘイゼルの出身地、香港に向かったようです。この旅のようすは、彼女のブログやインスタグラムで見ることができます。イギリスにもどったあとで日本での出版が決まったと知り、すごくよろこんだこともブログに綴られています。また、近くロシアでも出版されるということで、これでデイジーとヘイゼルの活躍は、世界九カ国（ほかにはアメリカ、フランス、イタリア、ドイツ、台湾、ヴェトナム、ポーランド。香港での出版がないのは、意外な気もします）で読まれることになりました。

なお、作中で生徒たちがお祈りの時間に歌っている賛美歌《こころを高くあげよう》の歌詞は、『讃美歌第二編』（日本基督教団編）の訳を、英語の時間にデイジーが朗読しているトマス・グレイの「田舎の墓地で詠んだ挽歌」は、『墓畔の哀歌』（岩波文庫）収録の福原麟太郎氏の訳を引用させていただきました。

最後になりましたが、デイジーとヘイゼルというすてきなふたりと出会わせてくだざった原書房の相原結城さんと、翻訳の師である田口俊樹先生に、心からの感謝をお伝えします。ありがとうございました。

二〇一七年三月

コージーブックス

英国少女探偵《えいこくしょうじょたんてい》の事件簿《じけんぼ》①

お嬢《じょう》さま学校《がっこう》にはふさわしくない死体《したい》

著者　ロビン・スティーヴンス
訳者　吉野山早苗《よしのやまさなえ》

2017年　4月20日　初版第1刷発行

発行人　成瀬雅人
発行所　株式会社　原書房
〒160-0022 東京都新宿区新宿1-25-13
電話・代表　03-3354-0685
振替・00150-6-151594
http://www.harashobo.co.jp
ブックデザイン　atmosphere ltd.
印刷所　中央精版印刷株式会社

落丁・乱丁本はお取り替えいたします。
定価は、カバーに表示してあります。
 ISBN978-4-562-06065-8 Printed in Japan